|光明社科文库|

济慈诗学观研究

徐玉凤 ◎ 著

光明日报出版社

图书在版编目（CIP）数据

济慈诗学观研究 / 徐玉凤著. -- 北京：光明日报出版社，2018.8

ISBN 978 - 7 - 5194 - 4575 - 1

Ⅰ.①济… Ⅱ.①徐… Ⅲ.①济慈（Keats，John 1795 - 1821）—诗学观 Ⅳ.①I561.072

中国版本图书馆 CIP 数据核字（2018）第 200973 号

济慈诗学观研究

JICI SHIXUEGUAN YANJIU

著　　者：徐玉凤

责任编辑：杨　娜　　　　　　　　责任校对：赵鸣鸣
封面设计：中联学林　　　　　　　责任印制：曹　诤

出版发行：光明日报出版社
地　　址：北京市西城区永安路 106 号，100050
电　　话：010 - 67078251（咨询），63131930（邮购）
传　　真：010 - 67078227，67078255
网　　址：http://book.gmw.cn
E - mail：yangna@gmw.cn
法律顾问：北京德恒律师事务所龚柳方律师
印　　刷：三河市华东印刷有限公司
装　　订：三河市华东印刷有限公司
本书如有破损、缺页、装订错误，请与本社联系调换
开　　本：170mm×240mm
字　　数：260 千字　　　　　　　　印　张：14.5
版　　次：2019 年 3 月第 1 版　　　　印　次：2019 年 3 月第 1 次印刷
书　　号：ISBN 978 - 7 - 5194 - 4575 - 1
定　　价：78.00 元

版权所有　　翻印必究

序

殷国明

得知徐玉凤的博士论文《济慈诗学观研究》即将出版,我是非常高兴的,一是体现了学术界对于徐玉凤多年来研究成果的肯定,二是正如一些专家学者在审阅此书原稿时所说,在济慈研究方面,徐玉凤这本专著确实有所开拓和贡献,为学界提供了有价值的研究成果,实属可喜可贺。

也正由于以上原因,当徐玉凤提出让我为这本书写序之时,我没有表示出什么犹豫就答应了。事实上,我自知没有什么资格为这部著作写序的,因为在济慈研究方面我几乎是个"门外汉",尽管我也倾心于济慈的诗歌创作,也曾经是徐玉凤博士论文的指导教师,但是难免浮在表面,实际上提供的帮助极其有限;好在徐玉凤不仅是个有热情、有敢当的女性学者,而且在学术研究中能够锲而不舍,孜孜不倦,虚心向有关专家讨教和学习,多方面吸取意见和资源,不仅打开了自己的学术视野,提高了素质和品味,也在济慈研究方面取得了不凡成就,不仅把济慈诗学推向了一个更为宽广的、整体性的研究向度,而且在资料和史料方面也有不少开新和发现,实为一篇近年来难得的、用功扎实和史料详实的博士论文。由此,我在这里分享徐玉凤学术成果的同时,还要感谢多位指导过徐玉凤的同仁同事,特别是傅修延教授,他们为这部专著的出版做出了不可或缺的贡献。

所以,就这部专著出版来说,我谈不上"雪中送炭",只能摆出一副"锦上添花"的样子——因为徐玉凤还是一个讲情义的山东女子,既然我曾担任过她的博士导师,她肯定是要我为她这本书写序的,我之从命也是欣然的。

是为序乎?

殷国明
2018 年 5 月 18 日于上海闵行新校区

目 录
CONTENTS

序 ·· 1

绪 论 ··· 1
 第一节 国内外研究现状分析 ··· 1
 第二节 济慈诗学观研究意义 ··· 16

第一章 济慈诗学观的生发及其文化渊源分析 ······················ 23
 第一节 欧洲文坛——济慈诗学观生成的文化沃土 ············ 23
 第二节 英国浪漫主义——济慈诗学观形成的艺术摇篮 ······ 30
 第三节 先哲诗人——济慈诗学观产生的思想启迪 ············ 40
 第四节 希腊文化——济慈诗学观蕴育的历史来源 ············ 49

第二章 消释力:济慈诗学观的理论基础 ······························ 57
 第一节 梳理:"Negative Capability"的汉译释析 ············· 58
 第二节 辨译:是"消释力"还是"消极能力" ····················· 63
 第三节 诠释:从译传学角度考察"Negative Capability"的艺术内涵 ········ 68

第三章 崇情:济慈诗学观的情感展现 ································ 73
 第一节 情感的意蕴和表现 ··· 73
 第二节 情至深处——济慈的尴尬 ··································· 81

第四章　美与幻的交织:济慈诗学观的想象之境 ………………… 88
  第一节　"美":"我热爱所有事物中美的本原" …………………… 88
  第二节　想象:生发于美与真之间 ………………………………… 96
  第三节　"幻":"天真的幻想把天下万物变成美的胜景" ……… 107

第五章　追寻:由自然诗学通向生态美学 ……………………… 112
  第一节　一切源于对大自然的崇与爱 …………………………… 113
  第二节　济慈自然诗学观探微 …………………………………… 118
  第三节　济慈诗学观中生态美学的萌芽 ………………………… 124

第六章　济慈诗学观对于世界诗歌发展的影响 ………………… 130
  第一节　对英美诗人的影响 ……………………………………… 131
  第二节　对中国现代诗人的影响 ………………………………… 143

结　语 ……………………………………………………………… 155

参考文献 …………………………………………………………… 159

附录一:"Negative Capability"在论文和专著中的中文释义汇总表 …… 182

附录二:诗人眼中的诗人 …………………………………………… 191

附录三:前拉斐尔派以济慈诗歌为题材的画 ……………………… 215

附录四:济慈大事年表 ……………………………………………… 217

后　记 ……………………………………………………………… 219

绪　论

英国历史上自 18 世纪末至 19 世纪初的 20 多年是仅次于莎士比亚时代的另一个伟大时期，19 世纪的诗人们以才华横溢、诗作显赫创造了英国文学史上又一个难以企及的辉煌时代。

约翰·济慈（John Keats，1795－1821）是 19 世纪初英国文坛的天才诗人，也是英国浪漫主义时期承前启后的一位重要作家。虽英年早逝，但他那短暂年华里迸发出来的奇光异彩却辉映了整个文学世界，给后人留下了无限的赞叹、惋怀和崇敬。济慈以他短短 6 年的创作生涯深远地影响着世代的艺术家，近两个世纪以来一直受到批评界的广泛关注。

第一节　国内外研究现状分析

一、国外研究现状

国外对济慈及其诗学观的关注和研究大体可分为四个阶段。

第一阶段，1814 年至 1847 年。

1814 年，济慈写出了他人生的第一首诗歌《仿斯宾塞而作》（*Imitation of Spenser*）①。

---

① 关于济慈第一首诗歌《仿斯宾塞而作》（*Imitation of Spenser*）的写作时间，学术界一直存有争议，本文中说法的依据是 1958 年 Hyder Edward Rollins 编写的两卷本的《济慈书信集》（*The Letters of John Keats* 1814－1821（*Two Volumes*））中的"济慈生平"部分。此书信集是国外济慈研究者使用频率最高的济慈资料类文献。该书信集中对济慈这首诗歌做了备注，写明"有的资料将这首诗歌的写作时间记录为 1812 年"。

1816年,济慈的诗作首次公开发表①,同年,时任《观察家》(*The Examiner*)主编的李·亨特(Leigh Hunt,1784 – 1859)撰文称赞济慈和雪莱(Percy Bysshe Shelley,1792 – 1822),认为他们的诗歌有着纯真的情感、别致的风格、清新自然的意象,代表着一种崭新的创作倾向。济慈的《初读查普曼译荷马史诗》(*On First Looking into Chapman's Homer*)一诗,得到了李·亨特很高的评价。

1817年,济慈出版了第一本诗集《诗歌》(*Poems*)。这本诗集是由雪莱出资,由奥利尔(Charles & James Ollier)出版公司出版。《晨报》(*Morning Chronicle*)和《泰晤士报》(*The Times*)上刊登了这一诗集出版的广告。

诗集出版后济慈得到了朋友们的肯定和赞扬。克拉克(Charles Cowden Clarke,1787 – 1877)表达了对济慈诗集出版的赞扬:"济慈的第一部诗集终于在同行朋友们的急切期盼和良好祝愿中顺利出版了。"②另一位朋友海登(Benjamin Heydon,1786 – 1846)在读完济慈的《初见额尔金石雕有感》(*On Seeing the Elgin Marbles*)一诗后,热情地对济慈说:"你的诗歌让我激动了一个小时,你的诗才将使我羡慕一辈子。"③

虽然诗集出版得到了朋友们的肯定、赞扬与鼓励,但诗集的销量并不好,基本都是赠送给了济慈的亲朋好友。总体上说,济慈的第一部诗集并不成功。第二年,济慈又出版了《恩底弥翁》(*Endymion*),销量同样不好,而且一些极为苛刻的攻击性评论刊登在当时很有影响力的杂志《布莱克伍德杂志》(*Blackwood's Magazine*)上。

1820年7月,济慈在世时的最后一部诗集《<拉米娅><伊莎贝拉><圣亚妮节前夜>及其他诗歌》(*Lamia,Isabella,The Eve of St. Agnes,and Other Poems*)④出版。

鉴于前两次作品出版近乎失败的经历,济慈对这部诗集没有抱太大希望。但兰姆在《新时代》(*New Times*)、亨特在《指针》(*Indicator*)、杰弗里(Francis Jeffrey,1773 – 1850)在《爱丁堡评论》(*Edinburgh Review*)上发表文章,都对济慈此次出版的诗歌予以好评。兰姆称赞济慈的《拉米娅》中有着非常丰富的意象和画卷般的故事,连《爱丁堡评论》的主编杰弗里也撰文褒奖济慈的诗歌"被强烈而浓厚的想

---

① 济慈公开发表的第一首诗歌题名为《哦,孤独!如果我必须和你同住》(*O Solitude! If I must with thee dwell*),刊登在1816年5月3日出版的《观察家》杂志上,署名为 J. K.。
② Gittings, Robert. *John Keats*. Harmondsworth:Penguin Book Ltd. , 1968:179.
③ 傅修延:《济慈评传》,北京:人民文学出版社,2008年,第116页。
④ Keats, John:*Lamia, Isabella, The Eve of St. Agnes, and Other Poems*. London, Printed for Taylor and Hessey, 1820.

象所映照",诗歌之花灿烂多彩、美不胜收,即使一些晦涩难懂的地方,人们依然会被济慈甜美的诗句所带来的美妙感受迷醉。《爱丁堡评论》另有文章宣称:"如果济慈的作品算不上是诗歌的话,那还有什么东西可以称为诗呢?"①

1823年,李·亨特又撰文对济慈的诗歌进行了较为详细的分析,给予济慈诗歌一分为二的评论。李·亨特指出在用韵之时,济慈有失之于雕琢之处,在选择词汇之时,济慈将词汇的视觉形式特征和词汇的音乐性放在了首位,而将其含义作为其次考虑的内容。李·亨特批评当时的文坛对济慈负面的评价是欠为妥当、有失公允的,他预言两三百年后,济慈的诗歌会大受欢迎。

李·亨特对济慈的评论是客观公允的,他对于济慈诗歌命运的预言也得到了证实。可惜的是,因为李·亨特的政治态度倾向于当时较为自由开明的辉格党,而且其言论较为激进,导致他不断受到来自保守的托利党党羽的抨击,并曾被捕入狱,度过了两年没有自由的铁窗生涯。由于济慈的诗歌得到了李·亨特的支持和好评,济慈也被保守的托利党人视为攻击对象,其作品遭到贬低,人身也受到中伤。直至济慈死后的二十余年,济慈的诗歌都没有引起一般读者的注意,可以说基本无知名度可言。

济慈诗歌在当时的不受关注的另一个重要原因是18世纪新古典主义诗学观念的影响延续到了19世纪,与济慈同时代的读者依旧青睐注重节制、讲求法则的诗歌,而且当时的社会弥漫着浓厚的革命情绪,而济慈的诗歌富于激情,侧重感官感受,着重表达梦境、幻境、想象世界、遥远思绪和对美的憧憬与向往,自然无法很快得到世人的欣赏和追随。济慈的第二部诗集出版后20年没重印过。

1829年,迦格利安尼编了一本济慈诗集在巴黎印行;1840年,在伦敦出版了一部济慈诗选。但两者的发行量都不大,没有产生多大影响。

第二阶段,1848年至1920年。

济慈及其诗歌、诗学观真正进入世人的视野、引起研究界的广泛关注是在1848年。

虽然早在1829年牛津大学辩题为"雪莱比拜伦更伟大"的辩论赛之后,大学生们就开始通过雪莱的《阿童尼》(Adonais)注意到了济慈,但整个社会对济慈并不了解。

1848年,米尔尼斯(Richard Monckton Milnes,1809-1885)出版了《约翰·济

---

① 本段落材料来源:张鑫:《英国19世纪出版制度、阅读伦理与浪漫主义诗歌创作关系研究》,上海:复旦大学出版社,2012年,第141-142页。

慈的生平、书信与文学遗稿》(Life, Letters, and Literary Remains, of John Keats)①一书。这部著作的出版具有划时代的意义,是"济慈由默默无闻到声名鹊起的分水岭"②,该书正式让济慈走出了历史的尘封。

据不完全统计,1851 年至 1886 年间,英国至少出现了 27 种不同版本的济慈诗选。在这个时期,济慈的影响凌驾于其他浪漫诗人之上,维多利亚时代的著名诗人几乎全都加入了颂扬济慈的大合唱,许多人把他当做浪漫主义运动最杰出的代表。

1861 年,帕尔格雷夫(Francis Palgrave,1824 – 1897)在维多利亚时期最有影响力的诗歌选集《英诗金库》(The Golden Treasury of the Best Songs and Lyrical Poems in the English Language)③中收录了济慈 11 首诗歌,这是济慈极大的殊荣。

1880 年,马修·阿诺德(Matthew Arnold,1822 – 1888)在其《批评文集》(Passages from the Prose Writings of Matthew Arnold)④中对济慈做出了中肯的批评分析:济慈有着敏锐过人的感受力和洞察力,其行文风格清澈流畅而且极富音乐性,济慈同时具备得心应手地运用各种诗歌创作技巧的能力。他的论述中对济慈加以极为肯定的论述,并将济慈与华兹华斯(William Wordsworth,1770 – 1850)相提并论:"济慈和华兹华斯有着天赋的诗歌才华。"⑤很多论述还将济慈的名字写在莎士比亚之前。

1882 年,英国诗人、戏剧家和批评家阿尔加农·查尔斯·斯温伯恩(Algernon Charles Swinburne,1837 – 1909)在《不列颠百科全书》(Encyclopedia Britannica)中的"济慈"这一条目里对济慈的描述承前启后、颇有新见,对济慈的概述叙论结合、内容涉及广泛。可以说,这一条目的描述是对整个 19 世纪的济慈研究取得成果的总结。

斯温伯恩通过分析认为济慈的诗艺是不断发展的,而且在短短几年的时间里便发展到了趋于完善的程度。他认为济慈在 1817 年出版的《诗集》(Poems)就整

---

① Milnes, Richard Monckton (ed.):Life, letters, and literary remains, of John Keats. New York, G. P. Putnam, 1848.
② Matthews, G. M. (ed.). Keats:The critical heritage, London, Routledge and K. Paul, 1971:31.
③ Palgrave, Francis Turner(ed.). The Golden Treasury of the Best Songs and Lyrical Poems in the English Language. Cambridge;London:Macmillan, 1861.
④ Arnold, Matthew. Passages from the prose writings of Matthew Arnold. London:Smith, Elder, & CO. , 15 Waterloo Place, 1880.
⑤ Arnold, Matthew. Passages from the prose writings of Matthew Arnold. London:Smith, Elder, & CO. , 15 Waterloo Place, 1880:37.

体的艺术质量而言,并不是成功的作品,其中的诗歌模仿斯宾塞和华兹华斯的痕迹十分明显,而出版于1820年的诗集《<拉米娅><伊莎贝拉><圣亚妮节前夜>及其他诗歌》(*Lamia, Isabella, The Eve of St. Agnes, and Other Poems*)①则表明济慈已经取得了非凡的艺术成就。斯温伯恩将这部诗歌集称为英国的最佳诗集之一。他首次肯定了济慈的颂诗在诗歌界的重要地位高于他的其他作品,认为济慈的叙事诗不如其颂诗有艺术价值和艺术成就。斯温伯恩同意阿诺德的观点,强调济慈的作品中充盈着与莎士比亚作品同样的一种气质,济慈所取得的艺术成就足以与莎士比亚相媲美。斯温伯恩认为只有将济慈在短短几年之中就成为旷世难觅的诗人,并迅速、全面地进入诗歌艺术创作的极境归因于济慈的天赋,这样的说法才站得住脚。

这一时期,济慈诗学观中的唯美主义美学观和艺术观得到了批评家们的肯定,但济慈诗歌中的政治性和人文关怀没有受到关注。对济慈及其诗歌的研究呈现出的另一个明显特征是受到关注的内容更为丰富,并触及一些之前未曾被关注的方面,例如济慈写作文体的逐渐演变等。很多画家在济慈的诗歌中找到了灵感,创作出了优秀的画作。英语中也开始出现"济慈派"(school of Keats)、"济慈式"(Keatsian)一类的说法。

第三阶段,1921年济慈逝世100周年至20世纪末。

1921年是济慈逝世100周年,很多国家举办了盛大的纪念仪式。各国文学评论家撰写了纪念济慈的文章。逝世100周年纪念过后,济慈的名字发出了更灿烂的熠熠光辉。这一时期,济慈在诗坛上的地位不断提高,济慈诗歌、书信得到了评论界越来越多的关注。批评家们不断采用新的理论和方法深化对这位诗人及其作品的研究,对济慈的认识逐渐达成共识,评论家们普遍高度赞扬济慈的诗才,承认其作品具有超凡的价值。济慈的生平被编成戏剧、写成小说,他的传记出版了一本又一本,他的诗歌被译成数十种语言,他的诗句被评论家无数次地分析研究。

除了继续作为画家的灵感来源之外,济慈的抒情诗还作为歌词,由艾伦·班德(*Ellen Bender*)谱曲,供女高音演唱,并配以长笛和竖琴演奏。济慈的名字进入了各类文学史,大学里开设了与他有关的课程,无数学生通过撰写以他为主题的毕业论文获得学士、硕士乃至博士学位。在20世纪,济慈获得了一位已故诗人可能获得的一切,人们几乎想不出还能再给他什么荣誉。

这一阶段的济慈及其诗学研究有以下特征:在新的批评模式和文学理论的影

---

① Keats, John: *Lamia, Isabella, The Eve of St. Agnes, and Other Poems*. London, Printed for Taylor and Hessey, 1820.

响之下,济慈的诗风和诗艺的发展、诗歌创作过程和其作品本身更为具体的特征开始得到更多的关注。随着精神分析学的问世,对济慈创作的研究也开始借鉴并采用弗洛伊德精神分析学说这一分析方法。但对济慈进行的较为成熟的心理分析研究是到了20世纪的下半叶才出现的。这一时期,济慈诗歌的比较研究也取得了长足进步。

之后,执文坛牛耳达半个多世纪的新批评被引入了济慈研究。济慈研究以往侧重于宏观的评论,由于新批评的介入而开始转变为以微观分析和宏观评论相结合的研究状态。1947年,新批评代表人物克莱盎斯·布鲁克斯(Cleanth Brooks,1906-1994)在其影响广泛的《精致的瓮》(*The Well-Wrought Urn: studies in the structure of poetry*)①中,运用新批评最擅长的"细读法",对包括《希腊古瓮颂》(*Ode on a Grecian Urn*)在内的10部名篇做了具体的文本分析,从微观层面证明了它们的卓越不凡。布鲁克斯将济慈的诗歌名化入他的作品标题中,意味着他对济慈诗作的极度认可。新批评派人士常以济慈作品为试金石,虽然其目的主要在于展示批评武器的锋芒,但很大程度上起到了扩大济慈影响的作用。对济慈诗歌批评而言,推动了其审美研究,但在一定程度上阻碍了从历史、社会、政治的角度对济慈诗歌的研究。

20世纪下半叶,济慈诗学研究在内容、方法、角度上,甚至在参照对象方面,都出现了前所未有的丰富性;各种相关著述在数量上也可谓空前。除此之外,研究也延续了20世纪上半叶已呈现出的一些研究特征,并在广度和深度方面不断有所进展,对济慈的研究逐渐由审美研究转向了历史研究。70年代,济慈诗歌批评仍延续传统观点,到了80年代,结构主义仍将济慈诗歌的美学定位投注在诗歌文本研究方面。在研究济慈的颂诗时,一些批评家明显与新批评派的评论家们所持的观点不同,他们选择从分析济慈的生活经历,尤其是其心理状态的变化着手,挖掘济慈和他创作的颂诗之间必然的内在联系。

20世纪60年代之后,济慈及其诗学研究显示出了更为强劲的势头,并取得了引人注目的研究成果。1958年,罗林斯(Hyder Edward Rollins,1889-1958)编辑出版了两卷本的《济慈书信集》(*The Letters of John Keats* 1814-1821 (*Two Volumes*))②。该书信集是迄今为止收录济慈书信最为完整、最为批评家和研究者接

---

① Brooks, Cleanth. *The well-wrought urn: studies in the structure of poetry*, New York: Harcourt, Brace, 1947.

② Rollins, Hyder Edward (ed.). *The Letters of John Keats* 1814-1821 (*Two Volumes*). Cambridge, Massachusetts: Harvard University Press, 1958.

受的版本。该版本出版之后,很多研究者,如马塞洛·吉奥瓦尼利(Marcello Giovanelli)等人出版济慈相关的专著时,通篇参照、引用的都是这两本书信集。之后,美国最有影响力的批评家之一布卢姆(Harold Bloom,1930－)将其"再审视"的理论用于研究济慈及其作品。布卢姆在对济慈的颂诗进行研究的基础上指出,英国诗人中,济慈的想象力是最健全的。

1973年,批评家们将济慈研究置于20世纪大的文学背景下,济慈和英国戏剧之间的联系首次得到关注。

1979年,杰罗姆·麦克甘(Jerome J. McGann,1937－)的《济慈与文学批评中的历史方法》(Keats and Historical Method in Literary Criticism)从历史的角度出发,肯定了历史、政治、社会等因素对济慈诗歌产生的影响。

这一时期,济慈创作中的幽默也引起了研究者们的关注。

在20世纪80年代的济慈研究中,范德勒(Helen Vendler,1933－)以女性特有的缜密和敏感,从创作心理、创作背景和文学传统的影响和诗歌的技巧运用等多个角度,对济慈的颂诗进行了令人信服的探析。如她在1983年出版的《济慈的颂诗》(The Odes of John Keats)[1]等研究作品。

这一时期也出现了很多其他的优秀作品。1986年,杰弗瑞·贝克(Jeffrey Baker,1925－)的《济慈与象征主义》(John Keats and Symbolism)[2]探索了长久以来济慈研究中被忽视的一面。书中不仅分析了济慈诗歌中夜莺、古瓮等有象征意义的事物,也解析了"拉米娅"等有象征意义的名字。贝克认为济慈通过创造一个有着强烈象征意义的世界,并置身其中,发挥其卓越的想象,来描绘人类永恒的梦想和追求美好未来的心理,借此缓解和宽慰现实中的苦痛。

20世纪90年代的济慈研究又表现出一些新的动向,其主要特征是内容更新、范围拓宽、视野扩大。这一时期,当时流行的女权主义批评被引入济慈研究。

1994年,贝内特(Adam Bennett)又将济慈研究引入另一个新的领域,即所谓的"作品在作家去世后的生命"。

第四阶段,2000年至今。

进入21世纪后,对济慈的研究更呈现出多角度和多样化的特点,研究热度虽不及第三个阶段,但不断有新的研究力作出现。

---

[1] Vendler, Helen. *The Odes of John Keats*. Cambridge, Mas.:Belknap Press of Harvard University Press, 1983.

[2] Baker, Jeffrey. *John Keats and Symbolism*. Brighton, Sussex:Harvester Press; New York:St. Martin's Press, 1986.

2000 年,克里斯汀森等人(Allan C. Christensen, Lilla Maria Crisafulli Jones, Giuseppe Galigani, Anthony L. Johnson)编辑出版了《济慈的挑战:1795—1995 年两个世纪论文集》(*The Challenge of Keats:Bicentenary Essays 1795—1995*)①。编者在书的引言中阐明该论文集定名为"济慈的挑战"是专家学者们想借济慈 200 年诞辰之际,给毋庸置疑的最伟大诗人之一的济慈以最高程度的崇敬,也接受济慈研究在未来给予我们的更多新的挑战。2009 年,由戛纳电影节金棕榈奖获奖女导演简·坎皮恩(Jane Campion, 1954—)执导的描述济慈爱情故事的传记电影《明亮的星》(*Bright Star*)播出后,济慈和他的作品受到了更多人的关注。

2012 年,巴里(Shahidha K. Bari)出版了《济慈与哲学:感知的生活》(*Keats and Philosophy:The Life of Sensations*)②一书。该书通过对济慈一些著名作品和几首鲜为读者注意的作品的分析,从 5 个方面进行了探索性的研究:触觉的本质、存在的召唤、生态诗学、自由的思考和悲伤的分量。每一章在多角度的争论中阐释一首诗歌或几首相互分离、没有连续性的诗歌。同年,耶鲁大学出版社出版了尼古拉斯·罗伊(Nicholas Roe)的《济慈的新生》(*John Keats:A New Life*)③。在济慈传记已无以计数之时,罗伊展示给读者一个崭新的济慈。印第安纳大学的肯尼思·约翰斯顿(Kenneth R. Johnston)为该书写了书评,对该书的出版给予了很高的评价。

2013 年,马塞洛·焦瓦内利(Marcello Giovanelli)出版了《文本世界理论与济慈诗歌》(*Text World Theory and Keats' Poetry*)④一书,书中分了十个章节,用文本世界理论对济慈诗歌进行了翔实解读,为济慈诗歌研究提供了新的研究范式。

除了专著,对济慈及其诗歌、诗学观进行研究的论文也层出不穷。世界各国的学者对济慈及其诗歌、诗学观进行探讨和论述的评论文章中以英文文章为最多。

1986 年,杂志《济慈雪莱评论》(*The Keats-Shelley Review*)的刊出是评论界给予济慈的极大肯定。该杂志至今仍刊登济慈、雪莱研究领域里的优秀文章,对济慈和雪莱诗歌的研究发挥着重要的作用。

---

① Christensen, Allan C.; Jones, Lilla Maria Crisafulli; Galigani, Giuseppe; Johnson, Anthony L. *The Challenge of Keats:Bicentenary Essays* 1795—1995. Amsterdam;Atlanta, GA:Rodopi, 2000.
② Bari, Shahidha K. *Keats and Philosophy:The Life of Sensations.* New York:Routledge, 2012.
③ Roe, Nicholas. *John Keats:a new life.* New Haven:Yale University Press, 2012.
④ Giovanelli, Marcello. *Text World Theory and Keats' Poetry:The cognitive poetics of desire, dreams and nightmares.* New York:Bloomsbury Academic, 2013.

2004年至2004年,国外发表在各类刊物上的济慈研究的英语论文约为69篇。

2012年,弗兰克·布伦南(Frank Brennan)发表论文《约翰·济慈与维尔浮莱德·欧文——早亡、神秘和对真的诉求》(John Keats and Wilfred Owen – Mortality, mystery, and the pursuit of truth)①。论文对照评论了两位早亡的诗人,他们都在各自的世界里探寻着真与美。

2013年,巴斯卡拉(R. Baskaran)的论文《约翰·济慈和罗伯特·弗罗斯特——不逃避现实的浪漫主义诗人》(John Keats and Robert Frost – the Romanticists sans Escapism)②由济慈的《夜莺颂》(Ode to a Nightingale)和弗罗斯特(Robert Frost, 1874 – 1963)的《白桦树》(Birches)入手对比分析了两位诗人,论述他们的诗歌是浪漫主义的,但并非是逃避现实的。同年,拉胡尔(Rahul Dhankhar)发表的《济慈的十四行诗:批评概述》(Sonnets of John Keats: A Critical Overview)评析了济慈1814年到1819年所写的64首十四行诗。

2014年,罗恩·菲什曼(Ron Fishman)发表了文章《约翰·济慈(1795 – 1821):一名外科医生》(John Keats (1795 – 1821): Physician and Surgeon)③。文章分析了济慈从医的经历对其诗歌创作的影响。济慈于1816年得到了外科医生的行医执照。此后虽然诗歌以更大的吸引力让济慈弃医从文,但从医的经历化为记忆留在了济慈的生命里,在其之后的诗歌创作中,尤其是1818年创作的《夜莺颂》中留下了从医的深刻印记。

二、国内研究现状

国内的济慈诗学研究大体可分为三个阶段。

第一阶段,20世纪上半叶从最初译介到接受的阶段。

在中国,济慈的名字最早出现在鲁迅笔下。1907年,鲁迅在用文言文写成的文论的《摩罗诗力说》中虽未详细介绍,但论述间提到了济慈:"契支(John Keats,今译为济慈),虽亦蒙摩罗诗人之名,而与裴伦(今译为拜伦)别派,故不述于

---

① Brennan, Frank. *John Keats and Wilfred Owen – Mortality, mystery, and the pursuit of truth. Lessons for palliative care*, Journal of Palliative Care, 2012, Volume 28, Issue 2, pp 116 – 119.

② Baskaran, R. *John Keats and Robert Frost – the Romanticists sans Escapism*. Language In India, September 2013, Vol. 13:9, pp. 71 – 77.

③ Fishman, Ron. *John Keats (1795 – 1821): Physician and Surgeon*. American Journal of Ophthalmology, 2014, Volume 157, Issue 2, p 463.

此。"①1981年版的《鲁迅全集》中"契支"有一条注释:"他(济慈)的作品具有民主主义精神,受到拜伦、雪莱的肯定和赞扬。但他有'纯艺术'的、唯美主义的倾向,所以说与拜伦不属一派。"②

1921年,在济慈逝世100周年纪念之际,在英美文学界轰轰烈烈纪念济慈之时,国内杂志刊物也刊登了不少与济慈相关的文章。1921年4月25日,《东方杂志》第18卷第8号上发表了愈之的《英国诗人克次的百年纪念》,较为详细地介绍了诗人济慈。

1921年出版的《小说月报》第12卷第5期刊登了沈雁冰(原署名为雁冰)的卷头辞《百年纪念祭的济慈》③,其中评价济慈为"集前人大成"者,可"做后代先锋",并写到他的感想不是着眼于济慈的才能,而是在他的命运。济慈一生潦倒,真可谓是命蹇的诗人,济慈在生前默默无闻,在其死后也受尽冷漠,而且受尽误解,比惠特曼(Walt Whitman,1819 – 1892)和马克·吐温(Mark Twain,1835 – 1910)更为可悲,进而感慨:"天才多不能于生前享大名,这原是万古同慨的事。"④

同年的《小说月报》第12卷第6期刊登了沈雁冰的《海外文坛消息:(六十八)伦敦举行济慈百年纪念展览会的盛况》⑤一文,介绍了在伦敦举行的"济慈百年纪念展览会"。

此后,济慈的诗歌陆续被译为汉语,评论文章也相继出现:徐志摩的名篇《济慈的〈夜莺歌〉》,傅东华的《英国诗人济慈》,费鉴照的一组文章《济慈的一生》《济慈美的观念》《济慈心灵的发展》等都较为翔实地评介了济慈的思想与诗歌创作。

1922年,《小说月报》发表了苏曼舒翻译的济慈和勃朗宁的诗。

1927年的《光华周刊》第2卷第8期上刊登了余志通发表的《济茨J. Keats的美说》,文章第一句写道:"谁不知道《夜莺歌》'Ode To A Nightingale',谁就得永远离开诗的国度。"⑥虽然这种说法太过绝对,不能仅以一首诗歌的知道与否判定人们在诗的国度的去留,但还是反映出了济慈的诗歌在当时的接受程度和人们的喜爱程度。这篇文章中对济慈的美和想象做了分析、解读。这篇论文是中国研究者

---

① 鲁迅:《鲁迅全集》(第一卷),北京:人民文学出版社,1981年,第83页。
② 鲁迅:《鲁迅全集》(第一卷),北京:人民文学出版社,1981年,第108页。
③ 雁冰:《百年纪念祭的济慈》,《小说月报》,1921年第12卷第5期,第7页。
④ 雁冰:《百年纪念祭的济慈》,《小说月报》,1921年第12卷第5期,第7页。
⑤ 沈雁冰:《海外文坛消息:(六十八)伦敦举行济慈百年纪念展览会的盛况》,《小说月报》,1921年第12卷第6期,第127页。
⑥ 余志通:《济茨J. Keats的美说》,《光华周刊》1927年第2卷第8期,第4页。

首次从美学角度解读济慈诗歌及其诗学思想。

1942年抗日战争期间,英国现代诗人燕卜荪博士(William Empson,1906 – 1984)来中国教书,也曾在课堂上传播和讲授济慈,进而影响到了查良铮、王佐良、朱维基等翻译研究人员。这一时期出版的各种诗集、诗选里大都收录翻译了济慈的诗歌。

这一时期常有汉译的济慈诗歌和济慈的书信发表在当时的《语丝》《诗创作》《小说月报》《京报副刊》《西洋文学》等刊物上。朱湘翻译了济慈六首诗歌,其中的一首为《圣亚妮节之夕》①,被人誉为字字如金。受济慈影响,朱湘还创作了中国的"十四行诗",被誉为"中国的济慈"(具体论述见本书第六章第二节)。济慈诗歌对中国新诗的创作产生了很大影响。

这一时期济慈相关评论文章也时有发表,1948年,朱有琮的《济慈和他的夜莺歌》②在《读书通讯》上发表,文章评述了济慈凄楚的身世和他从医的经历,并从五个方面解析了济慈的《夜莺颂》。

1958年,人民文学出版社出版了查良铮翻译的《济慈诗选》,该诗选是最早的济慈中译本诗歌集。

这一阶段,对济慈诗歌的研究几乎都是审美研究范式,许多评论家们在研究中指出,济慈的诗歌是远离政治、远离生活的,其诗歌主题与社会无涉,与时局无关。

第二阶段,20世纪80年代的阐释高潮至20世纪90年代深入探讨济慈诗学美学价值的阶段。

这一时期,济慈诗歌研究展现出蓬勃的生机。研究主要有两大明显的主流范式:一是审美研究,通过研究揭示济慈诗歌内在的美学价值;一是历史研究,分析挖掘济慈的诗歌与他生活时代的社会环境和政治动向之间的外在关系。前者的研究中济慈是一个现实生活的规避者,而后者的研究认为济慈是世俗生活的见证人。这两大研究范式相辅相成,如火如荼地展开,使济慈诗歌研究彰显出无穷魅力。

1981年,朱炯强在发表于《外国文学研究》上的《露珠培育出来的鲜花——谈约翰·济慈和他的抒情诗》③一文中提出济慈不是颓废的浪漫主义作家,他对社

---

① 英文诗题目为:The Eve of St. Agnes,本书中将该诗题名译为《圣亚妮节前夜》。
② 朱有琮:《济慈和他的夜莺歌》,《读书通讯》,1948年第164期,第19 – 20页。
③ 朱炯强:《露珠培育出来的鲜花——谈约翰·济慈和他的抒情诗》,《外国文学研究》,1981,(4):70 – 73.

会问题是关注的,也有着为进步献身的志向。济慈的诗歌中反映出了诗人对社会现实的不满,无情鞭挞了人间的不平。

1982年发表在《江西师院学报》上,傅修延的《济慈美学思想初探》①中写道济慈爱美,并常在其诗歌中明显地流露出对美的崇拜。论文强调,人们提到济慈时往往把他与美联系在一起。美好的心灵和善良的思想天然地倾向于美好的事物,所以在济慈创作之初,美的赞歌就在他诗歌中占了显著地位。尽管如此,济慈热爱生活,不同于唯美主义者,他既歌颂新生的美,又同情将逝的美。

20世纪80年代末,对济慈的研究呈现出多元化状态。审美研究和历史研究已不再是济慈研究的中心论题,济慈诗歌创作中的其他方面也开始受到关注,人们注意到了济慈的颂诗、济慈的墓志铭,开始分析他诗歌中的更多可探讨之处,如济慈的颂诗解析、"感觉"研究、想象力研究等。对济慈最重要的诗学理论"消释力"说也开始进行分析和探讨。济慈诗歌的翻译问题也开始得到关注。

1987年,吴付生在《外国文学评论》上发表了《论济慈的"消极能力"说》一文,分析探讨了已在英语研究界热议的"消释力"说这一理论。同年,范东兴在《中国翻译》上发表了《"In Water"还是"On Water"?——济慈墓志铭考索》②一文,对济慈的墓志铭在汉语研究界的理解做了翔实的分析,总结出汉语研究界的三种不同译文:"写在水中""写在水上"和"用水写成"。通过有力的分析,作者认为应该是"用水写成"最为恰当,而不是多数人采用的"写在水上"的翻译方式。同在1987年,费致德在《外语研究》上发表了《济慈的<普赛克>颂》③对济慈的诗歌《赛吉颂》(Ode to Psyche)进行了仔细翔实的分析,指出了诗歌的格律创新。

1988年,发表在《外国文学评论》上刘治良的《济慈诗中独特的"感觉"形象》④一文中分析了济慈世界中的各种感觉:视觉、触觉和听觉,指出济慈是"一个靠感觉、而不是靠思想生活的诗人"。

1989年,发表在《贵州大学学报》(社会科学版)上刘治良的《济慈诗歌创作成因探源》⑤一文中探讨了济慈"无比丰富的创造性想象力"和他"一流的批判性智力"。文中提出济慈是靠丰富的想象力学诗和作诗的。

20世纪90年代,济慈诗学研究有了长足发展。1995年10月30日,"纪念济

---

① 傅修延:《济慈美学思想初探》,《江西师院学报》,1982,(4):68-73.
② 范东兴:《"In Water"还是"On Water"?——济慈墓志铭考索》,《中国翻译》,1987,(5):40-43.
③ 费致德:《济慈的<普赛克>颂》,《外语研究》,1987,(2):72-74.
④ 刘治良:《济慈诗中独特的"感觉"形象》,《外国文学评论》,1988,(3):99-102.
⑤ 刘治良:《济慈诗歌创作成因探源》,《贵州大学学报》(社会科学版),1989,(4):58-62.

慈诞辰 200 周年座谈会"由人民文学出版社主持召开。这次会议上,屠岸指出:"在以往的英国浪漫主义诗人研究中,济慈一直被作为'为艺术而艺术'的唯美主义诗人而受到研究者的冷落,这不管是从济慈诗歌的艺术价值来看,还是从其思想意蕴来看,都是片面和不公平的。"① 这次座谈会的召开和 1997 年《济慈诗选》中译本的出版,对于如何更为全面地评价济慈具有十分重要的意义,也使济慈在中国的研究取得了更大进展。王佐良也在 1997 年出版的《英国诗史》中给予了济慈很高的评价。

这一时期的论文研究集中在济慈的"消释力"说研究、美学思想研究和《秋颂》《夜莺颂》《希腊古瓮颂》《忧郁颂》等几首颂诗的研究上,也有新颖的意象分析。1996 年,发表在《湖北大学学报》(哲学社会科学版)上江晓梅的《济慈诗中睡眠意象分析》② 一文中,作者总结阐释了济慈创设的轻敏的、睡眠的意象世界。睡眠在济慈的诗中是宁静、和谐、安详的迷蒙、放松、懒怠的状态。睡眠之时是诗人想象力展开的时刻。

第三阶段,进入 21 世纪,济慈诗学研究得到了国内学者的更多关注。

自 2004 年至今的十多年里,国内发表在各类期刊杂志上关于济慈及其诗学的研究论文有近四百篇。

这一阶段的济慈研究偏向于更深入地探讨济慈诗歌中的美、想象、意象、隐喻、宗教体现和美学思想等多个方面,对济慈诗歌的创作特色等也进行了多元化的分析,更深入地研究探讨了济慈的颂诗和长篇叙事诗。济慈诗学观中的生态意识受到了关注,生态批评对济慈诗歌批评进行着新的范式革新。

2002 年发表在《外国文学评论》上,刘新民的《济慈诗歌新论二题》③ 提出济慈的"自我否定力"还应从文学创作的宗旨角度加以研究,济慈诗歌除了具备语言美、音韵美和意象美之外,很多诗作具有鲜明的现实主义特色,具有浓重的政治色彩。

2004 年,章燕的《审美与政治:关于济慈诗歌批评的思考》④ 总结了济慈诗歌政治意识批评的得失,指出济慈研究从传统的唯美主义研究和文本批评转向政治意识形态研究是从一个极端走向另一个极端,忽视甚至是限制了对诗歌独特审美特性的研究,限制了批评的多元思维和多样化的走向。

---

① 《纪念济慈诞辰 200 周年座谈会召开》,《诗探索》,1996,(1):158-159.
② 江晓梅:《济慈诗中睡眠意象分析》,《湖北大学学报》(哲学社会科学版),1996,(4):70-71,99.
③ 刘新民:《济慈诗歌新论二题》,《外国文学评论》,2002,(4):76-83.
④ 章燕:《审美与政治:关于济慈诗歌批评的思考》,《外国文学评论》,2004,(1):122-129.

2004年,发表在《外国语言文学》上李小均的《审美历史生态——从<秋颂>管窥济慈诗歌研究的范式转型》①以《秋颂》为例,将生态批评应用于济慈诗歌研究领域,从自然的视角为济慈诗歌研究提供了一种全新的途径。从《秋颂》中管窥了济慈诗歌研究的范式演进,并蠡测了生态批评在济慈诗歌研究中的潜在价值。

2007年,发表在《世界文学评论》上耿宁、徐玉凤的《济慈诗歌生态自然观解读》②一文中指出济慈对于自然界是怀着强烈的责任感的,正因如此济慈才用慈爱之心去关注大自然、感悟大自然、赞美大自然,并总结大自然的发展规律、思考人与自然之间的关系。济慈的自然观体现了相容共生的观点。

2008年,人民文学出版社出版了傅修延的《济慈评传》一书。2009年,《济慈评传》即将再版之际,《人民日报》刊发了文章:"济慈离我们并不遥远"。文章指出:"傅修延以其作为一位文艺学家的理论修养和学术敏感发现了济慈在当代审美文化中的重要价值。"③

同年,中国网登载了"《济慈评传》:让生活恢复应有的诗性"一文,称"济慈对于文艺的超越时代的见解同样与现代人的观念息息相通"。文章中写道:"在美国人伯特的《世界100位文学大师排行榜》上,济慈排名第25(而国人较熟悉的华兹华斯、拜伦、雪莱远在其后)。他获得了一位已故诗人可能获得的一切:诗歌被译成数十种语言,生平被编成戏剧写成小说;他在故乡伦敦和长眠之地罗马的居处,被辟为永久性的纪念场所,在英国的诗人中,没有谁比济慈更受传记作者的关注……然而,相较于国外每几年就有一部新的济慈传记问世,在国内直到近期傅修延教授新作《济慈评传》问世才填补了这一空白。"④

2010年,发表在《浙江师范大学学报》(社会科学版)上郭峰的《论济慈诗歌的生态思想》⑤中写到济慈诗歌的审美是一种至高的生态伦理的审美,济慈诗歌表现出的政治倾向是包含着对自由民主的渴望的,表达出的是对真、善、美的诗歌艺术追求和对和谐精神生态的向往。

这些观点无疑对此后的济慈研究有着重要的启示意义。

2014年3月,北京大学出版社出版了傅修延的《济慈诗歌与诗论的现代价

---

① 李小均:《审美历史生态——从<秋颂>管窥济慈诗歌研究的范式转型》,《外国语言文学》,2004,(3):54-59.
② 耿宁,徐玉凤:《济慈诗歌生态自然观解读》,《世界文学评论》,2007,(1):42-45.
③ 维青:《济慈离我们并不遥远》,《人民日报》2009年7月26日,08版.
④ http://www.china.com.cn/book/txt/2009-03/04/content_17374105.htm《济慈评传》:让生活恢复应有的诗性,载"中国网"(2009.3.4).
⑤ 郭峰:《论济慈诗歌的生态思想》,《浙江师范大学学报》(社会科学版),2010,(5):88-92.

值》①将中国的济慈研究推向了一个全新的阶段。随着这部专著的出版,国内的济慈研究出现了新的高潮,取得了突破性进展。2014 年有 33 篇论文对济慈进行了论述,2015 年有 23 篇济慈的研究论文刊出,2016 年济慈专题论文 21 篇,2017 年有 17 篇论文专题讨论了济慈及其诗歌。

2015 年刊出的 23 篇论文中,有两篇为傅修延教授的专著做了评述:

2015 年第 2 期的《外国文学研究》上刊发了刘茂生与肖惠荣的《英国诗歌传统中的济慈研究——兼评傅修延教授 <济慈诗歌与诗论的现代价值>》②一文。文中强调济慈的诗论不仅影响了他的时代,其"观点的旅行"对整个英国诗坛产生了深远影响,并指出傅修延教授所著的《济慈诗歌与诗论的现代价值》一书为客观、全面研究济慈及其诗歌提供了全新的视角,必将进一步推动济慈研究在国内的繁荣。发表在 2015 年第 4 期《鄱阳湖学刊》上袁演的《评 <济慈诗歌与诗论的现代价值>》③指出傅修延教授除了对济慈核心观点"消极的能力"的阐发,还对济慈全新而超前的时间观念做了总结,全书的文风亲切自然,同时充满现代感。

2016 年刊出的 21 篇论文中,发表在《外国文学》上卢炜的《"克里特岛"上的两个撒旦——论"赫尔墨斯插曲"在济慈长诗 <拉米娅> 中的作用》一文对济慈叙事诗《拉米娅》的开篇部分进行了多角度的解读,试图使济慈的这一叙事诗在更为广泛的层面上揭示出人类的困惑与命运归属。发表在《外国文学研究》上的卢炜的《"心灵的交流":民国时期中国的济慈研究》一文用共时性和历时性的研究相结合的方法,总结阐释了自 20 世纪 20 年代济慈被引介到中国以来,在民国时期中国济慈研究的情况和当时的研究对当代中国的济慈研究的启迪与贡献。

2017 年刊出的 17 篇论文中,发表在《外国文学》上卢炜的《<圣阿格尼丝之夜> 的两种文学解读——兼论济慈诗歌文本阐释的边界》一文就济慈长篇叙事诗《圣阿格尼丝之夜》中男女主人公关系的理解进行了阐释与分析。发表在《外国文学评论》上章艳的《让无声的古瓮发出声音——济慈 <希腊古瓮颂> 的艺格敷词与想象》由济慈的创造性想象入手,分析了济慈名诗《希腊古瓮颂》的艺格敷词的美学价值。发表在《外语教学》上田瑾的《生态关怀:济慈诗作中的自然主义向度》一文中论述了济慈的自然追求和对生态和谐的憧憬影响深远,济慈诗歌有着生态关怀的自然主义的向度,对当今的世界仍有启迪。

---

① 傅修延:《济慈诗歌与诗论的现代价值》,北京:北京大学出版社,2014 年。
② 刘茂生,肖惠荣:《英国诗歌传统中的济慈研究——兼评傅修延教授 <济慈诗歌与诗论的现代价值>》,《外国文学研究》,2015,(2):170 - 174.
③ 袁演:《评 <济慈诗歌与诗论的现代价值>》,《鄱阳湖学刊》,2015,(4):封底。

第二节　济慈诗学观研究意义

本书要研究的是济慈诗学观中的诸多内涵及其特色,以及他对之后诗歌理论和诗歌创作的影响。

从亚里士多德的《诗学》到贺拉斯的《诗艺》再到当今的诗学研究,"诗学"一直是文学界的一个关键词。

有学者提出诗学的范畴中,一些有影响力的诗学话语被忽视了,诗学话语权的竞争中,要给予诗人以平等竞争的机会。之所以要给诗人平等竞争的机会,因为"诗学是和文学的想象和制作方式相关的思考。和注重诠释的文学理论相比,强调艺术家的生产、创造的诗学更贴近于文学本体"。① 济慈的诗学观是他在诗歌创作的过程中对诗歌本身和诗歌创作理念的思考,也是对前辈诗人和与他同时代诗人诗歌创作理念的思考。

哲学理论被应用于文学批评领域,影响了人们对于文学的理解,原因便是这当中体现了一种诗学精神。"诗学是一个卢曼意义上的'超理论'概念,反映的是超越功能系统的诉求——在固定系统如哲学、宗教、政治之外,寻求一种更有包容性、更符合诗学想象的运作实际的评判标准,根据这一新的评判标准来确定世界秩序。"②文学批评中,哲学理论、社会学理论、心理学理论、生态学理论等也都可以应用于对文学研究的阐释,但许多作家,尤其是诗人有着作品创作的实践经验和心得体会,他们的诗学思考并不逊色于一般的批评理论,更有可能成为影响深远的诗学家。纯粹的理论讲究的是认知和对不同认知的区分,而诗学的关键是创造。创造是以和谐存在的整体为最终目标的,而就创造本身而言,便是有机运作系统得以整体、和谐存在的一种基本存在形式。

"诗学因为系统性而实现了对于理论的超越和保存。事实上,范畴转换只能在同一系统之内发生。诗学作为系统性的象征,旨在帮助理论实现和外界、和其他子系统的交流,让自洽的、排他的理论程序融入世界关联。"③而同时,诗学系统本身也会不断演化,诗学系统与外在的理论环境之间的分界线并不是一成不变

---

① 范劲:《作为后理论实践的诗学——编选〈西方现代诗学选读〉引起的思考》,《人文杂志》,2015,(1):52–62.
② 范劲:《作为后理论实践的诗学——编选〈西方现代诗学选读〉引起的思考》,《人文杂志》,2015,(1):52–62.
③ 范劲:《诗学与系统性》,《人文杂志》,2015,(12):64–72.

的,诗学系统内部的演变会催生出对新的理论的需求。

　　浩瀚的世界文学史上,伟大的诗人数不胜数,为人类的文学宝库中留下了璀璨珍宝。英年早逝的诗人济慈在众多诗人们中不是最为出色的,却被尊为"诗人中的诗人"①。这位"'诗人中的诗人',其醉心艺术的热诚凌驾其他道德、政治宗教上的考虑。但真正要了解济慈应强调其道德主旨并凸显其综合文人与艺术家的特质,尤其他对诗艺的高超掌握。诗人丰富的想象力和创造力,至少堪与莎士比亚相提并论"②。

　　1989年,在《唯美派的文学》中,滕固将济慈称为"诗人中的诗人",书中写道:"这位是诗人中的诗人……古来的天才果然指不胜屈,像基次(今译为济慈)那样的短命,像基次那样留下艺术上的业绩,是罕有的。他出身既微贱,他又少学艺上之准备,他一生只是穷苦,而能造出这般可惊的艺术,不可谓非天地的奇迹。"③滕固称济慈为"诗人中的诗人"缘于济慈命短但业丰,无备却艺精。滕固用了"可惊"来形容济慈的艺术,便是对这位"诗人中的诗人"笃定的认可和赞赏。

　　在公开发表的汉语研究论文中,有50余篇将济慈称作"诗人中的诗人"。

　　1921年4月出版的《小说月报》上沈雁冰在卷头辞《百年纪念祭的济慈》中又一次将济慈称为"诗人中的诗人":"然而,这位'诗人中的诗人'济慈生时却永不曾愤恨他的不遇。"④沈雁冰认可济慈是"诗人中的诗人"是由于济慈作为一个普通的人和一名诗人乐观、高卓的品性。

　　胡梦华在1926年出版的《小说月报》上发表的《絮语散文》一文中认为絮语散文(familiar essay)有"惊人的奇思""苦心雕刻的妙笔""似是而非的反语""似非而是的逆论",还有"冷嘲和热讽""机锋和警句""热情和诙谐",胡梦华得出结论,"说到这里我们大概可以相信絮语散文是一种不同凡响的美的文学,他是散文中的散文,就同济慈是诗人中的诗人"。⑤按照这样的论述,可以说济慈便是"不同凡响的杰出的诗人",而这应是毋庸置疑的事实。

　　刘治良在《漫谈济慈对英国诗歌的影响》中写道:"就诗歌的形式和风格而言,他在英国浪漫主义诗人中最具浪漫主义特征的,就是在处理希腊主题时,其语言

---

① 诗歌中对济慈的书写见附录二:诗人眼中的诗人。
② 《大美百科全书》编委会编:《大美百科全书》(第16卷),北京:外文出版社,1994年,第239页。
③ 滕固:《唯美派文学》,《民国丛书》(第四编文学类56卷),上海:上海书店,1989年,第26页。
④ 王淑贵选编:《水心云影——<小说月报>散文随笔选萃》,天津:天津人民出版社,1998年,第245页。
⑤ 胡梦华:《絮语散文》,《小说月报》,1926年第17卷第3期,第53-62页。

也是富丽华美,丝毫不见希腊艺术的节制与拘谨。因而,济慈有语言金匠和诗人中之诗人之称。"①刘治良认可济慈为"诗人中之诗人"是因为济慈鲜明的浪漫主义特征和对希腊艺术、希腊主题不节制、不拘谨的处理方式。

傅修延在《济慈"三颂"新论》中认为:"济慈喜欢采用'卒章显志'的写作手法,这位'诗人中的诗人'非常讲究末句的处理。"②这一论述是对济慈诗艺的肯定。

钟峻在《从"朦胧"到"觉醒"——论英国浪漫主义诗人生态意识的哲学意蕴》中认可济慈为"诗人中的诗人":"被誉为'诗人中的诗人'的济慈,一生都在追求美和表现美,提倡'美即是真,真即是美'。"③其源于济慈的名言"美即是真,真即是美"。

作为"诗人中的诗人",英年早逝的济慈在浪漫主义的众多杰出诗人中的"最"体现在:出生最晚、离世最早——在世不足26年;家世最卑微——父亲依靠管理马厩勉强维持家人的生计;最为不幸——9岁丧父、母亲改嫁;14岁丧母,24岁刚订婚又因染上当时无法医治的肺痨而被迫与深爱的恋人分开,未满26岁便客死他乡。

然而,无论从诗歌技巧、艺术成就,还是对后世的影响力着眼,济慈都毫不逊色于其他浪漫主义诗人。约翰·克利博(John Clubbe, 1703 - 1773)称济慈为"最晚出世,最早离世,生命最为短暂,最富有魅力,最让人喜爱"④的诗人。《近代文学批评史》中,韦勒克(Rene Wellek, 1903 - 1995)认为"济慈自成一言,不应淹没于普遍的浪漫派大合唱"⑤。

身为马厩主的儿子,济慈将他少年时宝贵的学习时光奉献给了医学学习,这种学习对于济慈诗才的帮助微乎其微,贫苦多灾的家庭对济慈的成就也没有起到正面的帮助作用,而济慈却用诗歌为自己铸就了美的世界、建造了不倒的殿堂。

济慈的诗才是为历代评论家们认可的。《大美百科全书》中,济慈一条的描述为:"济慈活泼、勇敢和亲切的个性时常不经意地在他的信件中流露出来,他的信

---

① 刘治良:《漫谈济慈对英国诗歌的影响》,《贵州大学学报》(社会科学版),2001,(3):83 - 86.
② 傅修延:《济慈"三颂"新论》,《江西社会科学》,2007,(2):229.
③ 钟峻:《从"朦胧"到"觉醒"——论英国浪漫主义诗人生态意识的哲学意蕴》,《大连海事大学学报》(社会科学版),2009,(5):121 - 124.
④ Clubbe, John, *English Romanticism:The Grounds of Belief*, DeKalb, III.:Northern Illinois University, 1983:131.
⑤ [美]雷·韦勒克(Wellek, Rene),《近代文学批评史》(中文修订版)(第二卷),杨自伍译,上海:上海译文出版社,2009年,第277页.

几乎和他的诗受到同样的尊崇;有很多批评家甚至认为他在诗这方面的天赋,只有莎士比亚可与之匹敌。"①

王佐良在《英国诗史》中这样评价济慈及他的诗论:"他(济慈)的许多诗篇属于英国文学史上最辉煌的作品之列,他的迅速发展是任何文学史上都罕见的,每一变化都增进了他的——也就是读者的敏感,而他的诗论又是这种发展过程中的心得,因而是最富于启发性的。"②

王守仁、胡宝平等在《英国文学批评史》中对济慈的思想影响力也有这样的表述:"虽然济慈并未就文学批评理论留下任何系统论述,但其思想的影响力以及在文学批评史中的地位均不容忽视。"③

傅修延在《济慈评传》中列举了不能忘记济慈的8个理由:

首先,是由于他的美妙诗歌;
其次,是因为他对诗歌炽烈的爱;
第三,是因为他对美的无限眷恋;
第四,是因为他的不幸早夭;
第五,是因为他那豁达宽广的胸襟;
第六,是因为他那悠然自得的人生情怀;
第七,是因为他对生命真谛的透彻领悟;
第八,是因为他那些石破天惊的独特之论。④

本书探究的便是济慈那些"石破天惊"的独特之论。本书要探讨涉及的主要是济慈诗学观的形成溯源,济慈的"消释力"说,济慈的情感观与他的"尴尬",济慈的"美""真"与"想象",济慈生生不息的自然诗学观,以及其诗学观对后世的影响。

"古老的诗学范畴要在当代语境下复活,就不应是文学理论的普及版,而是新的、或许更适合比较文学的学术范式,既有自身的认识论和文化政治诉求,也有新

---

① 《大美百科全书》编委会编:《大美百科全书》(第10卷),北京:外文出版社,1994年,第141页。
② 王佐良:《英国诗史》,南京:译林出版社,2008年,第340页。
③ 王守仁、胡宝平等:《英国文学批评史》,南京:南京大学出版社,2013年,第138页。
④ 傅修延:《济慈评传》,北京:人民文学出版社,2008年,第1-8页。

的分类规则。"①济慈的诗学虽不属于"古老的诗学范畴",但距今也有近两百年的历史,对其诗学观的研究要建立逻辑的论述系统。

本书将济慈诗学观的研究框架建立在其核心理论"消释力"说的基础之上,揭示出济慈诗学观的其他方面与这一核心理论的关系。

在自我个性极度张扬的浪漫主义时期,济慈对华兹华斯等人的唯我独尊进行了反思,提出了将经验、理性、自我等消释、消融掉的"消释力"说这一概念,提出"诗人无个性、无自我"的思想,对当时个性张扬、极度关注个人情感的时代是极有意义的反思与进步。

而对"自我"的过分强调以及为自我利益的谋取,历来是引发诸多社会问题的根源,许多社会问题也与对"自我"的认识息息相关。济慈的"消释"为人类在处理"自我"问题上提供了极其有帮助的、积极的处理方式:消融自我、消磨个性、消释对立、学会倾听、虚以待物、感悟众生。

济慈的"消释力"说是一种诗人能让自己和读者驻足享受诗歌、享受美,而不汲汲探求真相和因由的能力。济慈认为,诗人最突出、最应具备的能力应当是不汲汲于真相和因由的能力,是懂得享受美而不去追根溯源的能力,是能够将自我消融在所处之事、所感之物中的能力。

"消释力"说的英文原文表述为"Negative Capability",这一概念现有的翻译可分为四类,各有其优长与不足,本书认为这一诗学概念译为"消释力"说更为恰当。

济慈的情感观、美、想象、幻想和济慈的自然诗学观都是建立在济慈"消释力"说基础之上的,在"消释力"这一基础诗学理论之上,济慈构建了他的整个诗学框架。

浪漫主义时期是对情感最为重视和强调的时期,浪漫主义诗人的诗歌创作大都由情而发、因情而书、为情而叹,对之后的诗歌创作影响颇深。而众浪漫主义诗人中,济慈对情感的推崇最为坚定,所以对济慈情感观的分析探讨既有理论价值,又具现实意义。

济慈情感观主要包括四个方面的内容:

(一)诗歌应当言读者想言而未能言之语、传达给读者以似曾相识之情感;

(二)诗句应让读者体味到美与喜悦的畅快淋漓;

(三)诗歌的创作当如枝上生叶、水到渠成;

(四)诗人应有不俯首谄媚的真情实感。

---

① 范劲:《作为后理论实践的诗学——编选<西方现代诗学选读>引起的思考》,《人文杂志》,2015,(1):52-62.

"尴尬"作为人类情感中一种,对济慈诗学观的形成产生了很大影响。在人生的抉择中、在世界与自我的关系中,"尴尬"确切表现了济慈短暂人生大部分时候的状态。济慈的尴尬源自他羸弱的身体条件、窘迫的生活境遇、对现实的厌恶与不满,这些都使得他对周围的世界更加敏感,而敏感又加剧了济慈的尴尬。济慈选择了用"消释"之法化解人生的尴尬。

济慈的"美"有三种形态:感性美、原生美和幻境美。这三种形态的美共同组成了济慈美的世界,映照着济慈的名言"美即真,真即美——这是你在这个世界上知道和应该知道的一切"。美是济慈对生命的肯定与眷恋,是对现实世界中美的颂扬与发掘、对想象世界中美的渴求与探寻。

本书还解析了在浪漫主义时期不被重视的"幻想"在济慈诗学世界中的重要地位。

成就济慈之美的是想象和幻想的力量,在济慈的世界里,想象力是济慈诗歌航船的舵,幻想是济慈诗歌航船的帆。离开想象与幻想,济慈的诗歌之舟无法起航。

此外,本书探讨了济慈的自然诗学观,并揭示出济慈的自然诗学观是当今时代生态美学的萌芽。

大自然是古往今来人类一直身处其中,并与人类生活息息相关的。济慈诗学观中的自然意识对当今社会生态美学的发展有积极的理论和实践意义。"与自然协调一致、维护自然、回归自然"是济慈生态诗学观的核心。对人与自然和谐的渴求奠定了济慈生态诗学观的基础。济慈自然诗学观的形成既有自身原因,也有时代成因。济慈的自然诗学是生态美学的萌芽。

就总体而言,本书从理论渊源、理论内涵到后世影响,是对济慈诗学观进行的系统分析。

本书追溯了济慈诗学观的形成,对济慈诗学观的形成进行了较为完整的分析和论述。济慈诗学观的形成受到了整个欧洲艺术观的影响。济慈是在浪漫主义的思想浪潮中、在对浪漫主义信条的践行与反思中形成自己诗学观的。英国先哲诗人莎士比亚、斯宾塞、弥尔顿等人的诗学思想对济慈产生了深刻影响。济慈诗学观的形成还根植于希腊文化。对希腊诗人的追忆、膜拜带济慈走进了诗歌世界,希腊文化吸引并影响着济慈对诗歌的创作,而希腊神话中的丰富素材又为济慈诗歌提供了无数母题和巨大的想象空间。

本书对济慈诗学观对于世界诗歌发展产生的影响做出分析与阐释。济慈对英美诗人的影响很大,如丁尼生、王尔德、艾略特、欧文等都受到了济慈诗学观的启迪,他们在对济慈诗学观的传承、发扬中形成了自己的诗学思想。济慈诗学观对中国新诗的发展产生了积极促进作用,徐志摩、闻一多、朱湘等诗人都从济慈的诗歌中汲取过营养,得到过济慈诗学观的启迪。

对济慈诗学观的探讨、分析主要是从书信集入手,对其诗学观进行梳理和论述。因为"济慈的书信不仅有传记价值,而且也包含着有关诗歌和哲学的精辟见解"①。自1814年到1821年,济慈书写了大量书信,保存下来的就有320封。在这三百余封书信中,济慈阐发了他的诗学思想。"他(济慈)的书信显示了对生活和艺术的十分成熟的观点。"②

对济慈诗学观的分析还结合了对济慈诗歌的解读和分析,以及评论家对济慈已有的评论。

波德莱尔(Charles Pierre Baudelaire,1821-1867)在爱伦·坡(Edgar Allan Poe,1809-1849)一首诗歌译文的前言中写道:"有人对我们说,诗学是根据诗形成和定型的。可这里有一位诗人,他声称他的诗是根据他的诗学写出来的。"③

不论诗学是根据诗而形成,还是诗根据诗学观而作,对济慈诗学观的分析都离不开对其诗歌的探究。因为诗歌是最纯粹的语言艺术,诗歌不同于小说、喜剧或散文必须要借助于情节和人物,诗歌依靠的是语言自身的力量,通过语言的意蕴和形式的张力来传达诗人的感受和诗学理念。而评论家们已有的对济慈的论述是他们研究、思考的结晶,值得借鉴或反思。

---

① 中国大百科全书出版社编辑部编:《中国大百科全书》(外国文学卷I),北京:中国大百科全书出版社,1982年,第469页。
② 不列颠百科全书公司编著:《不列颠百科全书》(国际中文版)(第9卷),北京:中国大百科全书出版社,2007年,第210页。
③ [法]波德莱尔(Baudelaire,Charles):《浪漫派的艺术》,郭宏安译,南京:译林出版社,2014年,第284页。

第一章

济慈诗学观的生发及其文化渊源分析

每一位诗人的创作都离不开传统,"传统是一个浑融的整体,是诗人所赖以创造的全部的基础"。①

艾布拉姆斯(Meyer Howard Abrams,1912－2015)有这样一段论述:"然而,诗歌并不像一个房间,除了'门槛'这一地方值得怀疑,其内部和外部的边界是确定不疑的,诗歌的完整意义取决于我们在允许范围内做出的阐释,而且随着我们关于传统的重要知识的增长,诗歌的意义也就随之扩大。"②济慈诗歌和诗论正是在对传统诗论的理解、传承、反思和升华的基础上形成的,其意义也在传统的传承中得以彰显。

在各种传统文化和理论思潮的共同影响下,济慈形成了他独特的诗学观。无法明确界定每种影响因素在济慈诗学观形成过程中所起到的具体作用,但各种文化与思潮对济慈产生的影响是可以追索的。

济慈的诗学观是如何形成的?受到了哪些因素的影响?本章的论述是针对这两个问题展开的。济慈诗学观形成的文化探源分析,将主要从欧洲艺术观、浪漫主义思潮、英国先哲诗人和希腊文化这四个方面来论述。

第一节 欧洲文坛——济慈诗学观生成的文化沃土

"从 1795 年到 1821 年,济慈的生命尽管短暂,却经历了欧洲发展史上,一段

---

① 李怡:《中国现代新诗与古典诗歌传统》(增订三版),北京:中国人民大学出版社,2015年,序第 2 页。
② [美]费希尔(Fischer,M.)编:《以文行事:艾布拉姆斯精选集》,赵毅衡等译,南京:译林出版社,2010 年,第 113 页。

充满着伟大思想且有些悲天悯人的时期。"①济慈诗学观的形成受到了当时整个欧洲文坛的影响,欧洲的艺术思想为济慈诗学观生成提供了文化沃土。

济慈生活的时代正是欧洲浪漫主义文学的兴盛期②,对于济慈与欧洲浪漫主义运动的关系,国内研究者有过这样的表述:"西方学者对济慈的研究越来越热烈,评价也越来越高,有些评论家甚至认为,他的艺术最完美地体现了浪漫主义诗歌的特色,因此,把济慈推崇为欧洲整个浪漫主义运动最典型的代表。"③

欧洲浪漫主义时期在文学史上,甚至在整个人类文明发展史上都是极其重要的一个阶段。"浪漫主义的重要性在于它是近代规模最大的一场运动,改变了西方世界的生活和思想。"④

浪漫主义(Romanticism)究竟是如何界定的?

《大美百科全书》中"浪漫主义"这一词条对欧洲的浪漫主义的界定做了这样的总结:"就文学而言,浪漫主义是18世纪后期和19世纪发生在西方大多数国家中的文学运动。1948年,英国作家卢卡斯(F. L. Lucas)发现浪漫主义有11,396个不同的定义。"⑤之后,词条继续补充了对浪漫主义的界定:美国哲学家洛夫乔伊(A. O. Lovejoy)注意到在不同时期不同国家中,其意义变化很大,曾建议浪漫主义应作为复数使用。然而人们一致同意,多数浪漫主义是对形式和规则的反动,反对古典主义和新古典主义,反对理性主义和固定的文体,它们是创造和想象的新方法,特别重视形式、自主性、自我表达和主观意志的自由。"⑥

作为一种创作方法的浪漫主义,古已有之。但作为一种强大的文艺思想和文艺运动,则发生在欧洲18世纪末至19世纪头三四十年之间,它是同法国大革命紧密相连的。法国大革命对于浪漫主义运动首先在欧洲发生起到了直接、重要的影响作用,对英国浪漫主义运动的蓬勃开展更是产生了极大的影响。紧随着法国

---

① Hudson, William Henry. *Studies in Interpretation:Keats – Clough*, Matthew Arnold, New York: G. P. Putnam's Sons, 1896;3.
② 《大美百科全书》对欧洲浪漫主义的时间界定为"浪漫主义时期通常是指法国大革命爆发(1789年)至英国国会通过第一次改革法案(1832年)之间大约半世纪的期间"。(《大美百科全书》编委会编:《大美百科全书》(第10卷),北京:外文出版社,1994年,第140页。)
③ 朱炯强:《露珠培育出来的鲜花——谈约翰·济慈和他的抒情诗》,《外国文学研究》,1981,(4):70.
④ [英]以赛亚·伯林(Berlin, Isaiah):《浪漫主义的根源》,吕梁,洪丽娟,孙易译,南京:译林出版社,2011年,第9–10页。
⑤ [英]以赛亚·伯林(Berlin, Isaiah):《浪漫主义的根源》,吕梁,洪丽娟,孙易译,南京:译林出版社,2011年,第9–10页。
⑥ 《大美百科全书》编委会编:《大美百科全书》(第23卷),北京:外文出版社,1994年,第413–414页。

大革命的结束,各国相继发动了浪漫主义的文学运动,浪漫主义文学形式代替启蒙文学而成为文学界的主流。

浪漫派给予文学界的是取之不尽的宝藏,在传承与不断的阐释中会焕发出更璀璨的光芒。浪漫派代表了艺术的自治,用系统论的术语来讲,即艺术成了独立的交流系统;浪漫派要借"精神"的力量成为追求宇宙性思维的整体主义者,因为只有精神的力量才能将世界浪漫化;浪漫派要实现一个更伟大的综合,将有关人类生存的全部领域囊括其中;浪漫派又是对差异有着无比自觉的个体主义者,而整体性意味的是能够包容对立的各个极端;浪漫派打破了自温克尔曼(Johan Joachin Winckelmann,1717-1768)以来对于古典美学的迷信。

1789年的法国大革命,以革命的手段摧毁了之前的封建统治,为欧洲的资本主义发展开辟了一个新的时代。列宁(Vladimir Ilyich Ulyanov,1870-1924)在《全俄社会教育第一次代表大会》上这样评价了这次革命:"这次革命给本阶级,给它所服务的那个阶级,给资产阶级做了很多事情,以至整个19世纪,即给予全人类以文明和文化的世纪,都是在法国革命的标志下度过的。"①

法国大革命影响到了英国社会,影响到了济慈。"很少有人会不同意这样的观点,即在《海披里安》(Hyperion)里,济慈描写了奥林匹斯诸神推翻萨图恩的统治,这是以一种权力和君权代替另一种权力和君权,这样的描写是与政治发生的关联,尤其是与法国大革命以及这一革命对英国政治产生影响有联系的。"②

济慈虽然较少谈及政治,但对于革命的发生、时代的变迁,济慈有自己的看法:"理所当然,因为最美的本就应该是/最有力量的,这是永恒不变的法则:/凭着这条法则,征服我们的诸神/最终也将被另一代战胜,他们也会像我们一样悲伤。"③

大革命的爆发源于18世纪欧洲资本主义经济的迅速发展。经济的发展以英法两国最为快速,都有规模巨大的手工业工场和发达的海外贸易,资本主义原始积累接近完成。自然科学在许多方面如数学、物理、化学、天文学、生物学都取得了新的成就,其中最突出的是英国牛顿于1678年创立的经典力学体系以及一百年后的18世纪末叶,英国的瓦特发明的蒸汽机,蒸汽机解决了发动机的动力

---

① [俄]列宁(Vladimir Ilyich Ulyanov):《列宁全集》(第29卷),中共中央马克思恩格斯列宁斯大林著作编译局编译,北京:人民出版社,1985年,第334页。
② Bewell, Alan J. The Political Implication of Keats' Classicist Aesthetics, Studies and Romanticism, 1986, 25:220.
③ Stillinger, Jack (ed.). *John Keats: Complete Poems.* Cambridge, Massachusetts: Belknap Press of Harvard University Press, 1982:262.

问题。

  科技的迅猛发展致使英国在 18 世纪末开始了工业革命,并迅速发展到欧洲各国。于是,封建制度更加成为资本主义发展的障碍。但英国与其他国家不同的是,它继"尼德兰"之后,在 17 世纪进行了资产阶级革命,几经反复,到 1688 年的"光荣革命"结束了封建王权的统治,资产阶级同封建贵族妥协建立了代议制和君主立宪制的政体。这种较进步的政体形式影响了整个欧洲大陆。但英国贵族地主和资产阶级无情掠夺广大人民和殖民地,暴露了新的剥削制度共同的贪婪本性;官僚政客贪污腐化,贿赂公行,并且千方百计企图保存封建制的种种残余。因此,建立和巩固资产阶级社会及历史任务率先提上了欧洲各国的历史日程。

  顺应这一历史潮流的要求,资产阶级先进的知识分子在思想文化领域掀起了一场波及整个欧洲的启蒙运动。

  启蒙运动是由知识分子发起的,他们认为,社会的黑暗与腐败皆是由于封建的统治和天主教会的偏见堵塞了人类本来就有的清明的"理性",将人们的思想搞得愚昧、混浊了。因此,要改造社会现状,就要用建立在"理性"基础之上的知识来让人们的头脑重新清醒。启蒙学派对"理性"的崇拜和他们对"人性"的崇拜一样,其根源是资产阶级"人性论"。他们激烈反对基督教的《圣经》和宗教迷信在思想领域中的无上权威,坚持把"理性"作为裁判一切的准则,"宗教、自然观、社会、国家制度,一切都受到了无情地批判;一切都必须在理性的法庭面前为自己的存在作辩护或者放弃存在的权力"。①

  运动中的"启蒙文学"是文艺复兴文学的继续和发展。在哲学宗教观方面,自然界是客观的物质存在物得以承认,宗教自由得以提倡,自然神论和无神论被用以批判基督教。在社会政治观方面,较之人文主义更为成熟,影响深远的"自由、平等、博爱"等政治概念得以提出,并创立了"天赋人权"的理论。

  启蒙学派宣传的思想启发了人们的头脑,鼓舞了人们与封建制度的斗争,为全面建立资本主义制度奠定了理论基础,其伟大历史功绩是不可磨灭的。但是,启蒙学派的观点同样具有历史局限性。他们理性至上的真理观,把思想而不是把实践作为检验真理的标准,他们还没有和宗教划清界限,其自然神论虽然确信自然和人类按自身的规律运动,但还承认上帝"第一推动力"的作用;他们的社会历史观,其实质是要建立资产阶级专政的国家政权。

  例如,他们一般都相信"自然神论",以为人类曾有过没有文明的"自然状

---

① 马克思(Karl, Marx),恩格斯(Engels, Friedrich):《马克思恩格斯选集》(第三卷),中共中央马克思恩格斯列宁斯大林著作编译局编译,北京:人民出版社,1995 年,第 719 页。

态",那时人"按自然法则"自由而幸福地生活,随着"文明"的出现,人类违背了自然,按照"文明"方式生活,遂陷入种种荒谬和痛苦之中。他们这种观点的实质虽然在于否定封建统治和封建文明,但也不可否认仍存在否定一切文明和向后看的反历史倾向,如卢梭(Jean-Jacques Rousseau,1712-1778)就提出了"返归自然"的观点。

启蒙主义者们质疑新古典主义,启蒙主义的怀疑态度和开明的精神使得浪漫主义初露端倪,成为浪漫主义的先行者和开路者。法国启蒙思想家卢梭的崇尚自然、以自然为师,狄德罗(Denis Diderot,1713-1784)"美在关系"的艺术思想,效法自然、反对仿古、反对墨守成规的艺术理念无不影响着欧洲浪漫主义文论。而由康德开始的德国古典美学也促成了浪漫主义文艺思潮的产生和发展,为浪漫主义运动做了理论和思想上的准备工作。

这个时代的文学发展与当时的社会思潮和哲学思想都有着密切的关系。这一时期,影响整个欧洲的文学运动当属浪漫主义运动,欧洲的浪漫主义运动是法国大革命、民族解放斗争和欧洲的民主运动高涨时期的产物。

受到德国古典美学的深刻影响,欧洲的浪漫主义文学运动起源于德国。当时的德国,唯心主义哲学盛行,德国思想家首先以最深沉的思想表现了对工业革命前景的忧虑。如果人类世界以机械和物质为主导,那么人类将无法安置自己的灵魂。

康德的忠实信徒,哲学家费希特(Johann Gottlieb Fichte,1762-1814)有过这样一段论述:"只要提到自由二字,我的心马上敞开,开出花来,而一旦说到必然性这个词,我的心就开始痛苦地痉挛。"[1]以物质机械主导世界,"必然性"该当是最直接的逻辑思维方式,而以人为主导,才可论"自由"。"1800年,费希特又发表《人类的命运》一书,提出他对新世纪的构想。他明确坚决地把神的属性转移到人身上,号召同胞开始一种活跃的人生。"[2]

费希特强调的是"自我哲学",这一观点直接影响到了德国浪漫主义作家、理论家、文学批评家弗里德里希·冯·施莱格尔(Friedrich von Schlegel,1772-1829)。施莱格尔认为诗是创造的哲学,是自由无限的,"诗的核心或中心应该在

---

[1] [英]以赛亚·伯林(Berlin, Isaiah):《浪漫主义的根源》,吕梁,洪丽娟,孙易译,南京:译林出版社,2011年,第91页。

[2] [奥]弗里德里希·希尔(Heer, F.):《欧洲思想史》,赵复三译,桂林:广西师范大学出版社,2007年,第476页。

神话中和古代宗教神秘剧中去寻找"。①

另一位德国浪漫主义理论家奥古斯特·威廉·冯·施莱格尔(August Wilhelm von Schlegel, 1767 – 1845)强调艺术的诗化作用,认为"艺术的诗化作用是通过想象力的自由的创造性的活动,建造出一个诗意的理想化世界"。②

受到这些思想家们的影响,个人的主观世界得以表现和关注,个人对事物的内心感受和体会成为文学创作重要的一部分。抒发强烈的个人情感、书写自由的人生理想成了浪漫主义作家们的一个共同特征。文学作品的评判标准也由原来的"功利准则"变为了"审美标准"。对诗歌极为认可和强调,这体现在文学作品的形式方面便是诗歌的繁荣兴盛,并开始重视想象在诗歌创作中的重要作用。这些思潮无疑为同时代的诗人济慈的诗学观的形成提供了思想沃土。而济慈对希腊神话的钟爱也受到了欧洲这些理论家重视神话、重视古典剧的影响。

数理化和法律不能凭借情感,但文学、艺术不同,扬雄在《法言·问神》中道:"故言,心声也;书,心画也。"言语是人们思想感情的表达,文字是人们思想情感的映刻。当然,情感力量的培育是需要条件的,而自由对情感力量的产生最为重要。在不自由的环境中,很难有情感的力量。所以,济慈情感观的成就离不开这一时期欧洲自由的浪漫主义气息的熏陶。

法国浪漫主义文学批评家史达尔夫人(Germaine de Stael, 1766 – 1817)认为"想象"创作出的作品有两种,"她要求想象的作品应表现固有的人性而产生情感作用,反对想象的文学作品随政治风云的变幻而迎合一时的喜好"。③史达尔夫人要求的正是浪漫主义作家在作品反映出来的,作为浪漫主义的先驱者,她的理论影响了浪漫主义作家们作品创作中对"想象"的运用。

浪漫主义前期,苏格兰哲学家、经济学家、历史学家休谟(David Hume, 1711 – 1776)和英国其他理论家们普遍认为理性应当是感情的奴隶。这种对感情的强调为浪漫主义运动的产生铺平了道路,是济慈等浪漫主义诗人关注情感的思想沃土。

浪漫主义文学肇始于诗歌的辉光。诗歌研究史上,对这一时期的诗歌评论褒贬不一。

在对浪漫主义诗歌最积极的评论专著中,以1953年艾布拉姆斯(Meyer How-

---

① 伍蠡甫,蒋孔阳,翁义钦,程芥未编:《西方文论选》(下卷),上海:上海译文出版社,1988年,第323页。
② 张玉能:《西方文论思潮》,武汉:武汉出版社,1999年,第166页。
③ 张玉能:《西方文论思潮》,武汉:武汉出版社,1999年,第184页。

ard Abrams,1912－2015)出版的专著《镜与灯》(*The Mirror and the Lamp*)最为经典。书中从历史发展的角度分析阐述了浪漫主义的"模仿说""实用说""表现说"和"客观说"。此外,艾布拉姆斯还在书中提出并阐释了著名的"文学四要素"理论,即作品、宇宙、作家和读者。

在新历史主义批评者看来,浪漫主义诗歌是"非历史的"(ahistorical),是历史的缺席,类似的批评盛兴于20世纪80年代。如1983年出版的杰罗姆·麦克甘(Jerome John McGann,1937－)的《浪漫主义的思想意识》(*The Romantic Ideology: A Critical Investigation*)和1986年出版的玛洁瑞·李文森(Marjorie Levinson)的《华兹华斯伟大时期的诗篇:四篇论文》(*Wordsworth's Great Period Poems: Four Essays*)等。

罗素对浪漫主义是持批评态度的,其批评是从政治、社会的角度进行的:"浪漫主义者的价值标准是应该受到怪罪的。他们推崇强烈的炽情,毫不考虑其种类和社会影响。最强烈的炽情都是具有破坏性的,例如憎恶、愤恨、妒忌、悔恨、绝望、狂怒和对弱者的蔑视。浪漫主义所鼓舞的人大都是无政府主义的叛逆者和爱好征服的暴君,都是猛烈而反社会的。"①

作为浪漫主义代表诗人之一的济慈在对古典主义的扬弃与反思中形成了自己的诗学观。在对古典主义批判反驳的基础上,济慈吸取前人思想精髓、推崇浪漫主义信条、承前启后,成了19世纪浪漫主义文坛上耀眼的一颗星。

从文学艺术本身的发展历程来看,浪漫主义可以说是对启蒙主义和德国古典美学的一种承继,而反对新古典主义和理论教条主义,是对古典主义束缚的突破。新古典主义极端强调理性,种种规则成了自由思维的枷锁。法国的文学理论家、诗人布瓦洛(Nicolas Boileau-Despreaux,1636－1711)在《诗的艺术》中将理性奉为美学中的最高原则:"首须爱理性,愿你的一切文章永远只凭着理性获得价值和光芒。"②在对世界的解释方面,理性以其单一性而大有用武之地,而在文学艺术领域,单一性却是致命的桎梏。

济慈反对古典主义的文学理论,在《睡与诗》(*Sleep and Poetry*)中,济慈写过这样的诗句:"他们高高举起／那破烂不堪的旗帜,招摇过市／标榜着浅薄的信条,旗子上写有／布瓦洛之流们的大名!"③

---

① [英]罗素(Russell,B.):《西方哲学史》,张作成编译,北京:北京出版社,2012年,第157页。
② 张秉真等:《西方文艺理论史》,北京:中国人民大学出版社,1994年,第156页。
③ Stillinger, Jack (ed.). *John Keats: Complete Poems*. Cambridge, Massachusetts: Belknap Press of Harvard University Press, 1982:42.

身为理论家和诗人的布瓦洛用诗体写的文学理论代表作品《诗的艺术》(The Art of Poetry)一直被认为是古典主义文学理论的经典之作。布瓦洛的理论影响了英国18世纪的诗歌。这首诗歌里济慈批判18世纪的英国古典主义诗歌是虚伪的教条拼凑出来的骗人的东西。济慈对布瓦洛的公然抨击是对古典主义文学理论的否定与批判。

同时,济慈对当时社会极度强调自我的哲学理念也是反对的,1818年2月3日,在给雷诺兹(J. H. Reynolds)的信中,济慈写道:"我们应该给予华兹华斯等人他们该得到的关注,但为了一些富于想象力的,或者循规蹈矩的好诗,难道我们应该被硬逼着去接受一个自我中心者异想天开臆想出来的一套哲学吗?"①

总之,当时欧洲文坛对情感的重视、对美和想象的关注、对个人自由的强调、对神话价值的肯定、对"返归自然"的思考等思潮都是济慈诗学观形成的文化沃土。

第二节 英国浪漫主义——济慈诗学观形成的艺术摇篮

济慈从事诗歌创作和表达其诗学理念是在1814年至1820年期间,这一时期正是英国浪漫主义时期的兴盛时期。

1798年,华兹华斯(William Wordsworth,1770-1850)和柯勒律治(Samuel Taylor Coleridge,1772-1834)的《抒情歌谣集》(Lyrical Ballads)拉开了英国浪漫主义的序幕;华兹华斯于1800年和1815年为该诗集写下的两篇序言为浪漫主义文学奠定了理论基础。

对于这部开启英国浪漫主义的重要著作《抒情歌谣集》,《大美百科全书》中做了这样的概述:"英国经过18世纪的大部分时间,浪漫主义才逐渐形成。沙夫兹巴利的哲学、'墓园诗歌'诗人们的忧郁、沃顿(Thomas Warton)对乔叟(Chaucer)和斯宾塞的注意及珀西的注重民谣、史登(Laurence Sterne)和哥尔德斯密斯(Oliver Goldsmith)小说所表现的感触、彭斯(Robert Burns)的民间方言诗歌和布莱克(William Blake)的神秘抒情诗,上述都为华兹华斯(William Wordsworth)和柯立芝(Samuel Taylor Coleridge)全面的反叛提供舞台,并随着1798年《抒情歌谣集》的出版而成长。《抒情歌谣集》表示了与古典主义传统的急剧决裂。诗歌有了各

---

① Rollins, Hyder Edward (ed.). The Letters of John Keats 1814-1821 (Two Volumes) (Volume I). Cambridge, Massachusetts:Harvard University Press, 1958:223.

种形式,叙述一般人的事或超自然的事物,表达和界定诗人的个人情感。"①

这部歌谣集的产生过程也是英国浪漫主义的形成过程,《抒情歌谣集》奠定了英国浪漫主义诗人诗歌创作的基调,影响了 19 世纪初期诗人们的诗歌创作和情感表达方式。

对于一个时代对诗人的影响,雪莱(Percy Bysshe Shelley,1792 – 1822)曾表达过这样的思想:"诗人,和哲学家、画家、雕塑家和音乐家一样,在某个意义上是创造者,然而在另一个意义上他们也是时代的产物。即使最超拔的人也不能逃脱这一从属关系。"②济慈作为英国 19 世纪的一名诗歌作者,其诗学观是在英国浪漫主义思潮的艺术摇篮中形成的。

英国文学界的光辉当属浪漫主义诗歌,如星辰般繁多璀璨的诗歌创作是英国浪漫主义运动的主要成就。英国浪漫主义思潮在整个英国文学史上举足轻重,对那个时代和之后的文学家们产生了深刻影响。济慈的诗学观有着深深的浪漫主义的印记,秉承着英国浪漫主义思潮的主旨。

英国浪漫主义运动的产生是历史长时间酝酿与准备的结果,是历史发展的必然。其源头是 18 世纪浪漫思潮的先驱们对工业革命所带来的社会生活变化的深切忧虑以及对个性情感的执着追求。

华兹华斯这样表达诗与情感的关系:"诗是强烈情感的自然流露。它起源于在平静中回忆起来的情感。诗人沉思这种情感直到一种反应使平静逐渐消逝,就有一种与诗人所沉思的情感逐渐发生,确实存在于诗人的心中。一篇成功的诗作一般都从这种情形开始,而且在相似的情形下向前展开……"③对华兹华斯的诗才,济慈是认可的。诗歌创作中,济慈对情感的崇尚与华兹华斯对情感的重视与强调不无关系。

浪漫主义诗人视情感如生命般重要,他们在情感的张扬中寻求灵魂的解放。"浪漫主义诗人的风格基调是表达强烈的情感,他们的口号便是'想象力'。"④在英国浪漫主义诗人的创作理念中,"想象力"是一个关键词。雪莱在《诗辩》中写道:"心灵有两类活动,叫作推理和想象……在通常的意义下,诗可以界说为'想象

---

① 《大美百科全书》编委会编:《大美百科全书》(第 23 卷),北京:外文出版社,1994 年,第 414 页。
② [英]玛里琳·巴特勒(Butler, Marilyn):《浪漫派、叛逆者及反动派:1760 – 1830 年间的英国文学及其背景》,黄梅,陆建德译,沈阳:辽宁教育出版社,1998 年,扉页。
③ [英]华兹华斯(Wordsworth, William):《<抒情歌谣集>1815 年版序言》,载伍蠡甫,蒋孔阳,翁义钦,程芥未编:《西方文论选》(下卷),上海:上海译文出版社,1988 年,第 16 页。
④ Abrams, M. H., *The Correspondent Breeze: Essays on English Romanticism*, New York: W. W. Norton & Company Inc., 1984:52.

的表现'。①济慈也在书信中写道:"除了对于内心情感的神圣和想象力存在的真实性之外,我对其他什么都没把握。"②

浪漫主义运动代表的是一种文学态度:重视主观想象而轻视客观分析,强调心灵感受而不注重逻辑理智,看重神秘而不注重常识,不赞同新古典主义倡导的清规戒律,也不提倡现实主义尊崇的简明直白。浪漫主义诗人感情真挚、强烈,直抒胸臆,情感的表达成为浪漫主义诗人的首要任务。他们反对新古典主义枯燥、冰冷的理性,透过诗歌抒发个人的感受和人生体验,他们的作品都有着鲜明的感情色彩。之前的作家们普遍强调社会的总体价值,而浪漫主义时期的作家则颇重视个人价值,强调个人价值的体现。

"想象"成为浪漫主义时期文学的重要特征之一,受到浪漫主义诗人们的推崇。《西方古今文论选》中这样谈到想象:"想象说是华氏(华兹华斯)诗论,也是浪漫主义诗论的核心。后一序言(《抒情歌谣集》1815 年版序言)强调:'想象……是一个更加重要的字眼,意味着心灵在那些外在事物上的活动,以及被某些特定的规律所制约的创作过程或写作过程。''……想象力也能造型和创造。……最擅长的是把众多合为单一,以及把单一分为众多……''想象的这些程序是把一些额外的特性加诸于对象,或者从对象中抽出它所确有的一些特性。这就使对象作为一个新的存在,反作用于执行这个程序的头脑'。"③同时认为这已经超出了亚里士多德以来关于诗歌是模仿具体行动的传统,并似乎已经预示着 19 世纪末里普斯的移情说了。

"'想象力'作为浪漫派的核心理论和主体性的基本内涵,不过意味着艺术的自治。""'想象力'就是无法言说的'内在性'的表达,象征着包容无限可能的完美整体。波德莱尔引导了 20 世纪早期艺术创造的'创造性想象力'概念,就是这一思想的延续。"④而艺术的自治促成了语言的自治,这也成为浪漫派诗人在诗歌中自由表达情感的原因之一。

法国大革命爆发之时,英国的工业革命已经开始,但英国的资本家们还没有在政治上取得绝对的统治地位,民主各派的斗争很激烈。浪漫主义时期的社会现

---

① [英]雪莱(Shelley, Percy Bysshe):《诗辩》,载伍蠡甫,蒋孔阳,翁义钦,程芥未编:《西方文论选》(下卷),上海:上海译文出版社,1988 年,第 31 页。
② Rollins, Hyder Edward (ed.). *The Letters of John Keats* 1814 – 1821 (*Two Volumes*) (Volume I). Cambridge, Massachusetts:Harvard University Press, 1958:184.
③ 伍蠡甫:《西方古今文论选》,上海:复旦大学出版社,1984 年,第 115 页。
④ 范劲:《作为后理论实践的诗学——编选 <西方现代诗学选读> 引起的思考》,《人文杂志》,2015,(1):52 – 62.

状和工业革命对社会自然带来的影响和破坏对诗人们的创作产生了重要影响。工业革命对大自然的破坏和对现实环境的影响破坏了现实的美,"1815年至1819年,英国动荡不安,严重的暴力大概比法国大革命期间任何时期更有一触即发之势"①。人们在现实中无法找到美,"双眼找不到/任何可使其安歇的外观或表象/只会将所见到的僵直不变的逻辑/向灵魂呈示,似用冷酷无情的/链条将我的七情六欲捆绑"②。

的确,济慈成长和开始诗歌创作的19世纪初,英国正经历着工业革命为社会带来的巨大变革,经过工业革命的涤荡,工人暴动、大规模破坏机器的行为时有发生,各种社会矛盾日益尖锐:英国与殖民地之间的矛盾,议会制内部的腐败所引起的国内矛盾,苏格兰土地问题的争端等矛盾交织在一起。在法国大革命的强烈冲击下,这些矛盾愈加突出。英国的浪漫主义文学正是在这样的历史背景下产生并发展起来的,其中以浪漫主义诗歌的成就最为卓著。

1798年,英国浪漫主义诗人柯勒律治(Samuel Taylor Coleridge,1771-1834)在《静思中的忧虑》(*Fears in Solitude*)中以诗歌的形式对18世纪末期、19世纪初期的英国社会做了全景式的揭示,浓缩地展示了英国当时的社会状态:

> 我们蔑视所有体面的规矩,却像在
> 市场上一样,以自由、以穷人的生命
> 换得金子!……
> 所有人,所有人都共同布设了一个伪誓的诡局,
> 动摇了信仰的根基;上帝本身的名字
> 也成了杂耍者的魔语;而那只名叫无神论的
> 猫头鹰,因兴奋而变得大胆,从他那
> 黑暗而偏僻的藏身处飞出(不详的景象!)
> 凭一双污秽翅膀,划破午间的空气"③

---

① [英]玛里琳·巴特勒(Butler, Marilyn):《浪漫派、叛逆者及反动派:1760—1830年间的英国文学及其背景》,黄梅、陆建德译,沈阳:辽宁教育出版社,1998年,第216页。
② [英]华兹华斯(Wordsworth, William):《序曲》(1850)(第三卷),丁宏为译,北京:中国对外翻译出版公司,1999年,第135到169行。
③ Perkins, David, (ed.) *English Romantic Writers*, Orlando, Florida: Harcourt Brace Jovanovich College Publishers, 1967:426. 转引自丁宏为:《真实的空间——英国近现代主要诗人所看到的精神境域》,北京:北京大学出版社,2013年,第3页。

威廉斯在《文化与社会:1780 – 1950》(Culture and Society 1780 – 1950)中写道济慈等作家们不可能不受到社会现状的影响生活在真空中。"布莱克和济慈不能被贬抑为某种暧昧的理想主义,他们是热情投身于时代悲剧中的男人和诗人,提醒人们注意到这一点,是非常必要的。"①

的确,生活在那个时代,济慈并没有对社会的矛盾和人们的信仰危机置若罔闻。在1817年11月3日,给贝莱(Benjamin Bailey)的信中,济慈阐发了他对社会政治的看法:"道德良知旗帜下掩盖着的是可厌、可耻的偏执,其中尤为令人作呕的是——林肯教区的主教已经在腐败的深渊中沉沦下去,然而这样一种对最基本的公正的背叛竟然逃脱了应有的惩罚!主教的教冠下掩藏着的竟然是虚华的、暴虐的、目空一切的极度蛮横!我重提'蛮横'这个词,是因为,这件事尤其让我恼怒的就是它的'蛮横'——给他的最为严肃的回应本该是一顿鞭笞的——尽管现在,他还高踞于自己的宫殿之内。这就是今天的世界——而我们就生活于其中——毋庸置疑,你正在与因此事而带来的令人窒息的后果作一系列的斗争——唉,为了求得那来自宗教事务的诗意与美好的莫大安慰(人类的矜持不免将它回避)。"②

浪漫主义时期的社会状态影响了济慈的诗歌创作和诗学观的形成。论环境,当时英国是第一个经历第一次工业革命的国家,世界上最大的殖民帝国,在国内它的政府用严刑峻法对付群众运动,而人民的斗争则更趋高涨,终于导致后来的宪章运动和议会改革。从布莱克起始,直到济慈,浪漫诗人们都对这样的环境有深刻感受,形之于诗,作品表现出空前的尖锐性。"③这是王佐良谈到浪漫主义时期的社会现状对诗人们产生的影响时的描述。可以说,浪漫主义思潮影响了济慈和每一个浪漫主义诗人。

济慈对人间苦难和社会矛盾是有着他深刻感受和敏锐体会的,济慈的诗歌中有多首是讴歌自由、和平、博爱的作品,如《写于李·亨特先生的出狱之日》(Written on the Day That Mr. Leigh Hunt Left Prison)、《咏和平》(On Peace)等。诗中,济慈曾这样写过:

没有人可以夺取这个高峰,

---

① [英]雷蒙·威廉斯(Williams, Raymond Henry):《文化与社会:1780 – 1950》,高晓玲译,长春:吉林出版集团有限责任公司,2011年,第42页。
② Rollins, Hyder Edward (ed.). The Letters of John Keats 1814 – 1821 (Two Volumes) (Volume I). Cambridge, Massachusetts:Harvard University Press, 1958:178 – 179.
③ 王佐良:《英国浪漫主义诗歌史》,北京:人民文学出版社,1991年,第2页。

除了那些将世界的苦难
当作自己的苦难,
而且时刻将此记挂心头的人。①

很多学者在论述中提到了动荡的社会和信仰危机给文学界带来的影响,对自然的崇爱与关注正是受到了这种影响的结果。"浪漫主义诗人都对自然有着极浓厚的兴趣,这种兴趣并非是将大自然作为美景的显现之所在,而是将其视为让人类增长见识、影响人类精神生活的所在。这应该是因为人类被即将到来的工业革命和令人恐怖的工业化城市所惊吓,他们试图回归大自然以寻求保护;或者是传统宗教信仰的力量削弱了,人类正从他们个人经验的精神领域来寻求信仰。"②

19世纪前30年英国文坛的荣耀是属于诗歌的。在英国浪漫主义时期,文学家的突出特征除了对想象的重视,另外两个便是崇拜自然和强调个性。浪漫主义诗人们对大自然有着强烈的爱,或雄伟或优美、或静谧或澎湃的大自然,奇幻的异域之乡都成了诗人们寄托自由理想的所在。浪漫主义运动的参与者多半是年轻人,他们大声疾呼,提倡创作自由,鼓吹标新立异,激烈反对以往的创作陈规,而实际上这一文学思潮并非没有历史渊学,而是与18世纪启蒙文学有直接的继承关系。

18世纪法国启蒙学者卢梭提出"返归自然"的观点,当时这是一种反历史的观点,而在济慈那里"返归自然"不但不是反历史的,而是其自然观的必然内容。因卢梭提出"返归自然"是否定人类一切文明,当然是反历史的,但就其自然观而言又具有合理的一面。

浪漫主义的想象不推崇先验的东西,也并不排斥经验。一方面人们承认感官的重要作用,承认可感的世界是人们认识现实的必由之路,例如济慈对感官体验的强调。另一方面他们又深信一个超越感官世界的不同的世界的存在。诗人们渴望通过想象去探索这个不可感知的世界,体味这个世界中借由美产生的真。

英国浪漫主义诗人在诗学思想和作品创作上深受德国唯心主义古典哲学的影响,承继和发展了启蒙主义对"自由、平等、博爱"的强调和对人的情感自由与情感体验的重视,并开始重新去认识自我个体,重视情感而不看重理性,从而进一步

---

① Stillinger, Jack (ed.). *John Keats:Complete Poems*. Cambridge, Massachusetts:Belknap Press of Harvard University Press, 1982:364.

② Evans, Ifor. *A Short History of English Literature* (Fourth Revised and Enlarged Edition). C. Nicholls & Company Ltd, 1976:71.

追求人的个体价值的实现。出于对个体内心情感的抒发和追求的重视,英国的浪漫主义诗人们与欧洲各国的先驱们一起在作品中挥洒张扬,追求强烈情感的自然流露,宣扬个性解放,彻底将情感提到了对理性的重视之上。

在描述浪漫主义诗人时,王佐良曾用"一个外科医生的小助手"来代指济慈:"后一代诗人——一个贵族、一个富家子、一个外科医生的小助手——继续探索。如此一浪紧接一浪,后浪又高过前浪,不仅写出了在意境和诗艺上更锐进的作品,使得英国浪漫主义内容更加丰富,而且积累起更大力量,像命运之神般向全欧洲扑去。"①不管济慈是伟大的诗人还是医生的小助手,济慈的名字永远地刻在了英国浪漫主义文学的史册中,他的诗学观产生于英国浪漫主义的艺术摇篮,同时也丰富了英国浪漫主义的诗学思想和诗歌创作。

浪漫主义时代是个性张扬的时代,诗人们乘着诗歌的风帆鼓吹呐喊,想要"把我的文字播撒向人间/从我的双唇撒向那未苏醒的大地"②。华兹华斯、柯勒律治、拜伦、雪莱无不如此。诗人们以积极亢奋的姿态张扬地创作着,在这种情况下,同为诗人的济慈开始对诗学理念进行反思,对这种自我的极度张扬的思潮进行思考所谓物极必反,济慈开始尝试着在这个个性张扬的时代消解自我的个性,达到物我同一的状态。在济慈的反思中,"消释力"说水到渠成地产生了。

论述至此,不能不提到19世纪初英国散文家、评论家威廉·哈兹里特(William Hazlitt,1778 - 1830)在济慈诗学观形成过程中所起到的重要作用。哈兹里特著述涉及领域广泛,其中包括历史、哲学和政论等各个方面。其理论思想对济慈的影响至深。

1817年5月10日,在写给李·亨特(Leigh Hunt,1784 - 1859)的信中,济慈写道:"我一定要说说哈兹里特那篇评论骚塞的文章③——天哪,他真是为此付出了心血!其他报纸上也会出现类似的文章,但都不会得出像他那样振聋发聩的结论——关于'凝聚了整个生命感受的一页'那句④,于我看来犹如在文海中拱起了

---

① 王佐良:《英国诗史》,南京:译林出版社,2008年,第222 - 223页。
② [英]雪莱(Shelley, Percy Bysshe):《雪莱经典诗选:汉英对照》,蒋今锦,张子健译,北京:中国画报出版社,2012年,第132页。
③ 1817年5月4日哈兹里特在《观察家》上发表了评论文章,文章对骚塞的《给威廉·史密斯议员阁下的信》进行了批判。
④ 那句是指哈兹里特写道:"以上文字,我担心,是用阿雷霆(Aretin)的风格写成的,骚塞先生曾在《季刊》中对阿雷霆予以谴责。那至少是一种讲求科学的风格,骚塞先生永远不会那样写,直到他将同样的想法保持三个二十年之久。人们为什么不可以把一个凝聚整个生命感受的句子写成一页纸那么长?"

鲸鱼的脊背。"①

　　济慈与哈兹里特互相赏识,哈兹里特对济慈诗歌的鉴赏力尤为赞赏,他在许多散文中都表达了对济慈的赞颂之情,热情赞扬作为英国诗人的济慈的优秀诗才。而在济慈的书信中至少有24次提到了哈兹里特,对哈兹里特的评价很是独到、公允。

　　1818年2月21日给乔治和汤姆·济慈的信中,济慈写道:"哈兹里特的演讲我总去听的——上次讨论的是关于格雷·柯林斯、扬和其他一些人,他对斯威夫特、伏尔泰和拉伯雷做出了很有分寸的精彩评论——但他对查特顿的态度令我感到非常失望。"②哈兹里特的这次演讲是那个月的17日做的,济慈这封信的内容被哈兹里特得知,在当月24日的又一次讲演中,哈兹里特开场便说道:"我为我说过的话道歉,那些话可能让有些人感到失望,与他们,我很愿意在这些观点上保持一致。"③这一方面表明哈兹里特对于济慈的意见也是极为重视的;另一方面也说明济慈对于文学家们的观点与评述很有自己的见解。

　　1818年6月,在温南德米尔湖(Winandermere)岸边步行时,济慈深深地被大自然的风景吸引住了,在感叹的同时,提到了哈兹里特的观点,并表达了不同意见:"我不赞同哈兹利特的意见,说这样的景致会使人显得渺小。我从未如此彻底地忘怀自己的身材、高度——我只存在于目之所见,我的想象变得无所事事,因为它已经被超越了。"④济慈表达了不同于哈兹里特的观点,但感慨之时,济慈想到的哈兹里特的表达,可见哈兹里特对济慈思想的重要影响作用。

　　1819年1月,哈兹里特在其自费出版的题为《威廉·哈兹里特先生致威廉·吉福得先生的一封信》的小册子中写道:"你是一个小人,但又是一个不可小看的狗腿子,所以很值得注意。你是政府的批评家,是与政府侦探颇不相同的人物,是联结文学与警察局的看不见的纽带。"济慈在之后的信件中引用了这封信的大部分内容,并写道:"这封信所产生的力量和它内在固有的力量来自天才的笔法。他

---

① Rollins, Hyder Edward (ed.). *The Letters of John Keats* 1814 – 1821 (*Two Volumes*) (Volume I). Cambridge, Massachusetts: Harvard University Press, 1958:137 – 138.
② Rollins, Hyder Edward (ed.). *The Letters of John Keats* 1814 – 1821 (*Two Volumes*) (Volume I). Cambridge, Massachusetts: Harvard University Press, 1958:237.
③ Rollins, Hyder Edward (ed.). *The Letters of John Keats* 1814 – 1821 (*Two Volumes*) (Volume I). Cambridge, Massachusetts: Harvard University Press, 1958:237.
④ Rollins, Hyder Edward (ed.). *The Letters of John Keats* 1814 – 1821 (*Two Volumes*) (Volume I). Cambridge, Massachusetts: Harvard University Press, 1958:301.

精力过人,正如他自己评论拜伦爵士一样。"①

哈兹里特在当时声誉并不高,其学术理念也没有得到普遍认可,亲政府的文人们热衷于对他进行攻击,其中《每季评论》(Quarterly Review)的编辑威廉·吉福得(William Gifford)的攻击尤为恶毒无礼。但济慈对哈兹里特尤为欣赏,这从一个侧面说明了济慈对哈兹里特诗学理念的认同。

正是攻击哈兹里特的《每季评论》,后来又恶毒攻击了济慈,之后许多评论者认为济慈是被他们的攻击气死的。拜伦曾在诗中写道:"谁杀死了约翰·济慈?'是我'《每季评论》说,这么野蛮,这么放肆,'这是我的杰作'。"

哈兹里特为此也表达了类似想法:"济慈先生被逐出了这个世界,是他的杰出天才和受伤害的情感促使他早夭。总而言之,这位有可能成为诗坛巨星的人因不够谨慎而招来的遭遇可以作为一种告诫,尤其是对一切初出茅庐、羽翼未丰者的告诫:除了得到王室贵族或政府的保护以外,不要冒险进行没有把握的试验……可怜的济慈因冒犯了君王付出了自己的健康和生命。虽然他的诗歌犹如春之呼吸,他的许多思想犹如鲜花……"②哈兹里特的评论也表达出了他对济慈诗歌的肯定与赏识。

济慈的"消释力"说在济慈的诗学思想中占有重要地位,一直以来,研究者们尝试追溯这一理论的源头、厘清这一理论形成的脉络,各家见仁见智。不少学者认为济慈的这一诗学理论是与他的性格密切相关的,"消释力"的概念是部分地源自他性格中从不张扬、不独断专行的特点。但客观而言,这一诗学概念除了主要是受莎士比亚的影响之外,也受到哈兹里特极大的影响。

王守仁、胡宝平等曾对济慈的主要诗学观"消释力"说的源头做了这样的总结:"贝特认为克恩(Edmund Kean)的表演、韦斯特(Benjamin West)的画作、莎士比亚的《李尔王》,再加上哈兹里特的影响,启发了济慈提出消极感受力(Negative Capability,本文译为'消释力')的概念。罗伊则提出消极感受力是作为对威廉·葛德温所代表的理性主义的反拨出现的,济慈的名言'但愿人们能依靠感觉而非理智生活'是对葛德温的回应,而与变色龙诗人相对立的有道德的哲学家指的也是葛德温。"③

最终得出结论:"无论学者们的意见出现什么样的分歧,他们普遍留意到1817

---

① [美]安妮特·T·鲁宾斯坦(Rubinstein, Annette T.):《英国文学的伟大传统(中):从彭斯到莱姆》,陈安全等译,上海:上海译文出版社,1998年,第154-155页。
② [美]安妮特·T·鲁宾斯坦(Rubinstein, Annette T.):《英国文学的伟大传统(中):从彭斯到莱姆》,陈安全等译,上海:上海译文出版社,1998年,第285-286页。
③ 王守仁、胡宝平等:《英国文学批评史》,南京:南京大学出版社,2013年,第136页。

至1818年间哈兹里特对济慈的思想产生了重大影响,如变色龙诗人的概念源于哈兹里特,是哈兹里特将18世纪的通感传统介绍给济慈,布鲁姆还曾经用'影响'理论对消极感受力(Negative Capability,本文译为'消释力')这一概念的诞生进行诠释,称济慈乃受到哈兹里特演说的启发。"①济慈曾在书信集中多次提到过听哈兹里特讲演的事,济慈不仅听那些讲演,还对哈兹里特所讲内容给予评价。对于不肯俯首谄媚取悦大众的济慈来说,不可能违拗心意去听不愿听的讲演,即使对某些讲演内容并不认同,济慈也依然从哈兹里特的演说中汲取到了营养,得到了启发。哈兹里特的理论无形中影响了济慈的诗学观念,对济慈诗学观的形成起到了巨大作用。

对此,艾布拉姆斯(Meyer Howard Abrams,1912-2015)也做过评述:

"莎士比亚'博大的灵魂'是'本能的、深沉的同情心'的最伟大典范。'他一点也不是自我主义者。他自身什么也不是;但又是别人是的或者可能成为的那种人……他必须只考虑那样东西,以便在各种条件具备之际成为那样东西……眼下可以说,这位诗人与他所要表现的人物相认同了,并且从一个人物变为另一个人物,又如同一个灵魂使得一个接一个的不同形体具有活力一样。'约翰·济慈在他的同代人中最为坚决,他崇拜哈兹里特,并听过他讨论莎士比亚的演讲。他在论述莎士比亚的非个人性时,表达了相近的思想。"②

济慈相近思想的表达是在1818年10月27日写给伍德豪斯(Richard Woodhouse)的信中:"说到诗人的个性,它并不是诗人自己的个性——它也没有自我——它是一切又什么都不是——它是没有个性的——它喜欢光亮也享受阴影,不管是丑是美,是低是高,是富还是穷,是贱还是贵,它总爱率性而为。"③

可以说,哈兹里特对济慈诗学观的影响是多方面的,他的演讲给了济慈表达诗学思想的动力。哈兹里特的思想给了济慈很大的启发和思考的空间,其中最重要的便是对济慈提出"消释力"说所起到的启发作用。

总之,英国浪漫主义的信条为济慈崇尚情感、重视想象、赞颂自然、弘扬"美"提供了肥沃的土壤。在对浪漫主义过度自我张扬的反思和对诗学本真的思考中,济慈提出了"消释力"说。

---

① 王守仁,胡宝平等:《英国文学批评史》,南京:南京大学出版社,2013年,第136页。
② [美]艾布拉姆斯(Abrams, Meyer Howard):《镜与灯——浪漫主义文论及批评传统》,郦稚牛,张照进,童庆生译,北京:北京大学出版社,2004年,第299页。
③ Rollins, Hyder Edward (ed.). *The Letters of John Keats* 1814-1821 (*Two Volumes*) (Volume I). Cambridge, Massachusetts: Harvard University Press, 1958:386-387.

第三节　先哲诗人——济慈诗学观产生的思想启迪

济慈爱好读书,对诗歌又有着超乎寻常的兴趣,英国先哲诗人的思想启迪对济慈诗学观的形成产生了直接影响。

本节主要讨论其中的三位:莎士比亚、斯宾塞和弥尔顿。

莎士比亚(William Shakespeare,1564-1616)是希腊诗人荷马之后影响济慈最深的一位诗人。

莎士比亚的诗才让济慈仰慕,在《静坐再读<李尔王>有感》中,济慈称莎士比亚为:"一代诗宗!你是阿尔比安①的云!"②济慈期盼莎士比亚给他以更深沉、更有灵感的创作激情:"等我在烈火中将自己耗尽,请给我/凤凰的新翅,让我可以随心飞翔。"③

济慈经过反复的思考,总结提出了他最为重要的诗学理论——"消释力"说(Negative Capability),而这一理论概念是济慈在思考是怎样一种品质帮助莎士比亚取得了文学上的巨大成就时提出的。"我思索究竟是哪种品质使得人类有所成就,特别是在文学方面,如莎士比亚就极大程度地拥有的一种品质"④,济慈紧接着给出了答案——"消释力"。"消释力"说这一诗学概念是济慈在对莎士比亚作品的研究、思索中总结而出并逐渐思考成熟的。

在书信集和诗歌中,济慈多次表达了他对莎士比亚的崇敬之情及莎士比亚对他产生的至深影响。

在1817年11月22日给雷诺兹(J. H. Reynolds)的信中,济慈用了很大篇幅高度赞颂了莎士比亚的诗歌,并引用了莎士比亚的诗歌以表达他强烈的喜爱之情。"我带来的三部书,其中有一本是莎士比亚的诗集,我在十四行诗中从未发现有如此之多的美——它们看起来满是美好的事物,而且并非刻意表现——在某些思想的有力表达之中——下面这段是不是有思想呼之欲出呀?你听啊!当我看到参

---

① 阿尔比安(Albion):凯尔特语中对英国的古称。作为莎士比亚四大悲剧之一的《李尔王》的时代背景正是凯尔特族时期的英国。
② Stillinger, Jack (ed.). *John Keats: Complete Poems*. Cambridge, Massachusetts: Belknap Press of Harvard University Press, 1982:166.
③ Stillinger, Jack (ed.). *John Keats: Complete Poems*. Cambridge, Massachusetts: Belknap Press of Harvard University Press, 1982:166.
④ Rollins, Hyder Edward (ed.). *The Letters of John Keats* 1814-1821 (*Two Volumes*) (Volume I). Cambridge, Massachusetts: Harvard University Press, 1958:193.

天大树落尽了叶子/往昔,它们曾荫蔽喘息的牛羊/夏日的绿枝都已束成捆/带着硬挺的白须被舁上殓床。"①

济慈接着说:"他已写尽了一切,令人无从置喙。"②并称莎士比亚的诗句会成为他诗歌的座右铭。对于济慈,莎士比亚的诗歌是诗歌中的典范,莎士比亚的诗学观是他要践行的诗学思想。

不仅仅对莎士比亚,济慈甚至羡慕莎士比亚生活的整个时代。在1818年2月3日写给雷诺兹(J. H. Reynolds)的信中,济慈表达了对莎士比亚生活的伊丽莎白一世那个历史时代的肯定、赞美和向往:

"诗歌应是伟大且谦虚的,它能够进入人的灵魂,是以其所涉及的主题而不是以其自身来打动读者或引起赞叹——那些僻静角落的花儿是多么的美丽! 如果它们聚集在大路上大喊大叫:'羡慕我吧,我是一支紫罗兰! 宠爱我吧,我是一朵报春花!'想想那样它们的美丽还会如何存在? 现代的诗人与伊丽莎白时代诗人的区别尽在于此。每个现代诗人都像个汉诺威选帝侯一样管着自己的一小块领土,他清楚地知道每天从他辖区的马路上要扫掉多少根稻草,而且时常控制不住地非要让所有的家庭主妇将家里面的铜器擦得铮亮;而古代的诗人则是幅员辽阔的疆域的皇帝,对于边远的地区,他们只知其名,绝少记挂着要到那里去看看。"③

在表达对现实的不满时,济慈提到了两位诗人和他们作品中的主人公:"荷马非常好,阿喀琉斯很好,狄俄墨得斯很好,莎士比亚很好,哈姆雷特很好,李尔王很好。"④对荷马、莎士比亚及他们作品的喜爱已成为济慈生活和创作中无法割舍的一部分。

1818年3月,在给本杰明·贝莱(Benjamin Bailey)的信中,济慈将"精神灵性之物"(Ethereal thing)分为了三类:"说到'精神灵性之物'至少具有一点实在性,它们可以划分为真实的、半真实的和虚无的三类。真实的事物是指像日月星辰、莎士比亚的诗篇这样的存在;半真实的事物是如爱情、云彩等,它们需要得到心灵的呵护才可得以完整地存在;而虚无之物则需要由激情满怀的炽热追求来助它们

---

① Rollins, Hyder Edward (ed.). *The Letters of John Keats* 1814 – 1821 (*Two Volumes*) (Volume I). Cambridge, Massachusetts: Harvard University Press, 1958: 188 – 189.
② Rollins, Hyder Edward (ed.). *The Letters of John Keats* 1814 – 1821 (*Two Volumes*) (Volume I). Cambridge, Massachusetts: Harvard University Press, 1958: 189.
③ Rollins, Hyder Edward (ed.). *The Letters of John Keats* 1814 – 1821 (*Two Volumes*) (Volume I). Cambridge, Massachusetts: Harvard University Press, 1958: 224.
④ Rollins, Hyder Edward (ed.). *The Letters of John Keats* 1814 – 1821 (*Two Volumes*) (Volume I). Cambridge, Massachusetts: Harvard University Press, 1958: 242.

伟大而尊严地存在。"① 莎士比亚的诗篇是和日月星辰同样的存在,不管读诗之人是否满怀激情地去追寻,甚至不需要用心去体悟,那些诗篇都会熠熠发光。这是济慈对莎士比亚极高程度的赞扬与肯定,是对莎士比亚文学成就笃定的认可。

在1820年8月写给芳妮·布劳恩(Fanny Brawne)的信中,济慈提道:"莎士比亚总是以至高无上的有效的方式来概括事物,当哈姆莱特对奥菲莉娅说出'到修道院去,去吧,去吧!'的时候,他的心也如我这般充满了痛苦。"②

在济慈看来,莎士比亚是"至高无上"的,是诗人们的楷模。作为作者的莎士比亚成功地通过作品让作为读者的济慈感受到了同样的心痛;而莎士比亚能因作品中的人物而心中充满痛苦,则正是因为莎士比亚具备济慈提出并加以强调的"消释"的能力。

文艺复兴时期的英国诗人斯宾塞(Edmund Spenser,1552–1599)是影响济慈诗学观形成不可不提的另一位伟大诗人。

可以说,济慈弃医从文的路上,斯宾塞功不可没。斯宾塞为济慈打开了诗歌的大门。"斯宾塞的代表作《仙后》(The Faerie Queene)唤醒了济慈的天生诗才。令济慈欣喜若狂、满怀热望、惊叹不已的是斯宾塞的诗歌形象中产生的特殊引力及其诗歌世界里图画般的色彩和音乐魅力。"③

大约是1813年夏季,亦师亦友的克拉克(Charles Cowden Clarke,1787–1877)无意中给济慈读了一段斯宾塞的《喜歌》(Amoretti)。克拉克读完看到济慈脸上洋溢着抑制不住的喜悦,就像人们发现了自己喜欢的食物时的表情。当天,济慈从克拉克那里借走了《仙后》第一卷。"克拉克后来用'小马遇上了春天的草地'来形容济慈对《仙后》的态度。按照克拉克的说法,读过《仙后》之后的济慈'生活在一个新的世界,变成了另外一个人'。"④

《仙后》中美轮美奂的想象世界具有一种势不可挡的力量,与身处的现实世界分庭抗礼,自此,济慈诗学世界里埋下了"想象"的种子。"济慈对想象世界的推崇,应该说从阅读《仙后》开始,他像呷了一口鸦片药剂一样,从此沉醉于这种世界而不能自拔。"⑤

---

① Rollins, Hyder Edward (ed.). *The Letters of John Keats* 1814–1821 (*Two Volumes*) (Volume II). Cambridge, Massachusetts:Harvard University Press, 1958:242–243.
② Rollins, Hyder Edward (ed.). *The Letters of John Keats* 1814–1821 (*Two Volumes*) (Volume II). Cambridge, Massachusetts:Harvard University Press, 1958:312.
③ 刘治良:《济慈诗歌创作成因探源》,《贵州大学学报》(社会科学版),1989,(4):58–62.
④ 傅修延:《济慈评传》,北京:人民文学出版社,2008年,第49页。
⑤ 傅修延:《济慈评传》,北京:人民文学出版社,2008年,第49页。

斯宾塞曾多次出现在济慈的诗歌和书信集中：

1818年2月5日，济慈以《致斯宾塞》(*Spenser, a jealous honorer of thine*)为题创作了一首十四行诗，诗歌第一行便是以斯宾塞开始的：

斯宾塞，你有一个羡慕你的崇拜者①
夏日里，来同我做伴吧，为了敬重你
也为了取悦他(李·亨特)，我愿意试试我的笔。②

在开始诗歌创作的很长一段时间里，济慈写出的诗歌都是极力模仿斯宾塞的风格，追求诗歌语言的典雅富丽，对语言本身的要求极高。

在《写于李·亨特先生的出狱之日》(*Written on the Day That Mr. Leigh Hunt Left Prison*)里，济慈在赞颂李·亨特、盛誉他的美名将长存于世之时，借用了斯宾塞和弥尔顿作比："他徜徉在斯宾塞的厅堂和亭院里／采撷那令人流连忘返的鲜花；他伴随／勇士弥尔顿向着广袤的天宇翱翔／他的才能正飞向自己的巅峰。"③可见两位诗人在济慈的世界中是占有相当重的分量的。

斯宾塞对济慈影响至深，艾布拉姆斯(Meyer Howard Abrams, 1912–2015)对此也曾有过描述："查尔斯·考登·克拉克(Charles Cowden Clarke, 1787–1877)对济慈伏案攻读的情景做了描绘，使它成为一幅永恒的凝固的图画：他在读到斯宾塞的《结婚曲》中'热情洋溢的段落'时，是如何'狂喜之情溢于言表'，他在《仙后》中'乱闯乱撞'时，又是怎样'精心选出一些形容词语'，对它们的'贴切和有力'大加赞赏。"④

济慈早期的作品多模仿斯宾塞的风格而作，在斯宾塞诗歌的影响下，济慈对千变万化的大自然的美景、倾心悠闲的田园生活产生了特殊的感情和兴趣。同时就个人特质来讲，济慈不喜欢枯坐书斋，创作之余，过着丰富多彩的生活，喝酒、跳舞、玩牌、击球、看戏、交友，领略生活兴趣，用年轻人热情好奇的眼光观察着大千世界。为了开阔眼界，增长见闻，他和友人一道游览华兹华斯所住的湖边，在苏格

---

① Stillinger, Jack (ed.). *John Keats: Complete Poems*. Cambridge, Massachusetts: Belknap Press of Harvard University Press, 1982: 172.
② Stillinger, Jack (ed.). *John Keats: Complete Poems*. Cambridge, Massachusetts: Belknap Press of Harvard University Press, 1982: 173.
③ Stillinger, Jack (ed.). *John Keats: Complete Poems*. Cambridge, Massachusetts: Belknap Press of Harvard University Press, 1982: 6.
④ [美]艾布拉姆斯(Abrams, Meyer Howard):《镜与灯——浪漫主义文论及批评传统》,郦稚牛、张照进、童庆生译,北京:北京大学出版社,2004年,第162页。

兰一带穿行，将大不列颠最高峰本尼维斯山踏在脚下。这一切无一不影响了济慈的诗学观，尤其是他自然诗学观的形成。

1814年，济慈写出了他人生的第一首诗歌《仿斯宾塞而作》(Imitation of Spenser)。诗中尽显济慈对大自然美的颂扬：小溪、凉亭、翠鸟、"闪着银光的明亮水面""羊毛般的团团白云""天鹅优美地弯曲的雪白的脖颈"①无一不是济慈对自然美的发现和赞颂。

斯宾塞的《喜歌》(Amoretti)一诗是诗人为婚礼写下的最具美感的一首赞美诗。济慈为这种美震撼。"《喜歌》是济慈学诗时代的初恋，它使济慈对诗歌艺术产生了'惊艳'之感，在创作《希腊古瓮颂》的过程中，当年的感觉不可能不浮上心头，但这回他不仅要通过引人入胜的石雕展示人生与艺术之美，更要对这两种美做一番超越前人的思考。"②

《无情的妖女》(La Belle Dame sans Merci: A Ballad)中弥漫着中世纪的情调，这种创作方法也受到了斯宾塞的影响。

1817年4月给雷诺兹(J. H. Reynolds)的信中，济慈写道："就在刚才，我翻开了斯宾塞的诗，映入眼帘的头几行诗句是——高贵的心灵孕育出善良的思想／伟大而荣耀的意向在那里生长／孜孜不倦、永无止息，直到它的奋斗／创造出永恒的卓越辉煌——"③写信的时候，济慈的写作状态很糟，他希望雷诺兹到来之前自己能进入创作的状态，之所以写下斯宾塞的这些诗句，是济慈在用斯宾塞的诗句给自己从写作的力量、创作的动力。在斯宾塞诗句的鼓舞下，济慈进行着他的诗歌创作。

1820年7月，在写给芳妮·布劳恩(Fanny Brawne)的信中，济慈写道："在刚刚过去的这一个星期里，我一直忙着把斯宾塞诗歌中的那些最美丽的句子标记出来，这样做既是为了你，也是以此来自慰：即使给你的欢乐微乎其微，我也总算是做了点什么。做这件事情使得我的日子轻松不少，现在我好多了。"④写信之时济慈已病得很重，在斯宾塞的诗歌中发现优美的句子对济慈来说是一件快乐轻松的事。

---

① Stillinger, Jack (ed.). *John Keats: Complete Poems*. Cambridge, Massachusetts: Belknap Press of Harvard University Press, 1982:1.
② 傅修延：《济慈"三颂"新论》，《江西社会科学》，2007,(2):227.
③ Rollins, Hyder Edward (ed.). *The Letters of John Keats* 1814-1821 (*Two Volumes*) (Volume I). Cambridge, Massachusetts: Harvard University Press, 1958:133-134.
④ Rollins, Hyder Edward (ed.). *The Letters of John Keats* 1814-1821 (*Two Volumes*) (Volume II). Cambridge, Massachusetts: Harvard University Press, 1958:302.

可以说,对斯宾塞诗歌的喜爱与关注延续了济慈整个创作生涯。

第三位给济慈思想启迪较为深刻的是英国诗人、政论家弥尔顿(John Milton, 1608—1674)。

济慈很早就接触到了弥尔顿。"在赫蒙德诊所的第一年,他抽空完成了《伊尼德》的翻译,为此克拉克还奖励了他一本奥维德的《变形记》。济慈信手在这本书上写下了自己的名字,同样字体的签名还出现在弥尔顿的插图本《失乐园》上,这说明济慈此时已经拥有一批属于自己的藏书了。"①

在写就于1818年的《见弥尔顿的一缕头发有感》(*Lines on Seeing a Lock of Milton's Hair*)一诗中,济慈称弥尔顿为"文坛首领",是"声音响彻天庭的,甜美声音的生动殿堂"。济慈大赞弥尔顿诗歌的宏大、美好:"凭着你那唇间说出的一切/凭着你俗世之爱的精华／还有那人间天上的美轮美奂。"②济慈将此作为自己诗歌创作想达到的境界。"人间天上的美轮美奂"是弥尔顿想象世界中的美,对于济慈充满着无穷的魅力。

而对弥尔顿的崇拜,济慈在诗中也进行了淋漓尽致的描写:"即使是面对你生命活力的最简单的代表/——你的一缕光辉的头发/我也会觉得脸上发烧、前额滚烫。"③

济慈的书信中,至少有15封写到了弥尔顿,在对弥尔顿的仰慕、崇拜、反思中,济慈的诗学观逐步形成并成熟起来。

1818年2月3日,在给雷诺兹(J. H. Reynolds)的信中,济慈写道:"我不会再谈华兹华斯了,或者亨特了,特别是亨特——要是能够与以扫④一块儿漫步,我们为什么还要去做玛拿西⑤的子孙?要是能够走在玫瑰花铺就的路上,我们为什么还要与荆棘搏斗?要是能够做雄鹰,我们为什么还要去做猫头鹰?既然已经看到了'沉思的天使'⑥,为什么我们还要为'俊眼鹲鸰'⑦而分神?既然已经有了'橡

---

① 傅修延:《济慈评传》,北京:人民文学出版社,2008年,第42页。
② Stillinger, Jack (ed.). *John Keats:Complete Poems*. Cambridge, Massachusetts:Belknap Press of Harvard University Press, 1982:164—165.
③ Stillinger, Jack (ed.). *John Keats:Complete Poems*. Cambridge, Massachusetts:Belknap Press of Harvard University Press, 1982:164—165.
④ 《圣经·旧约·创世纪》中以撒和利百加所生的长子,善于打猎,心地直爽,常在野外,很得父亲以撒的欢心。
⑤ 《圣经·旧约·创世纪》中约瑟和亚西纳的长子。
⑥ 引自弥尔顿《沉思者》第二章第54行。
⑦ 引自李·亨特《仙女》第二章。

树下面'的杰克斯①,我们为什么还要去追随华兹华斯那'手拿苹果枝的马修'②?"③这封信里,济慈用"沉思的天使"借指弥尔顿,用"橡树下面的杰克斯"借指莎士比亚,追随这两位诗人的道路,济慈认为是"玫瑰花铺就的路",是雄鹰之途,这是对弥尔顿和莎士比亚诗艺和诗学观的认可与肯定。

1818年3月24日给詹姆斯·莱斯(James Rice)的信是描述弥尔顿最多的一封信件。信的开篇便是这样一段:"在你最喜爱的德文郡,本来我无权提笔写下一言半语,除非我要说的事情相当有价值,包含着无限的才华、智慧与学问——我听说弥尔顿在写他的'答萨尔马修斯④书'之前曾来过这个地方,花了整整一个月的时间在一块牧场上打滚,可要让我们在某块草地上躺上三个小时整也难——牧场上弥尔顿鼻子那么大的印记仍然在展览。展示者还说,这块地经过弥尔顿这么一打滚,足有七英亩的土地在七年内没有长出一根荨麻刺来。自那时起,这种白色的有刺植物就长成无刺的了,一直到今天小伙子们还在用这种东西捶打他们的靴子——这段解释使我不由自主地觉得,那些被贤人超度的荆棘刺藜在这位先生脑袋里翻腾、生长,又经过一轮发酵,飞去到了不幸的萨尔马修斯的身上,导致了他的众所周知和他悲惨的结局。"⑤这种对弥尔顿戏谑的评述表明济慈对弥尔顿的诗学思想不仅有肯定,也有反思。

信中,济慈继续谈论弥尔顿:"我这边刚刚把棘手的萨尔马修斯弄妥,那边魔鬼就将他的那些怪念头塞进了我的脑袋,就像是毕达哥拉斯的一个问题:'弥尔顿为这个世界做的好事多还是坏事多呢?'让我来告诉你吧,弥尔顿他写了《利西达斯》《科摩斯》《失乐园》及其他一些诗篇,还有不少令人愉快的散文——另外,他毕生都是一位积极的全人类的好朋友,到今天也依然如此。这些确实都是对的——但是啊,我亲爱的伙计,我一定要让你知道,如同这个我们可以居住的星球是由等量的材料构成——如同在海洋的疆域里,虽然一直不断发生着巨大的变化与革命——龙卷风和巨大的河流在尽情向里面注水,但它也仍然是由相同分量的

---

① 引自莎士比亚《皆大欢喜》第二幕。
② 引自华兹华斯《两个四月之晨》第59行。
③ Rollins, Hyder Edward (ed.). *The Letters of John Keats* 1814-1821 (*Two Volumes*) (Volume I). Cambridge, Massachusetts: Harvard University Press, 1958:224.
④ 克劳迪斯·萨尔马修斯(Claudius Salmasius, 1588-1653),莱登大学教授,应查理二世之邀为查理一世辩护,写了《皇家为查理一世声辩》,次年,弥尔顿成功反击,出版了《为英国人民声辩》。弥尔顿的声辩使萨尔马修斯失去了女王的喜爱,萨尔马修斯被激怒,健康状况日下,两年后早逝。
⑤ Rollins, Hyder Edward (ed.). *The Letters of John Keats* 1814-1821 (*Two Volumes*) (Volume I). Cambridge, Massachusetts: Harvard University Press, 1958:254.

材料组成——不管其中原子的数量如何改变——而就像是一定分量的水在创造之时就已经确定一样——一定分量的聪明才智也是被如此孕育出来的,再投入到稀薄的空气中以供人的脑袋差使——无须再做任何不必要的说明,你定会明白我为什么这样东拉西扯。"①

在这段比较长的引文中,济慈就"弥尔顿为这个世界做的好事多还是坏事多呢"这个问题进行了"东拉西扯"的解释,用"如同、如同、虽然、就像"等连接词写了很多无关紧要的句子,这对弥尔顿进行的反思,用了许多"东拉西扯"的句子表明:于济慈,回答这个问题也是一种挑战,济慈用了很多类比来说出想说的话,写给莱斯,也是写给他自己的。

对于弥尔顿的影响,济慈表达了他的想法:"太平洋的丰富,里海怎能盛得下;弥尔顿头脑中的思考,查理二世的脑袋里也无法放得下——他如同月亮吸引着潮汐一般吸引着才智之思——而且至今还未退潮——唯独留下岸边的卵石无遮无盖——我说的是所有那些巴克②和创作《亨吉斯特》剧③的那些匿名作者及当今的卡斯尔雷④——这些人要是没有弥尔顿强劲的影响都是有可能成为聪明人的——而现在顶多是……"⑤在这段论述中,济慈最终没有写"顶多是什么",但对弥尔顿的影响显然是持迟疑态度的,这是济慈对之前对弥尔顿的极度崇拜和极力模仿的反思。但弥尔顿已是济慈诗歌世界里无法抹去的存在,济慈短暂的创作生涯都未离开过弥尔顿的影响。

1818年4月27日写给雷诺兹(J. H. Reynolds)的信中,济慈写道:"此外我得在一年时间内使自己准备停当,好去请教哈兹利特我该用哪种好方法学习形而上学——因为,尽管我把诗歌当做自己的头等大事,但对一个以书度日、终日以书为伴的人来说,终究还有空白需要填补——我渴望用古老的荷马史诗来大快朵颐,如同我们对待莎士比亚著作,又如我近来嗜读弥尔顿那样。"⑥对弥尔顿作品的喜爱,济慈是难以割舍的,可见弥尔顿对济慈的影响至深。

---

① Rollins, Hyder Edward (ed.). *The Letters of John Keats* 1814 – 1821 (*Two Volumes*) (Volume I). Cambridge, Massachusetts:Harvard University Press, 1958:255.
② 查尔斯·巴克(Charles Bucke, 1781 – 1846),剧作家。
③ 1816年出版,亨吉斯特相传为第一批迁移到不列颠的朱特人领袖之一,与不列颠人作战,征服肯特,建立了肯特王朝。
④ 威斯康特·卡斯尔雷(Viscount Castlereagh, 1769 – 1822),英国外交大臣。
⑤ Rollins, Hyder Edward (ed.). *The Letters of John Keats* 1814 – 1821 (*Two Volumes*) (Volume I). Cambridge, Massachusetts:Harvard University Press, 1958:255.
⑥ Rollins, Hyder Edward (ed.). *The Letters of John Keats* 1814 – 1821 (*Two Volumes*) (Volume I). Cambridge, Massachusetts:Harvard University Press, 1958:274.

而在1818年5月3日给雷诺兹(J. H. Reynolds)的信中，济慈又写道："总要到了厌倦的程度才可获得真知——总而言之，正如拜伦所言：'知识就是悲哀'，这里，我要补充一句：'悲哀就是智慧'——而再进一步的话，我们肯定地说：'智慧就是愚蠢'——这样，你可以看到我是如何从华兹华斯和弥尔顿那里逃开的，我还将继续逃躲。"①

《大美百科全书》"弥尔顿"一条中有这样一段描述："虽然弥尔顿有独特的文雅与魅力，甚至亦不乏幽默感，但有些传记学家发现了他严苛、自我中心的一面。"②济慈不赞赏华兹华斯的是他的"唯我独尊"和"咄咄逼人"，此时济慈将弥尔顿与华兹华斯放到一起评说，正是弥尔顿以自我为中心的特点引起了济慈的反思与不认可。

1819年9月21日，给雷诺兹的信中，济慈写到了弥尔顿对他诗作的影响："我放弃了《海披里安》——那其中有太多弥尔顿式的倒置句——如果没有大手笔或者大家的性情，写不出弥尔顿式的诗句的……我的灵魂沉浸在了无法分辨的想象之中——弥尔顿的调子不时在其中响起——但我不能恰如其分地把它们挑出来。"③在济慈试图摆脱弥尔顿的影响之后，诗风回到了北方传统，即以莎士比亚和恰特顿为代表的英国本土传统。在《海披里安》中，济慈摒弃了拉丁语式的颠倒句法，语言清新自然。

但试图是一回事，弥尔顿在济慈的世界里已无法抹去。济慈未就的作品中仍然有着弥尔顿的痕迹。弥尔顿的写作对西方宗教有着颠覆性的影响，弥尔顿通过《失乐园》歌颂了西方文化中消极的力量。《海披里安》是弥尔顿式的宏大铿锵之音，如《失乐园》般的叙写，但体现了济慈的哲学思想，如"美居第一，强也应居第一"。④《海披里安》是当时'希腊风格'史诗中，意象最丰富、最复杂的作品，此诗受到弥尔顿《失乐园》问题的雄伟及严肃道德感之影响。"⑤

总而言之，弥尔顿宏大事件的选题方式、"弥尔顿式的倒置句"、善恶竞技的诗

---

① Rollins, Hyder Edward (ed.). *The Letters of John Keats* 1814 – 1821 (*Two Volumes*) (Volume I). Cambridge, Massachusetts：Harvard University Press, 1958：279.
② 《大美百科全书》编委会编：《大美百科全书》(第19卷)，北京：外文出版社，1994年，第88页.
③ Rollins, Hyder Edward (ed.). *The Letters of John Keats* 1814 – 1821 (*Two Volumes*) (Volume II). Cambridge, Massachusetts：Harvard University Press, 1958：167.
④ Stillinger, Jack (ed.). *John Keats：Complete Poems*. Cambridge, Massachusetts：Belknap Press of Harvard University Press, 1982：262.
⑤ 《大美百科全书》编委会编：《大美百科全书》(第10卷)，北京：外文出版社，1994年，第141页.

歌主题影响了济慈,也引起过济慈的诸多反思,但弥尔顿大气磅礴的对想象世界的描写和他强劲的诗歌创造力,对济慈诗学观的形成产生了巨大影响。

第四节 希腊文化——济慈诗学观蕴育的历史来源

"当年希腊岛上,行吟者亦曾如此追寻",①济慈在信中这样写道。

希腊文化对济慈影响至深,是孕育济慈诗学观形成的历史来源。济慈诗学观中的"美"与"想象"离不开希腊文化的滋养。

英国浪漫主义时期的诗人中,济慈是最纯粹、最虔诚的希腊文化的崇拜者,希腊精神的阐释者。无论是在济慈的诗歌还是书信中,都可以看到希腊文化的深深印迹。对希腊文明的崇拜与向往在济慈诗歌创作中得到了体现,滋养了济慈的诗歌灵感。同时,济慈的诗歌带人们发现了希腊文化蕴藏的永恒之美的奥秘。也正是对希腊文明的追随,"美"和"想象"成了济慈诗学观中的两个关键词。

在1818年4月27日,给雷诺兹(J. H. Reynolds)的信中,济慈特别谈到对想读《荷马史诗》的渴求和对希腊文明的向往:"我渴望饱读古老的荷马史诗","假如你懂得希腊的语言,又愿意时不时地给我读上几段,并讲解其中蕴含之意,那么在那朦胧含糊、不求甚解的境界中,我或许会获得一种远远胜过于自己亲自阅读的奢侈的享受"。②

济慈被希腊精神的力量和魅力深深震撼,而其"不求甚解"正是他的独到之处,也是其"消释力"诗学观在承继文化遗产上的表现。对于希腊文化,济慈不是刻意地仔细探究,而是用他敏锐的心灵去感受、用他有限的生命去体味。济慈的许多诗作是希腊神话的再创造和再阐释,希腊精神已融入了济慈的生命,成为济慈精神世界不可或缺的一部分。

济慈运用和援引过很多希腊神话故事,在他诗歌中出现过众多希腊神话中的天神,其中包括:

森林之神潘(Pan)、月神狄安娜(Diana)、善在美梦中与月亮女神相会的牧羊人恩底弥翁(Endymion)、太阳神之父泰坦巨人海披里安(Hyperion)、日神福玻斯

---

① [英]约翰·济慈(Keats, John):《济慈书信集》,傅修延译,北京:东方出版社,2002年,第129页。
② Rollins, Hyder Edward (ed.). *The Letters of John Keats* 1814–1821 (*Two Volumes*) (Volume I). Cambridge, Massachusetts: Harvard University Press, 1958:274.

(Phoebus)、风神埃俄罗斯(Aeolus)、爱神丘比特和心灵女神赛吉(Cupid and Psyche)、埃塞俄比亚公主安德罗米达(Andromeda)、砍下美杜莎头颅的英雄柏修斯(Perseus)、点石成金的迈达斯国王(King Midas)、女神缪斯(The Muses)、母神(Cybele)、太阳神阿波罗(Apollo)、冥王哈帝斯(Hades)、最著名的女巫喀耳刻(Circe)、众神的使者、奥林匹斯十二主神之一的赫尔墨斯(Hermes)、勇敢俊美的英雄阿基里斯(Achilles)、善弹七弦竖琴的俄耳浦斯和美丽的欧律狄刻(Orpheus and Eurydice)、貌美如花的七仙女(Pleiades),以及善良虔诚、躲过宙斯洪水的皮拉和丢卡利翁(Pyrrla and Deucalion)等。

　　对这些神话故事,济慈有的做过详尽描述,有些则只是在诗中提及。济慈不是希腊神话的简单模仿者,他的每一部有关希腊神话的诗作都不是神话故事的简单重述,而是对希腊神话故事创造性的再阐释。在再现和诠释这些希腊神话的过程中,济慈将对美的理解融汇其中,以极其丰富的想象力让希腊神话穿越历史的时空,在诗歌中得以重生、得以永恒。

　　除了众神的形象,济慈在诗歌中用到的希腊典故和希腊人物不胜枚举,有"萨福①仁慈和蔼的面容"②、代达罗斯的翅膀③等。

　　济慈性格温和,具有女性气质,偏爱神话爱情故事里的唯美幻想。众多神话形象中,济慈以"恩底弥翁"和"海披里安"两个希腊神话为题材写就了两首长篇叙事诗《恩底弥翁》(*Endymion*,1818)和《海披里安》(*Hyperion*,1818－1819)。《恩底弥翁》是以希腊神话中月亮女神与凡人恩底弥翁的相爱为题材的,是济慈以希腊爱情神话入手创作的一首唯美主义抒情诗歌。

　　马丁·艾斯克(Martin Aske)曾这样写道:"济慈意图重返美丽的希腊神话的强烈愿望实现得并不顺利,重写希腊神话的特定状态条件已经失去了,重新书写这些神话的努力并没有得以圆满实现。"④然而济慈的诗歌创作不会满足于对希腊神话的重新书写和重复表述,《恩底弥翁》不是对月亮女神和普通人爱情故事的简单重复,而是对这一经典爱情神话的再阐释、再思考。济慈的诗歌中,爱情神话里世俗人物的出现让诗歌多了浪漫色彩,充满生命的活力,也给了读者更大的思

---

① 萨福(Sappho),古希腊的女诗人。曾被比作女诗人中的荷马,被誉为第十位诗歌女神。萨福擅长抒情诗歌,其抒情诗有极高的艺术成就。
② Stillinger, Jack (ed.). *John Keats:Complete Poems*. Cambridge, Massachusetts:Belknap Press of Harvard University Press, 1982:47.
③ 代达罗斯(Daedalus),是希腊神话中墨提翁的儿子,是一名伟大的艺术家、建筑师和雕刻家。被国王米诺斯困在克里特岛上,他用蜂蜡和羽毛做成翅膀,带着儿子伊卡洛斯逃离克里特岛。结果,伊卡洛斯因飞得太高,蜂蜡被太阳晒化,坠海而亡。
④ Aske, Martin. *Keats and Hellenism*. Cambridge:Cambridge University Press. 1985:46.

考空间。

1817年10月8日,给贝莱(Benjamin Bailey)的信中,济慈摘录了当年春天他写给乔治的信①,其中写道:"在《恩底弥翁》完成之前,我没有任何权利发言——这将会是一场测试——一场对想象力(Imagination),以及对我的创造力的考验,而创造力的确是极其稀有的。"②对济慈来说,《恩底弥翁》的创作不是一个神话故事的重述或改写,而是一场对想象力、创造力的考验,对济慈而言是一场测试。

《恩底弥翁》整首诗歌中,济慈借助强烈的情感来推进诗歌的发展,诗中神话故事的借用让诗歌的内容丰富多彩,诗歌的形式和唯美的表达又使得整篇长诗充满了无限的自由与想象。恩底弥翁与世俗中印度女子的爱恋让神圣的爱情有了持久和现实的理由。最后,诗人通过恩底弥翁与姐姐的深情对白和感伤表述增强了诗歌中人性形象的光彩。

在诗歌的主体构想上,济慈改变了希腊神话中狄安娜女神原本的主导地位,而将恩底弥翁确认为主导角色,这样的调整使得整个爱情故事的重心发生了偏移,给了读者更多的诗性思考空间,也与原本的神话故事产生了张力。恩底弥翁姐姐这一形象的出现给予读者对爱情与生命、人间与仙境及生与死的更多的思考和启迪。

济慈的叙事诗《拉米娅》(Lamia)是另一首典型的希腊题材的诗歌。拉米娅是希腊神话中女头、女胸、蛇身的妖魔。整首诗歌都是在希腊背景下,拉米娅得以变为新生的美女,是得益于在山谷中、树林中轻身飞翔、戴羽冠、美丽的赫尔墨斯③的帮忙。婚礼上门上铰链发出的是伊奥里安④的声音,引吭高歌的是熟练自如的希腊人。诗中青年里修斯的良师、指导者阿波罗尼是公元一世纪提亚纳城毕达哥拉斯学派的希腊哲学家。

《咏梦——读但丁所写的保罗和弗兰切斯卡故事之后》(Sonnet - A Dream, after Reading Dante's Episode of Paulo and Francesca)一诗中,济慈对但丁所写的被杀的一对情人表达了同情:"我吻的红唇也苍白,而同我一道 / 随凄风苦雨飘动的形体——却窈窕。"⑤诗歌中济慈多处用到了希腊意象:脚上生翅膀的赫尔墨斯

---

① 信件寄自马盖特,现已遗失。
② Rollins, Hyder Edward (ed.). *The Letters of John Keats* 1814 - 1821 (*Two Volumes*) (Volume I). Cambridge, Massachusetts: Harvard University Press, 1958:169.
③ 赫尔墨斯(Hermes),希腊神话中众神的使者,脚上生有翅膀,行走迅速。既为掌管疆界、道路、商业、辩才、幸运、灵巧及科学发明之神,也是赌徒和盗贼的保护神。
④ 伊奥里安(Aeolian)为古希腊的一种音乐调式。
⑤ [英]约翰·济慈(Keats, John):《济慈诗选:英汉对照》,屠岸译,北京:外语教学与研究出版社,2011年,第118-119页。

(Hermes)，力大无穷的百眼怪物阿尔法斯(Argus)，奥林波斯的大神们聚集观看特洛亚战争的伊达山(Ida)等。希腊形象是崇尚情感的济慈表达强烈情感时使用的利器。

著名的颂诗《赛吉颂》①(Ode to Psyche)是济慈以心灵女神赛吉的故事为主题写就的诗作。这首颂诗中，济慈选择了赛吉作为歌颂的对象，通过想象，将自己的情感寄托在远离现实的神话之境中。诗人自己借隐遁于古希腊的爱情世界而暂时从并不完美的现实世界中逃离。

诗中，济慈写道："是的，我要成为你的祭司，在我心中/那未被践踏的地方，为你建造一座庙堂/在那里，思绪如树枝般生出，带着欣喜和苦痛新长出来/代替那些会在风中沙沙作响的松树。"②对古希腊文化的思考和探寻对济慈来说更有价值，这是对希腊文化的崇拜和对希腊文明的臣服。

《致荷马》是济慈又一首为希腊而作的诗歌。"帷幔出现了缝隙/约夫③将天幕掀开，让你住进去/海神④用泡沫为你搭起了帐篷/森林之神⑤让森林蜂群为你唱起了歌。"⑥这首诗是写给荷马的，荷马生活在约公元前9世纪至公元前8世纪的古希腊，是行吟诗人，但眼睛双盲，济慈用众神的爱戴与礼遇表达了诗人自己对这位希腊盲诗人的敬仰之情。让盲诗人"从此有了如此的目力，如那/主宰人间、天堂和地狱的女王一般"⑦。这是济慈对荷马的褒奖，也是对希腊文学的极大赞扬。

1818年3月25日，在给雷诺兹(J. H. Reynolds)的信中，济慈在写信的内容之前附了一首长诗，诗中，济慈求助于光明之神福玻斯(Phoebus)："福玻斯啊，我愿求得你那神奇的咒语/以唤醒在迷幻中的城堡和友人/他如今虚弱无力、卧病在榻。"⑧

---

① 因标题中 Psyche 为希腊心灵女神，该诗也常被译为《心灵颂》。
② Stillinger, Jack (ed.). *John Keats: Complete Poems*. Cambridge, Massachusetts: Belknap Press of Harvard University Press, 1982:277.
③ 约夫(Jove)，为罗马神话中的主神朱庇特，相当于希腊神话中的宙斯。
④ 海神(Neptune)，为罗马神话中的海洋之神，相当于希腊神话中的波塞冬(Poseidon)。
⑤ 森林之神潘(Pan)，希腊神话中阿卡迪亚的森林之神和牧神。潘人身羊足，头上长角，喜好音乐。
⑥ Stillinger, Jack (ed.). *John Keats: Complete Poems*. Cambridge, Massachusetts: Belknap Press of Harvard University Press, 1982:199.
⑦ Stillinger, Jack (ed.). *John Keats: Complete Poems*. Cambridge, Massachusetts: Belknap Press of Harvard University Press, 1982:199.
⑧ Rollins, Hyder Edward (ed.). *The Letters of John Keats* 1814–1821 (*Two Volumes*) (Volume I). Cambridge, Massachusetts: Harvard University Press, 1958:260.

在1817年11月3日,给贝莱(Benjamin Bailey)的信中,济慈写道:"唉,要是我有希腊神话中俄耳甫斯的竖琴该多好啊。"①

《荷马史诗》对济慈诗歌创作的影响是极大的,给了济慈诗歌创作的动力和创作的灵感。《荷马史诗》中梦幻般的意境让济慈深深地为之着迷。1816年,读了查普曼所译的荷马的作品之后,济慈大受启发,作出了著名的十四行诗《初读查普曼译荷马史诗》(On First Looking into Chapman's Homer)。

在解析这首诗歌时,王佐良曾这样评价济慈对希腊的体悟:"诗不仅写得清新,而且对希腊恢宏气概的体会超过了许多希腊研究者。"②1818年,济慈又写出了另一首十四行诗《致荷马》。长诗《恩底弥翁》的创作也得到了《荷马史诗》无形的滋养。可以说,《荷马史诗》中所体现的希腊精神和梦幻意境激发了济慈的想象力,对济慈的诗歌创作起到了极大的推动作用。

在十四行诗《初见额尔金石雕有感》(On Seeing the Elgin Marbles)中,济慈表达了他初见古希腊雕像——这些伟大的艺术品时强烈、复杂、微妙的心理感受:"这样的朦胧构思,鬼斧神工/ 让我的心面对争端,无可名状/ 这些珍奇使人目眩心痛——/ 希腊的富丽历经了古老的时光/ 和那无情的毁损——它波涛汹涌而来——/也带来了太阳——广袤辉煌。"③而面对如此伟大的艺术品时,诗人心中又充满了矛盾,更感慨人类的无奈与渺小:"超凡的艺术都告诉我:我必将死去/像患病的鹰隼,只向着高空仰望。"④

《希腊古瓮颂》(Ode on a Grecian Urn)也是一首取材于希腊文化的诗歌。济慈通过对一只希腊古瓮的生动描绘和深刻领悟,歌颂了辉煌灿烂的希腊艺术和希腊文化,并借此表达了对美和真的崇拜和追求。王佐良对济慈的这首诗做过这样的论述:"希腊古文明对于几位年轻的浪漫主义诗人都有极大的吸引力,不懂希腊文的济慈不仅读荷马史诗译文,并且倾心于希腊的古艺术品,这里所写的古瓮就以它的几重的美——瓮本身造型的美和瓮上浮雕画面的美——深深地打动了他。"⑤

济慈笔下的希腊古瓮:"你是'宁静'地保持着完美的新娘/受了'沉默'和'悠

---

① Rollins, Hyder Edward (ed.). *The Letters of John Keats* 1814–1821 (*Two Volumes*) (Volume I). Cambridge, Massachusetts:Harvard University Press, 1958:182.
② 王佐良:《英国诗史》,南京:译林出版社,2008年,第316页。
③ Stillinger, Jack (ed.). *John Keats:Complete Poems*. Cambridge, Massachusetts:Belknap Press of Harvard University Press, 1982:58.
④ Stillinger, Jack (ed.). *John Keats:Complete Poems*. Cambridge, Massachusetts:Belknap Press of Harvard University Press, 1982:58.
⑤ 王佐良:《英国诗史》,南京:译林出版社,2008年,第336页。

久'的抚育/田园的史学家,你竟能如此美妙地述讲/一个如花的故事,比诗歌还瑰丽。"①济慈视诗如命,而对古瓮的赞颂,诗人竟用了"比诗歌还瑰丽"!

在济慈看来,古瓮是远古希腊的载体,这样的赞美之词,可以想见济慈对希腊艺术和文化的仰慕与赞赏。古瓮在济慈的诗歌中得以永存:瓮上生机勃勃的田园景色始终永恒地存在着,瓮上年轻美貌的少男少女始终青春永在、热恋甜蜜,它们超越时空地存在着,无论人世如何变迁,时空如何交替,瓮上的美或者说希腊的美、艺术的美都不会消失。艺术因为不朽而真实,因为真实而美丽,这世上我们"所知道和该知道的"这些已足够,何必再去苦求现实的真相!

艺术之美足可启迪人的心智,引领人们走向真理和真实。这一刻,希腊的艺术透过济慈的吟唱化为了永恒。

古希腊文化是西方文明的源头,是西方人对人类世界最初的一种认知。古希腊的神话对人类艺术发展和文化的进步的作用无可估量。希腊文化在西方文学中的传承反映了西方学者的心路历程、民族认知和思想伦理变化。后世众多的美学思想和道德评判都是在希腊文化中孕育产生的。可以说,古希腊辉煌灿烂的文化遗产和基督教思想体系共同构筑了西方的整个文化传统。

历代很多艺术家倾尽毕生之力让文学情感重获古希腊式的自由地位。文艺复兴时期是希腊精神的再次觉醒时期,人性无可抗拒地向着自然、向着对事物本相的认知方向回归,并由此在文学艺术、自然科学等领域内取得了璀璨成果。

再后来的许多创作者直接以古希腊的神话典故作为创作素材进行诗歌、小说的文体的创作,尤其在英国浪漫主义时期很是盛行。希腊神话历来被认为是浪漫主义诗歌创作的主要源头。

柯勒律治(Samuel Taylor Coleridge,1772 – 1834)指出,济慈、雪莱(Percy Bysshe Shelley,1792 – 1822)和华兹华斯(William Wordsworth,1770 – 1850)的诗作中都存在着当代神话复兴的现象,认为它得源于"一种本能",而这种本能导致各个民族"编织出各种寓言的混织品,以适应他们自己心灵的各种需要和渴求";并预言,神话将继续在始终得以使用,因为"神话的各种象征蕴含丰富,又具有形成的能力,可以自动调节人类的幻想和情感"。②

"如果我们将目光转向同一时期的英国浪漫主义作家,我们会发现与德国的

---

① Stillinger, Jack (ed.). *John Keats:Complete Poems*. Cambridge, Massachusetts:Belknap Press of Harvard University Press, 1982:282.
② 据[美]艾布拉姆斯(Abrams, Meyer Howard):《镜与灯——浪漫主义文论及批评传统》,郦稚牛,张照进,童庆生译,北京:北京大学出版社,2004年,第361页。

情况相同的特点——华兹华斯、柯勒律治、雪莱和济慈等人都像歌德(Johann Wolfgang von Goethe,1749－1832)、席勒(Johann Christoph Friedrich von Schiller,1759－1805)等一样地崇拜希腊人:雪莱曾经宣称'我们都是希腊人',济慈则在他的《初读贾浦曼译荷马有感》(On First Looking into Chapman's Homer)和《希腊古瓮颂》(Ode on a Grecian Urn)中完美地表达了希腊人在他心目中的崇高形象。"①的确,浪漫主义诗人十分重视个人自由和个性意识,并且认为对个性意识的强调使人类更接近于真理、注重讲求道德理念。

从各个版本的济慈传记来看,济慈对于希腊事物怀有特别的好感,这也是他所处时代的风尚。在济慈进行诗歌创作的时代,以希腊神话入手进行诗歌创作是较为普遍的,从伟大的诗歌创作者莎士比亚、弥尔顿、华兹华斯、拜伦、雪莱,再到后来的丁尼生等,都从希腊神话中汲取了创作题材和创作灵感,为世人留下了许多不朽之作,济慈的创作也受到了这种思潮的影响。希腊神话中的人物形象、故事情节和艺术手法为作品增添了历史感,增加了作品的艺术魅力和可读性。诗人们对于希腊题材的运用与展现方式各有不同,值得指出的是,在处理希腊主题时,济慈的诗歌语言富丽华美,没有希腊艺术的节制拘谨。

希腊神话的整个体系完整全面、内容丰富充实。希腊神话人物任务的设定丰富多样,个体故事系统的详尽架构模式及赋予人性的神祇使得希腊神话拥有极大的广泛性和系统性。而希腊神话中隐喻、故事中众神的人格特征影响着西方无数创作者和研究者的思维模式。这些神话不仅为创作者提供了素材和灵感源泉,还提供了一种意境和模式,滋养着一代代的文学发展。这种意境便是美的意境,而表现这种美的模式便是对想象的强调和运用。

如古希腊悲剧诗人埃斯库罗斯(Aeschylus,约公元前525年－公元前456年)的悲剧《被缚的普罗米修斯》(Prometheus Bound)对后世影响很大,浪漫主义诗人雪莱的代表作之一,诗剧《解放了的普罗米修斯》(Prometheus Unbound)正是借用了普罗米修斯的悲剧故事。弥尔顿(John Milton,1608－1674)的《科马斯的假面舞会》(Masque of Comus)中先后提到了30多个希腊神话人物和神话故事。希腊神话中恩底弥翁与月亮女神的故事成为济慈长诗《恩底弥翁》(Endymion)的创作之源。这些作品无一不是美的盛典、想象模式的杰作。

马修·阿诺德(Matthew Arnold,1822－1888)这样评述过希腊精神:"希腊精神的特点是以灵活的方式密切关注普遍秩序的整体运行,生怕疏漏了任何局部,

---

① [英]阿伦·布洛克(Bullock, Alan):《西方人文主义传统》,董乐山译,北京:群言出版社,2012年,第113页。

生怕为了某一局部而不顾另一局部,它不会在有关普遍秩序的某种默示上驻足不前,哪怕是根本性的默示。澄澈的头脑,自由的思维,这便是希腊式的追求。希腊精神的主导思想是意识的自发性。"①

另外,从生态意识来看,古代希腊人较早产生了人类主体与自然环境分离的意识,并把对自然环境的改造作为认识和把握自然界的基本的价值取向。古希腊人认知自然的独特方式便是这种人与自然界关系的分离意识。古希腊人的这种认知反映了人与自然的关系在刚刚确立但还未充分发展时的状况。

从古希腊人认识自然的成果来看,爱奥尼亚学派首先对自然界有这样的描绘,称自然界是自身充满活力、变动不居的。毕达哥拉斯(Pythagoras,约公元前570年－约公元前490年)强调自然万物分离或者聚集的本性是它们的形式或几何结构决定的。苏格拉底(Socrates,公元前469年－公元前399年)则认为社会活动中的伦理等事件的形式或结构才有可理解性。柏拉图(Plato,约公元前427年－公元前347年)以万物形式或结构是它理解性的和真实性的本质为原理,建立了他形式理论的自然观,并开创了欧洲自然观历史上的唯理论传统。亚里士多德(Aristotle,公元前384年－公元前322年)继承了前人的思想,将自然界看作是一个自我运动着的事物世界,是一个不断成长变化的发展过程。

原子论或有机整体论的自然观,是人类自然历史上的第二个类型,也是文明时代以来,人类对自然界的第一次理性表述。这一生态诗学观念尽管还有物质论和泛灵论的表现,但却反映了人类对于人与自然关系的首次理论性把握的状态。可以说,浪漫主义诗人的生态意识是古希腊以来人类自然意识和自然观念积淀的结果。

在希腊文化的孕育中,济慈逐渐形成了他的诗学观,在诗歌中通过"想象"的方式颂扬"美",珍惜传统的文学财富,珍视与人类共处的自然万物。

济慈等浪漫主义时期的诗人们对希腊文化和希腊精神的渴慕与追溯也对他们之后的诗人产生了深刻影响。"叶芝呼应济慈等19世纪英国文人对希腊精神的向往,认为散漫而自由的精神空间亦可以体现责任感,反而更能让人贴近人间生活和人类历史所具有的未来状态。"②

---

① [英]马修·阿诺德(Arnold, Matthew):《文化与无政府状态》,韩敏中译,北京:生活·读书·新知三联书店,2012年,第100页。
② 丁宏为:《真实的空间——英国近现代主要诗人所看到的精神境域》,北京:北京大学出版社,2013年,第15页。

第二章

消释力:济慈诗学观的理论基础

济慈的"消释力"说(Negative Capability)奠定了济慈整个诗学观的理论基础,济慈"可能并未想到一封寻常的家书会对西方文艺批评及美学产生如此深刻的影响,并引起如此多的学者对信中谈及的'消极能力'这一概念的内涵及意义争论不休"。①

宗白华在《美学散步》中诠释过亚里士多德(Aristotle,公元前384年–公元前322年)的一句话:"亚里士多德有一句很奇异的话:'诗是比历史更哲学的。'这就是说诗歌比历史学的记载更近于真理。因为诗是表现人生普遍的情绪与意义,史是记述个别的事实;诗所描述的是人生情理中的必然性,历史是叙述时空中事态的偶然性。"②

济慈是在什么样的思维状态中描述"人生情理"的?济慈诗学观中最为重要的"消释"思想的内涵和对现时代的意义是什么?为什么"'消极感受力'一词已成为文学家们经常琢磨的题目了"③?这是本章主要探讨的问题。

本章将深入解读分析济慈的"Negative Capability"这一诗学概念,从这一诗学观在汉语研究界的不同释义入手,分三个部分探讨对"消释力"说的理解:第一部分从"Negative Capability"的中文释义考辨入手,翔实梳理"Negative Capability"的汉译,探讨对这一诗学概念由于不同理解而产生的不同汉译;第二部分对济慈诗学观进行进一步分析,提出新的释义方法;第三部分从译传学角度对"消释力"说由于不同的侧重和理解而产生的各种汉译的优长和不足进行更深入的解析和探讨。

---

① 吴伏生:《论济慈的"消极能力"说》,《外国文学评论》,1987,(2):111–114.
② 宗白华:《美学散步》,上海:上海人民出版社,1981年(2011年9月印刷),第239页。
③ 王佐良:《英诗的境界》,北京:生活·读书·新知三联书店,2012年,第101页。

第一节　梳理："Negative Capability"的汉译释析①

1817年12月的一个周日②,济慈在写给弟弟乔治(George)和汤姆·济慈(Tom Keats)的信中提出并定义了他的著名诗学观"Negative Capability":"Negative Capability,也就是一个人能够在不安、迷惘、疑惑中安然处之,而不是烦躁地务求事实和原因。"③

一直以来,这一概念受到批评界的关注,得以广泛传播,批评家对这一概念进行了持久热烈的讨论。

文学评论家伊哈布·哈桑(Ihab Hassan, 1925-2015)这样评述这一概念:"超越短暂意识形态的傲慢自负,超越自我关注的无病呻吟,'Negative Capability'可以给予我们一种耐心,或者说精神苦行,作为我们现时代所受训导的智力和精神上的替代。"④的确,这种"耐心"正是疾速发展的时代最需要的。

《文学理论》对具备"消释力"的诗人及其作品的美学价值给予了这样的肯定:"像济慈和艾略特这样的诗人,强调诗人的'消极能力'(Negative Capability),对世界采取开放的态度,宁肯使自己具体的个性消泯;而相反类型的诗人则旨在表现自己的个性,绘出自画像,进行自我表白,作自我表现。我们知道在历史上有很长一段时间只有第一类的诗人:在他们的作品中表现个人的成分微乎其微,然而其美学价值却很大。"⑤

在汉语研究领域,这一重要的、"美学价值很大"的诗学概念是如何被论述和分析的呢?

济慈"Negative Capability"诗学观的汉译释析梳理如下:

---

① 这一理论的各种汉译汇总见附录一:"Negative Capability"在论文和专著中的中文释义汇总表。
② 这封信的书写日期英语研究界一直存在争议,罗林斯(Edward H. Rollins)的书信集中的日期标注为1817年12月21日或27日,而Jeffrey整理济慈书信时标明的日期为1818年12月22日,周日,但那日并不是周日。据Rollins教授的多方考察,时间应为1817年12月下旬的一个周日,即12月21日或27日,笔者认同这一时间。
③ Rollins, Hyder Edward (ed.). *The Letters of John Keats* 1814-1821 (*Two Volumes*) (Volume I). Cambridge, Massachusetts: Harvard University Press, 1958:193.
④ Hassan, Ihab. *Negative Capability Reclaimed: Literature and Philosophy contra Politics*, *Real* (Berlin, West). 1997, Vol. 13:49.
⑤ [美]雷·韦勒克(Wellek, Rene)、奥·沃伦(Warren, Austin):《文学理论》,刘象愚等译,北京:三联书店,1984年,第71页。

1987年，吴伏生在《外国文学评论》上发表了《论济慈的"消极能力"说》一文，是济慈"Negative Capability"这一理论首次在汉语研究界得以普遍的关注和讨论。此后，大约有67篇论文论述了济慈的这一诗学观念，浩如烟海的文学史、诗歌史、批评史著作中提到济慈也都或简或繁地论述了这一理论。

"关于Negative Capability的翻译问题，学界并未达成共识。有学者将它译为消极感受力，也有人译为反面感受力等。"①这一理论的汉译大致可以归纳为下面四种情形，种种译法各有优长。

第一种情形以傅修延、吴伏生、钱超英等为代表，主张把"Negative Capability"翻译为"消极(的)能力""消极(的)才能""消极感受力"或是"消极认识力"等。此种译法是目前这一理论的汉译中使用最为广泛的。

傅修延在《济慈诗歌与诗论的现代价值》和《济慈评传》中的表述是"消极的能力"；王守仁、胡宝平等在《英国文学批评史》中用了"消极感受力"的释义法；王卫新、隋晓荻等在《英国文学批评史》中也用了"消极感受力"的释义法；伍蠡甫等在《西方文论选》和《西方古今文论选》中都用了"消极能力"的译法。

期刊论文中使用这一译法的也很多，发表在2008年第4期《沈阳师范大学学报(社会科学版)》上周桂君的《济慈之"忘"与道家之"忘"的哲学意绪与审美观照》，发表在2007年第5期《河北师范大学学报(哲学社会科学版)》上李正栓、李会芳的《济慈的"消极能力"与庄子的"物化"论》，发表在2005年第5期《四川外语学院学报》上罗益民的《完形理论与"消极能力说"》等论文中都用了"消极能力"这一释义方式。

傅修延认为"Negative Capability"这一概念译为"消极的能力"比较妥当，"因为'negative'的中文对应词有'否定'与'消极'等，没有'客观'这一义项，而'消极'又比'否定'更接近济慈的原意——他在使用该词时并未想到要去'否定'什么；至于'capability'，其拉丁词源'capere'有'抓''取'之类内涵，属于主动性质，译成'感受力'则有被动意味，不如用内涵更为广泛的'能力'，何况这是'capability'的第一义项"②。

《对浪漫主义的超越：约翰·济慈的美学历程》中，钱超英论述："所谓艺术家的'消极才能'，是区别于理性主义精神的。理性主义者总是急于用清晰而简单的逻辑去整理一切，使一切都变成一堆冰冷僵硬的'事实和理由'。而艺术家则应'不求甚解'，只为对象完整具体的面目所迷恋和激动，逼真地把握对象，保留其全

---

① 王守仁，胡宝平等：《英国文学批评史》，南京：南京大学出版社，2013年，第133页。
② 傅修延：《济慈评传》，北京：人民文学出版社，2008年，第47页。

部丰富、复杂和神秘的特点。"①

此种汉译方法为济慈理论在中文领域的理解做出了重要贡献,"消极"一词的采用直接表现了"negative"在汉语中的对应词意之一,与汉语中不积极主动的意思相吻合。解释中对"capability"的阐释准确恰当,对该词在这一理论术语中所要表达的含义的分析有理有据,其他如"感受力""接受力"的译法距此词在这一术语中的意思确是相去较远。将济慈的这一理论界定为一种才能是准确的。此为这一汉译的意义,也是大部分专家、学者接受这一汉译的原因。

而"消极才能"或"消极能力"的翻译方法在准确传达和阐释济慈"Negative Capability"这一概念的内涵、切中术语本质这方面还有进一步思考和完善的空间。

《现代汉语词典》中"消极"的解释为:

1)否定的;反面的;阻碍发展的(跟"积极"相对,多用于抽象事物);
2)不求进取的;消沉(跟"积极"相对)。②

济慈提出这一概念,虽用了"negative"一词,但概念表达之意却并非消极、消沉等负面的东西。"消极"一词的使用容易让人们从负面来理解这一概念。如果单是强调一种与积极相对的消极的能力,不足以体现艺术家要积极地走进客体事物、融入他们的生活和体验的愿望和努力。仅为消极,很难"融入麻雀的生命,与它一道啄食沙砾"③,难能"向你飞去——凭借诗文无形的羽翼登程"④,也难以"展开诗歌的翅膀翱翔"⑤。

"消极能力"或"消极感受力"这样的译法有负面消沉之嫌,可能产生对这一理论的负面理解:"济慈所谓的'消极能力'是指一种没有思索、没有激情的纯然淡漠的感受能力。"⑥另一方面,此理论强调的并不是"感受",而是积极消解主体、融

---

① 钱超英:《对浪漫主义的超越:约翰·济慈的美学历程》,《深圳大学学报(人文社会科学版)》,1991(1):20。
② 中国社会科学院语言研究所词典编辑室编:《现代汉语词典》(第6版),北京:商务印书馆,2012年,第1248页。
③ Rollins, Hyder Edward (ed.). *The Letters of John Keats 1814 – 1821* (*Two Volumes*) (Volume I). Cambridge, Massachusetts:Harvard University Press, 1958:186.
④ Stillinger, Jack (ed.). *John Keats:Complete Poems*. Cambridge, Massachusetts:Belknap Press of Harvard University Press, 1982:280.
⑤ Stillinger, Jack (ed.). *John Keats:Complete Poems*. Cambridge, Massachusetts:Belknap Press of Harvard University Press, 1982:25.
⑥ 马新国主编:《西方文论史》(修订版),北京:高等教育出版社,2002年,第216页。

入客观客体的由主体能动生发出的一种能力,是艺术家创作思想升华的一种体现。

第二种情形以梁实秋、王佐良、常耀信等为代表,主张把"Negative Capability"翻译为"自我否定力""否定能力"或"反面感受力"。

梁实秋在《英国文学史》(第三卷)关涉济慈的章节中的译法为"否定的能力";王佐良在《英国诗史》中表述为"反面感受力";常耀信在《英国文学通史》中的汉译为"否定能力"。

期刊文章中,发表在2014年第8期《宜春学院学报》上任俊伟、刘成的《从＜秋颂＞论济慈对其诗歌创作理论"自我否定力"的遵循与背离》,发表在2012年第3期《东南大学学报(哲学社会科学版)》上陈本益的《艾略特"非个人"论的美学意义》,发表在2010年第11期《内江师范学院学报》上刘保安的《近十年来国内的济慈研究综述》,发表在2009年第2期《国外文学》上殷晓芳的《毕肖普的"水"诗歌:认知、记忆与"否定的感知力"》,发表在2003年第3期《四川外语学院学报》上杜平的《论华兹华斯诗歌的孤独意识》,发表在2003年第1期《外语研究》上刘新民的《济慈书信阅读札记——兼论重新评价济慈其人其诗》,发表在1999年第1期《中国翻译》上刘新民的《对Negative Capability及其汉译的思考》等论文中提到济慈的这一概念都用了"否定"这一表达方式。

常耀信在阐释这一理论的同时,对第一类译法提出了质疑:"'我指的是否定能力(Negative Capability),即是说,一个人能够做到在不确定、迷惑、怀疑的情况下不烦躁地去查事实与原因':这句话很简约,所以时间过了近两个世纪,它所包含的著名概念依然是人们评论的焦点之一。""'Negative Capability'这个关键的英文词语似乎应当译为'否定能力',其他译法,如'消极能力'等,怕有误解和误导之嫌。"①

王佐良在《英国诗史》中将这一理论表述为"反面感受力"。"'反面感受力'是济慈所创极少数名词之一,至今学者有不同解释,但主旨是清楚的,即诗人要经受一切,深入万物,细致体会,而不要企图靠逻辑推理匆忙做出结论。不仅感受力是'反面的',诗人本身也无'自我'。"②刘新民认为:"将Negative Capability译为'自我否定力'较为合理、妥帖,即取negative'否定'之义,并译出'否定'之对象,即'自我',以使其汉译语义更为鲜明、准确。"③

---

① 常耀信主编:《英国文学通史》(第二卷),天津:南开大学出版社,2011年,第118页。
② 王佐良:《英国诗史》,南京:译林出版社,1997年,第314页。
③ 刘新民:《对Negative Capability及其汉译的思考》,《中国翻译》,1999,(1):53。

"反面"或"否定"用在这一理论的汉译上有其合理之处,可以理解为从反面来理解人的主体能动性。对济慈而言,好的诗人是要做到"无自我",但说"感受力是'反面的'"容易造成误解,什么样的感受力是反面的感受力,什么又是正面的感受力呢?否定积极追求在诗歌中的意义,如果作为理论解释的一个方面是可以接受的,但作为一个诗学概念的汉语表述方式,略为不妥。

第三种情形以屠岸、章燕和刘树森等为代表,主张把"Negative Capability"翻译为"客体感受力"或"天然接受力"。2014年第4期的《湖北第二师范学院学报》上发表的江锦年的《试说济慈关于"天然接受力"的理论——兼以中国文学为参照的比较研究》一文用了"天然接受力"的译法;章燕在发表于2002年第4期《外国文学评论》上的《走向诗歌审美的人文主义——谈济慈诗歌中的社会政治意识与其诗歌美学的高度结合》一文和发表于1998年第4期《北京师范大学学报(社会科学版)》上的《济慈的"客体感受力"说与现代诗歌美学的关系初探》一文中都使用了"客体感受力"的释义法。刘树森在发表于1995年第5期《外国文学》上的《争议与共识:近两个世纪的济慈研究评析》一文中使用了"天然接受力"这一释义法。

屠岸在2005年第10期《诗刊》的卷首语中专门论述了"客体感受力"这一释义法:"我译作'客体感受力'。我认为它的精义就是诗人要始终保持新鲜的感觉,每天醒来都发现一个新鲜的太阳、新鲜的世界;诗人必须带着新鲜的眼光去看待、审视、观察这个熟悉的社会、熟悉的世界,这就要掌握'客体感受力',抛弃一切旧有事物,全身心地拥抱吟咏对象,从'旧'中看出'新'。"[①]

《诗刊》中,屠岸分析了"negative"这一词义:"negative原意是'否定''反面',何以译成'客体'?须知,这个概念是针对诗人即写诗的主体而言的,而主体的反面即客体。尽管济慈说过'诗人没有自我',他却没有'否定自我'。如果连自己都否定了,那又如何感受,哪里还有capability即'能力''感受力'呢?所以我不赞成把这个概念说成是'消极'的,至于说成是'反面'的,就更不好理解。"[②]

屠岸对"否定"和"反面"的解析中肯入理。诗人的主观能力是不能也无法被否定的,自我的感情被否定了,还如何去体察客体事物的喜怒哀乐,如何融入并创造作品中生动感人的形象。这一译法的价值还在于强调了济慈理论中客体的重要性,吟咏对象作为客体才是诗歌的灵魂、诗歌的生命。然而这一汉语表述缩小了济慈提出这一理论时的本意,忽略了客体要占主导的前提和首要是主体主动意

---

① 屠岸:《客体感受力》,《诗刊》,2005(10):卷首语。
② 屠岸:《客体感受力》,《诗刊》,2005(10):卷首语。

识的消融,主动的探求意识消解之后,作品本身才能登上舞台,按作品内在的规律演绎出有生命力的篇章。而且,济慈的概念本身并无"客体"的对应词或近似义项之词。

另外,这一理论中的"capability"一词不能只理解为一种感受力,对于客体事物,不是只感受到就可以了:感受,然后走近他们,融入他们的世界,按照客观事物发展的规律演变,而不以人的主观判断、思考和分析规划出客体的发展,这才是济慈所要强调的内在本质。所以,这是一种能力,在概念的汉译上用"感受力"表述不够妥当。

第四种情形以李欧、张鑫为代表,将这一理论翻译为"延疑力"。2009 年,香港中文大学的李欧教授在其英文版博士论文和其后同名专著《济慈与"延疑力"》(*Keats and Negative Capability*)①中首次使用了这一翻译。2012 年,张鑫在《英国 19 世纪出版制度、阅读伦理与浪漫主义诗歌创作关系研究》②一书中将济慈的这一理论称为济慈诗歌创作之"延疑力"原则,认为"延疑力"能够比较全面地反映济慈的诗学思想。

"延"字在济慈的概念中并无对应词项,这样的翻译方式是在对济慈的"Negative Capability"这一理论理解之后的发掘。"延疑力"虽然也表达了济慈理论的"不急于探求原因,将疑惑延后"之意,但"延疑"在表达济慈消释主体、与万物相融的深刻内涵方面有商榷的余地。

第二节　辨译:是"消释力"还是"消极能力"

以上四种汉译,其中第一种译法"消极(的)能力""消极(的)才能"或"消极感受力"比较接近原意,但美中不足的是"消极"一词不利于人们对这一概念的接受与传播——因为在汉语中"消极"有负面之意,容易被理解为不作为。

对济慈理论的重译不仅仅是翻译层面的问题,翻译的过程是意欲准确表达原词语本意的过程,这本身也是一种创作。重要概念之所以反复得到不同的释义,原因在于在不同的理论背景和语境下,研究者对概念有着不断深入的思考和更进一步的理解。重译的目的是让济慈的概念在汉语中有与原语言更为接近的语义、

---

① Li Ou. *Keats and Negative Capability*. London, New York: Continuum, 2009.
② 张鑫:《英国 19 世纪出版制度、阅读伦理与浪漫主义诗歌创作关系研究》,上海:复旦大学出版社,2012 年。

内涵和延展之义。

笔者认为"Negative Capability"可以译为"消释力":消融自我、消磨个性、消释对立、学会倾听、虚以待物、感悟众生。

在分析阐述这一汉译之前,再来看看济慈提出这一诗学概念时的表述。

济慈这样定义这个新生概念:"Negative Capability,也就是一个人能够在不安、迷惘、疑惑中安然处之,而不是烦躁地务求事实和原因。"① 让我们仔细看看这一界定,济慈用了"是"和"不是",肯定的是"一个人能够在不安、迷惘、疑惑中安然处之",是就艺术家而言,说的是主体、主观的方面;否定的是"烦躁地务求事实和原因",是就客观而言,说的是主观与客观的关系处理。济慈主张的是艺术家在处理主体和客体的关系时,主体的情感应让位于客体,给客体以充分、自由的表达空间。

在玛格丽特·德拉布尔(Margaret Drabble, 1939 -)编写的《牛津英国文学词典》② 词条"Negative Capability"的解释中,编者写道:"由济慈创造的短语,用来描述他对于诗歌创作过程的接受力必然论的思想。"③ 这种接受力便是消释掉自我之后的安然地物我相融。提出这一概念之前,1817年11月22日,在给本杰明·贝莱(Benjamin Bailey)的信中,济慈曾写道:"如果一只麻雀来到我的窗前,我会走进它的生活,和它一起啄食沙砾。"④ 济慈将莎士比亚视为具备这一能力的最好的榜样,这归因于莎士比亚做到了和他笔下的角色融合在一起,创作他们的时候莎士比亚能够感受他们、理解他们。

在给乔治(George)和汤姆·济慈(Tom Keats)的信中界定了"Negative Capability"这一理论定义后,济慈接着举了柯勒律治(Samuel Taylor Coleridge, 1772 - 1834)的例子:"譬如说柯勒律治,由于他不能让自己处于一知半解的状态之中,错失了从神秘殿堂中攫取美轮美奂的另一种'真'的机会。"⑤

不汲汲追求真理的诗人才可有所为,济慈在提出"Negative Capability"这一概

---

① Rollins, Hyder Edward (ed.). *The Letters of John Keats* 1814 - 1821 (*Two Volumes*) (Volume I). Cambridge, Massachusetts: Harvard University Press, 1958: 191.
② 该词典1895年由牛津大学出版社出版发行,1993年由英国牛津大学和外语教学与研究出版社联合在中国发行,中国发行版本仍为英文版本,文中引用为笔者自译。
③ Drabbe, Margaret. *The Oxford Companion to English Literature* (New Edition). Oxford: Oxford University Press, 1993: 689.
④ Rollins, Hyder Edward (ed.). *The Letters of John Keats* 1814 - 1821 (*Two Volumes*) (Volume I). Cambridge, Massachusetts: Harvard University Press, 1958: 186.
⑤ Rollins, Hyder Edward (ed.). *The Letters of John Keats* 1814 - 1821 (*Two Volumes*) (Volume I). Cambridge, Massachusetts: Harvard University Press, 1958: 193 - 194.

念之后,次年的 1 月 19 日,在给雷诺兹(J. H. Reynolds)的信中更细致地表达了他对"不汲汲追求"的观点:"让我们别那么匆忙,别像蜜蜂采集蜂蜜般不耐烦地嗡嗡叫着急匆匆乱窜,穷尽一门知识或到所有可寻之处到处找寻;让我们像花卉那样展开枝叶,被动地去接受——在太阳神阿波罗的目光注视下耐心地萌芽、生长,并从每一只好意造访我们的、尊贵的昆虫那里获得灵感——昆虫们带给我们肉吃、带给我们露水喝——亲爱的雷诺兹,美丽的清晨让我倍感闲适安逸,而不由自主地陷入了这些思索——我没有读书——清晨却对我说:这样是对的——我享受清晨的安逸却没有费力思考,画眉鸟对我说这样很好。"①

这段生动传神的论述是济慈对"Negative Capability"这一诗学理念内涵更为成熟的思考之后的表述。如果自我意识太强、个性十足,便做不到"被动地接受",也绝不甘心如花儿般张开叶子静静等待别人的温暖,这里,济慈强调的人们需要的正是一种"消释之力"。这种能力便是中国文论中所说的"虚以待物",需求博大、无为。老子说:"致虚极,守静笃。万物并作,吾以观复。"②庄子说:"夫虚静、恬淡、寂寞、无为者,万物之本也。"③

这段论述之后,济慈附了一首诗,通过画眉鸟再次表达了"消释"的理念:

别去急于求知——我一点儿没有
但我的歌声却洋溢着满满的温暖。
别去急于求知——我一点儿没有
但黄昏却在倾听。④

的确,"不管我们所面对的自我和他者、生活与艺术、政治和意识形态、社会和世界如何变化,我们必须要坚守自己那倾听的责任。因为,那不仅是我们存在于世界中的基础,同时也是我们理解他者——上帝之途径,更是我们使自己成为'主体'的条件。"⑤耿幼壮在表达我们倾听的责任之时,将"主体"加了引号,而济慈诗学概念中诗人的能力正是让自己成为这真正的"主体"。

---

① Rollins, Hyder Edward (ed.). *The Letters of John Keats* 1814–1821 (*Two Volumes*) (Volume I). Cambridge, Massachusetts:Harvard University Press, 1958:232–233.
② 古诗文网:《老子·十六章》http://www.gushiwen.org/GuShiWen_18e9ef895a.aspx
③ 古诗文网:《庄子·天道》http://www.gushiwen.org/GuShiWen_58ce40abf8.aspx
④ Rollins, Hyder Edward (ed.). *The Letters of John Keats* 1814–1821 (*Two Volumes*) (Volume I). Cambridge, Massachusetts:Harvard University Press, 1958:233.
⑤ 耿幼壮:《倾听——后形而上学时代的感知范式》,北京:北京大学出版社,2013 年,第 140 页。

1818年10月,在给理查德·伍德豪斯(Richard Woodhouse)的信中,济慈进一步表达了艺术家,尤其是诗人主体本性的消释对于艺术创作的重要性:"说到诗人的个性,它并不是自己——它也没有自我——它是一切又什么都不是——它是没有个性的——它喜欢光亮也享受阴影,不管是丑是美,是低是高,是富还是穷,是贱还是贵,它总爱率性而为——塑造一个伊阿古①,对艺术家来说,就像塑造一个伊摩琴②一样开心。令道德高尚的哲人吃惊的,倒会使玩世不恭的③诗人欢喜。"④个体自我的存在总是有限的,诗人应当消释个性,舍去有限的存在主体,以感受、体悟不同的意境、境遇和心灵体验。

　　"人无法仅从对自身的理智认识中把握自己内在的精神,只有在心灵的精神感受中才能与它接近。"⑤理智不是在任何时候都可用的,放下理智与哲思,作家才能用真正内在的精神和真正自由的状态感受事物,用中国文学的思维方式阐释,这一概念中,济慈强调的是"虚怀而物归""天地与我并生,万物与我为一"的"无我、无为"的能力。

　　无我,实则物物有我;无为,反可事事有为。作品中无"我",伊阿古和伊摩琴却都为"我"所创造;诗人无为,却为伊阿古和伊摩琴的有为开心欢喜。济慈所要表达的是,没有自我、没有个性对诗人、艺术家来说很重要,而这恰好是与哲人相反的。正如陆建德所论:"观物深、体物切的作家胸中洞然无物;具有这超常禀赋的诗人可以随时飞越时间和地域的障碍,钻入别人的心孔或'躯壳',在无穷的变化中体验人类经验的多样性。"⑥

　　《新牛津英语词典》中,"Negative"形容词用法的6种释义中,第一种为:"表现为辨别特征的缺失"(consisting in or characterized by the absence rather than the

---

① 莎士比亚悲剧《奥赛罗》中的反面人物,阴谋家。
② 莎士比亚喜剧《辛白林》中的正面人物,善良女子。
③ 此处济慈用了英语中的"camelion"一词来形容诗人,与"道德高尚的"(virtuous)一词相对。该词在一般英文词典中没有收录,词义为"一种自命不凡的优越满足,对自我色彩与感官刺激的欣赏,同时又对环境敏感、猜忌,对安全感苛求,有需要被社会认同的渴求,希望通过改变自我而获得超越,具有不确定性、诡异的神秘感和善怀疑的特点"。此处翻译参考了2002年由东方出版社出版傅修延翻译的《济慈书信集》,特此致谢!
④ Rollins, Hyder Edward (ed.). *The Letters of John Keats* 1814–1821 (*Two Volumes*) (Volume I). Cambridge, Massachusetts:Harvard University Press, 1958:386–387.
⑤ 李怡:《中国现代新诗与古典诗歌传统》(增订三版),北京:中国人民大学出版社,2015年,序第5页。
⑥ 陆建德:《击中痛处》,上海:上海书店出版社,2013年,第154页。

presence of distinguishing features）。①"辨别特征的缺失"正是汉语中"消释"的内在本意,让一种主体显明特征消融、消除。让主体探求的本性特征消融的能力,是济慈所要强调的。

"亨利·柏格森（Henri Bergson,1859－1941）在《形而上学导论》中说：'把握事物有两种完全不同的方式——我们不是反复思考事物,便是参与到事物之中去。'"②当艺术家主动地消释掉个性主体特征,将个人情感融入被创造、被描述的事物的时候,"消释力"便成就了不同于哲人的艺术家。而济慈选择的正是不同于善于思考的哲学家的方式——参与到事物中去。

由此,笔者对济慈诗学概念的释义采用了"消释力"这一汉译法:将自我的个性消融掉,将主客体的对立消释掉,虚怀若谷、物我合一。"消释力"较为确切地揭示了这一诗学理论的内涵,也更确切反映出诗人济慈诗学思想的意义,符合汉语中作为一种诗学概念的表达方式。

"消释"一词自古有之,《汉书·杜钦传》中言:"若此,则流言消释,疑惑著明。"南唐李煜的《悼幼子瑞保》诗中道:"永念难消释,孤怀痛自嗟。"在鲁迅的作品中,"消释"一词出现过三次。《彷徨·孤独者》中写道:"这仇恨是历了三月之久才消释的";《雪》中写道:"晴天又来消释他的皮肤,寒夜又使他结一层冰";《从百草园到三味书屋》中写道:"不知从那里听来的,东方朔也很渊博,他认识一种虫,名曰'怪哉',冤气所化,用酒一浇,就消释了"。英国诗人济慈强调的也是"消释",这种"消释"不是消散流言,也不是化解仇恨,消释的是自我的探求心和追根问底的急切之念。

《现代汉语词典》里,"消释"的词意解析为:

1）消融;融化;
2）（疑虑、嫌怨、痛苦等）消除;解除。③

两种解释完整表达了济慈在"Negative Capability"这一概念中所要表达的含义:消除自我、融于万物。当艺术家的主体意识从作品中消失,万事万物在作品中尽情呈现之时,优秀的艺术作品才得以呈现。

---

① Pearsall, J. *The New Oxford Dictionary of English*. Shanghai:Shanghai Foreign Language Education Press, 2001:1240.
② 毛峰:《神秘主义诗学》,北京:生活·读书·新知三联书店,1998年,第41页。
③ 中国社会科学院语言研究所词典编辑室编:《现代汉语词典》（第6版）,北京:商务印书馆,2012年,第1428页。

安于迷惘、疑惑是通向作品中客观真相的唯一途径,而安于这一知半解的状态的前提便是将自我主体探求、追索的本性消融,顺应客观事物,按照自然规律发展、变化,继而打开通向作品世界的大门。

济慈笔下,大树是快乐的,小溪是快乐的,因为它们带着"甜蜜的遗忘""从不记得"[①]炎炎夏日的炙热和冰冷冬日的残酷。

济慈所要表明的是主体本性的消释是艺术家进入艺术世界的前提,艺术家只有"遗忘"了社会之变、人生之苦,才能在作品中自由驰骋。这种"遗忘"需要的便是"消释之力"。

第三节　诠释:从译传学角度考察"Negative Capability"的艺术内涵

诗学理论的翻译仅以"译介"的视角进行研究是不够的,必须将传播的研究模式应用于理论的翻译研究。"译传学研究便是将翻译和传播放在一个系统中考量,翻译的每一步和传播的每一步都是这个整体系统中有机结合的一部分,互相制约、互相作用,每个环节都服务于整个系统。"[②]对济慈"Negative Capability"这一诗学理论的不同汉译是对济慈艺术观不同理解的体现。从对概念词语的翻译可以看出一种理论在传播的过程中,不同研究者所要强调的理论内涵和理论价值是不同的,从这一理论中汲取的是不同方面的营养。与其说是词的翻译存在差异,倒不如说是研究者们对济慈艺术观的理解是不同的。

无论是本文所译的"消释力",还是"消极能力""否定能力""客体感受力"等,各种译文和对概念的理解各有道理,在某种语境、具体语篇或某个历史阶段都是有积极意义、学术价值和理论贡献的。研究者们通过对该诗学概念的不同翻译表达了对济慈诗学观不同的理解和侧重。

在人类文明的历史长河中,各国、各民族很多优秀的作品和理论概念都是通过翻译走向世界的,也是因为翻译而得以在各国世代相传的。"走向世界""世代相传"的过程正是传播的过程,所以在对概念翻译进行研究之时,传播是不可不提

---

① Stillinger, Jack (ed.). *John Keats: Complete Poems*. Cambridge, Massachusetts: Belknap Press of Harvard University Press, 1982:163.
② 徐玉凤,殷国明:《"译传学"刍议:关于一种跨文化视野中的新认识——对谢天振先生译介学的一种补充》,《江南大学学报》(人文社会科学版),2016,(1):99-105.

的。翻译的目的是传播,文学翻译传播的是一种文化信息、情感力量和人性的共鸣。"翻译的时候,译者需要理解原作的语言形式特点及其文学动因,同时要考虑原作信息可能在译语中所起到的作用。"①

一种理论在研究界传播的过程也是一个重新理解、重新阐释的过程,各种不同的汉译反映出研究者对这一理论不同的理解与诠释,折射出文学评论家和学者们对济慈这一重要诗学观的关注和把握。对这一诗学概念的汉语表述方式直接影响到这一诗学理论的价值体现及其意义所在。在 1997 年出版的王佐良的《英国诗史》中对济慈的"Negative Capability"这一理论的汉语表述为"反面感受力",在 2012 年出版的在十余则专栏文章的基础上重新编订而成的王佐良的《英诗的境界》中,济慈这一理论的汉语表述改为"消极感受力"。不论这种汉译的变化是否是王佐良先生本人的有意为之,不可否认的是这一理论在译传的过程中不断被思考和重新阐释。编著者们在对理论内涵思考的基础上,给予理论的外在表述以新的译语呈现方式。

语言无法对等,不同的文化语境对同样词语的接受和诠释也不尽相同,翻译是一个持续久远的过程,无限接近原意是译者无止境的探求,在译语世界的传播过程也会不断促进翻译的修正与提高。任何一个词,尤其是概念的翻译都不仅仅是其本身的翻译问题,也不是一次阐释和翻译就能完成的,得益于种种不同的汉译方法,济慈这一重要的诗学概念得以在学者的关注和探究中不断绽放光彩。

理论的释义是一种再创造,这种再创造可以延长理论在译语界的生命,甚至赋予原理论以第二次生命,这种翻译中的再创造是基于传播和接受的目的而存在的。如果在传播、接受的过程中原理论的直接对应语可以轻松让译语世界的受众接受,顺利完成信息的传播,那么理论没有必要进行再创造。译者的再创造正是预先考虑到了传播过程中可能遇到的问题而在翻译过程中择词、变通才出现的。分析这种再创造的过程应该从传播的角度入手,从译语研究者和译语读者理解与接受的角度进行。

"消极"是理性在情感面前的示弱,明辨于想象之境的让步。傅修延在论济慈的颂诗《夜莺颂》时这样写道:"夜莺的歌声激发了他(济慈)天马行空般的想象,接下来他开始追逐这些想象,一幅幅色彩瑰丽的图景在现实的幕布上相继映现……夜莺唱得愈欢,投射在现实幕布上的想象图景就愈清晰,诗人的兴致也愈高

---

① Bassnett, Susan and Lefevere, Andre. *Constructing Cultures*, Shanghai: Shanghai Foreign Language Education Press, 2001:64.

昂。"①夜莺的歌声带诗人远离了对功名利禄的积极追求和对人生成败的世俗考量,任思绪在情感的天地悲喜、在想象的世界驰骋。

"消极能力"是对积极能力的反思与质询。然而,这一汉语表述在传播过程中未免出现了对其内涵理解的负面阐释:"这种'消极能力'说,在当时实际上反映了小资产阶级知识分子的一种消极情绪,他们不能应付剧烈的社会变革,转而企图以艺术作为逃避手段。"②

"客体"在汉译中的使用无疑受到过"主观诗人"和"客观诗人"区分的影响。济慈的这一概念中包含了两层意思:消融掉主体的能动性;积极融入、参与客体体验,客观反映事物的本相。

《诺顿英国文学选集》中,艾布拉姆斯(Meyer Howard Abrams,1912–2015)将西方评论家们对这一概念的解释总结为以下两点:

"第一,济慈所关注的这一问题是当时美学界的核心问题,即,如何区分那些被称为'客观诗人'和'主观诗人'或称'感伤诗人'的艺术家。两种诗人中,前者只是朴素的、非个性化地呈现事物,而后者是根据诗人个人的兴趣、信仰、情感去表现事物。具有'Negative Capability'的诗人是客观诗人。第二,济慈接着指出,一首诗中,只要有一种能吸引我们的'美感'的艺术形式便足够了,而无须根据外部的非艺术的逻辑标准去评判。"③

提出这一诗学概念的济慈属于艾布拉姆斯所说的诗人中的"后者"。

用"客体感受力"这一译法的另一方面原因是缘于对客体的重视和强调。优秀的诗歌得益于诗人的感觉,而非通过理智和推断,诗人的感觉是融入客体内部去感受而得来的。对济慈而言,夜莺是客体、秋天是客体、希腊的古瓮也是客体。

"消释"则侧重强调济慈这一概念中"无个性、不探求"的内涵。

"消极"容易让人们理解为无所作为,而"消释"强调的是摆脱理性的桎梏、超越逻辑的束缚,在物我同一的境界之中,产生与自然万物的共鸣。吴伏生认为这是一种注重直觉的理论,这一理论很接近柏拉图的"迷狂说":"艺术创造必须以丧失理智、陷入迷狂为前提,它如同被凭附的女信徒们从河水中汲取乳蜜一样,是一种使理性望洋兴叹的奇迹:柏拉图的'迷狂说'将以直觉为中心的艺术思想发展到了反理性的极端……济慈所讲的'含糊不定,神秘疑问'实际上也是类似的心理活

---

① 傅修延:《济慈'三颂'新论》,《江西社会科学》,2007,(2):230.
② 马新国主编:《西方文论史》(修订版),北京:高等教育出版社,2002年,第216页。
③ Abrams, M. H. (ed.) *The Norton Anthology of English Literature* (4th Edition) (Vol. 2). New York:W. W. Norton & Company, 1979:867.

动。"①所以,消释的是经验和理性,成就的是艺术的情感世界。

在济慈看来,对知识的渴求和对因果、逻辑的追索为人的本性,要写出好的诗歌,艺术家要消释自我、化解掉自我本性,而融入自己的创作世界、融入其创作的角色的生命,并安然地驰骋纵横于创作世界。

正如贝特(Walter Jackson Bate, 1918 – 1999)在《消释力》(*Negative Capability*)一书中写的:"我们可以说,诗人自己通过消解自我身份特性,做到让自己的个性'不明显',从而有能力进入他所关注的对象的世界。"②消融主体的探求性并不是瓦解掉自我的真情实感和存在性,而是以另一种形式体现自我的存在,将自我的情感升华融入自然,让事物的发展变化"顺其自然",而不是人为主观改变。

诗人的主体能动性和对真理的探寻于诗歌无益,"万事万物难凭意志安排,但它们 / 能将我们逗乐,从刻板的思想中解脱"③。是万事万物带人们摆脱苦闷刻板的思想,而让主体的能动与探求之心消释,融入诗歌、作品人物之中,这才是艺术家,尤其是诗人的要务。只有当艺术家投注在自身的好恶、得失之上的注意力减少,以谦卑的态度感受事物,而不是志在必得地去把握、探求之时,作品方可灵动可读。

主体探求之念消释之后,作品本身才可焕发出更耀眼的光芒,流传方可更为久远,正如韦勒克(Rene Wellek, 1903 – 1995)和沃伦(Austin Warren, 1899 – 1986)在《文学理论》(*Theory of Literature*)中说到的:"作品中作家的个性只有在比喻的意味下才是存在的。在弥尔顿和济慈的作品中,具有一种可以称之为'弥尔顿式的'或'济慈式的'气质。但是这种气质只取决于作品本身,而不能凭纯粹的传记资料来确定。"④

由是,笔者认为用"消释力"诠释济慈的"Negative Capability"这一理论更为妥当。本书中涉及"Negative Capability"这一诗歌理论之处,采用的汉译均为"消释力"说。

得益于汉语研究界种种不同的释义方法,济慈的"Negative Capability"这一诗学概念在学者的关注和探究中不断绽放光彩。概念的每种释义方法只是在无限

---

① 吴伏生:《论济慈的"消极能力"说》,《外国文学评论》,1987,(2):111 – 114.
② Bate, Walter Jackson. Negative Capability:The Intuitive Approach in Keats [M]. Cambridge, Mass.:Harvard University Press, 1939:25.
③ Rollins, Hyder Edward (ed.). *The Letters of John Keats* 1814 – 1821 (*Two Volumes*) (Volume I). Cambridge, Massachusetts:Harvard University Press, 1958:262.
④ [美]雷·韦勒克(Wellek, Rene),奥·沃伦(Warren, Austin):《文学理论》,刘象愚等译,北京:三联书店,1984 年,第 73 页.

接近原意的过程中的一种译语的存在方式,对这一概念的释义值得继续考究和探讨。

总而言之,济慈的"消释力"说要阐释的便是:消融自我、学会聆听、消磨个性、感悟众生。

基于对个性的消解、自我的消融、主客体的消释,济慈尤为重视真情实感,坚持诗歌应让读者体会到畅快淋漓,而又自然抒发的似曾相识之感。济慈作为诗人和普通人都是尴尬的,正是因为其"消释力"的思想,济慈才得以消融自我,用不同于他同时代人的方式,以"美""想象"和"幻想"来化解他人生的苦难和凄楚,化解他作为诗人的愤懑和尴尬,最终投身于自然,借以大自然的力量来安置深情、排解愤怒。

在之后的济慈诗学观内涵的探讨中,本书会对济慈诗学观所涉及的情感观、"美""想象"和"幻想"做出更为具体的分析,对济慈的自然诗学观进行解析和阐释。

第三章

崇情:济慈诗学观的情感展现

在济慈以"消释力"说为理论基础构建起来的诗学观中,情感观对济慈"消释力"说的体现最为突出。对情感的崇尚是济慈诗学观中重要的一部分,诗歌是强烈情感的自然表达,而不是矫揉造作、唯我独尊的炫耀。

济慈情感观主要涵盖以下四个方面的内容:

(一)诗歌应当言读者想言而未能言之语、传达给读者以似曾相识之情感;

(二)诗作应让读者体味到美与喜悦的畅快淋漓;

(三)诗歌的创作当如枝上生叶、水到渠成;

(四)诗人应有不俯首谄媚的真情实感。

"尴尬"是人类情感的一个方面,崇情而又命运多舛的诗人济慈始终未能逃离"尴尬"。正是源于对情感的崇尚和重视,济慈的"尴尬"才在济慈的诗学人生中书写了重要一笔。

济慈情感观有哪些具体体现?其情感观的意义何在?这是本章主要探讨的问题。

第一节 情感的意蕴和表现

在济慈的诗学观中,"情"是一个重要的观念,"传情"是济慈追求的美学目标。关于"情",济慈在他的诗论中有如下的叙述和表达:

1819年9月,在致乔治(George)和乔治安娜·济慈(Georgiana Keats)的信中,济慈写道:"我最近写了一首标题为《拉米娅》的诗,刚刚我重读了诗的一部分——我确信,这其中有种激情火焰,能以某种方式攫住读者的心灵——给他们以快乐抑或痛苦的感受。他们想要的,恰恰就是这样的感受。我希望我能转动你们情感的钥匙,让你们和我一样兴致勃勃。"①

　　济慈重视情感——这种情感必须是真情实感,而诗歌是给读者以情感力量的——这种力量可以"转动读者的情感钥匙",这是济慈一直强调的最为根本的理念。正如亚里士多德所论:"被情感支配的人最能使人们相信他们的情感是真实的,因为人们都具有同样的天然倾向,唯有最真实的生气或忧愁的人,才能激起人们的愤怒和忧郁。"②给读者一种强烈的感受或者说情感体验,是济慈认为诗歌最该有的特质,而这种感受或体验须是读者所想要的,做到这些是诗人的本分,是诗人该引以为豪之处。

　　在1818年2月给泰勒(John Taylor)的信中,济慈阐释了他的诗歌创作理念:

> 　　对于诗歌,我有几条理念,从中你可以看出我与他们的立场有多么的不同。第一,我认为诗歌要以一种有益的超越、盈满给人以惊异之感,而不是以奇趣怪谈夺人——诗歌打动读者是因为读者觉得自己最真切的想法被一语道出,犹如回忆般映入眼帘——第二,诗歌所触及之美切勿未尽而止,而应推至极致,一定做到让读者心满意足,而不仅是敛息屏气地等待:诗歌中的意象要像读者看到的太阳一般自然地升起、照耀、落下——炫光满照,到富丽、肃然而又雍容地下落之后,读者仍融在黄昏绚烂的霞光之中——不过,谈论诗歌该当如何比动笔写诗容易得多——这又让我想到了第三条理念。如果诗歌的创作不能够像枝上生叶那样的自然,那它还是不要作出来的好。不论这些诗歌的理念我践行得如何,当不同的美丽景色映入眼帘时,我依然禁不住高喊:"啊,缪斯,愿你赐我如火诗情!"③

　　第一条理念中,济慈明确表示标新立异不应当是诗歌创作所寻求的,诗歌创作当让读者有似曾相识、酣畅痛快之感,诗歌反映的内容、情感不应是诗人的杜撰,只为满足写作者的表达之欲,而须是阅读者熟悉的,曾经有过、体验过或是设想过的,能如回忆般再上心头的。而要给读者这样的情感体验,诗人首先要做到"没有个性",没有对贵贱、高低、贫富、亮暗的偏私之见。

　　济慈强调的"回忆般"并不是说读者必是亲身历经过的,而是强调一种情感体验,一种意识中可以想见的体验方式。诗歌该给人的"惊异"不是吓人一跳的惊世

---

① Rollins, Hyder Edward (ed.). *The Letters of John Keats* 1814–1821 (*Two Volumes*) (Volume II). Cambridge, Massachusetts:Harvard University Press, 1958:189.
② [古希腊]亚里士多德:《诗学》,罗念生译,上海:上海人民出版社,2006年,第62页。
③ Rollins, Hyder Edward (ed.). *The Letters of John Keats* 1814–1821 (*Two Volumes*) (Volume I). Cambridge, Massachusetts:Harvard University Press, 1958:238–239.

骇俗,而是真情实感、表达契合的惊喜与激动之情。

第二条理念,济慈坚持诗歌应当是美的,而在表现美时不可蜻蜓点水,不应故弄玄虚、虎头蛇尾,诗歌带给读者的体验当如日光暖照。诗歌之美要体现得畅快淋漓,要让读者经历朝阳初升的喜悦,感受日在中天的火热,享受日落西山、霞光满天的满足。诗歌读完当如美乐奏罢,余音绕梁。

第三条理念,谈到的是情感的表达。诗歌不可矫揉造作,诗歌的产生不是突发奇想或有意为之,而是像枝上生叶般自然,是水到渠成的情感抒发。"诗以其本身打动人,搔首弄姿是无济于事的,别有企图也是要失败的。"①诗人要对景、对物有感而发,不可强而为之。

谈到真情实感,贺拉斯(Quintus Horatius Flaccus,公元前65年－公元前8年)这样说:"一首诗仅仅具有美是不够的,还必须有魅力,必须能按作者愿望左右读者的心灵。你自己先要笑,才能引起别人脸上的笑,同样,你自己得哭,才能在别人脸上引起哭的反应。"②

学问无国界,海涅(Heinrich Heine,1797－1856)在评述一位被德国人忽略的作家时,认为被忽略是因为这位诗人的作品中缺少了一点东西,"而这点东西恰好是老百姓在书籍里寻找的:这就是生活。老百姓要求,他们的喜怒哀乐,种种激情,作家也有同感,他们内心的感情,或者能被作家振奋起来,或者会被作家损伤刺痛,总之,老百姓希望受到感动"③。"喜怒哀乐"是人类最基本的情感表达,诗人的目的便是将这些情感以诗歌的方式传递给读者,让读者"感动",而这种感动正是济慈要给读者的"惊异"。

王国维在《清真先生遗事》中以读者的角度表达过他对于诗人创造性的见地:"遂觉诗人之言,字字为我心中所欲言,而又非我之所能自言,此大诗人之秘妙也。"④于王国维,济慈的诗该是"大诗人"之诗,而济慈的诗学观正是认为诗人要言读者想言而未能言之语,可谓是"大诗人之论"。《人间词话》中的另一段话:"境非独谓景物也,喜怒哀乐,亦人心中之一境界。故能写真景物,真感情者,谓之有境界。否则谓之无境界。"⑤济慈的理念同样与之契合,真景实物为读者所

---

① 王佐良:《英国诗史》,南京:译林出版社,2008年,第331页。
② [古希腊]亚里士多德,[古罗马]贺拉斯:《诗学诗艺》,罗念生译,杨周翰译,北京:人民文学出版社,1982年,第142页。
③ [德]亨利希·海涅(Heine, Heinrich):《论浪漫派》,张玉书译,北京:人民文学出版社,1979年,第134页。
④ 彭玉平编著:《人间词话》,北京:中华书局,2010年,第223页。
⑤ 彭玉平编:《人间词话》,北京:中华书局,2010年,第9页。

知,真情实感为读者有历,此类皆可让读者如"回忆般映入眼帘"。

济慈的"一语道出、枝上生叶"与贺拉斯的"自己先笑、自己得哭"、海涅的"感动"、王国维的"欲言而非能自言"都是对诗歌创作中真情实感、自然天成的肯定与推崇。

再来看看浪漫主义诗人对待公众的情感态度。

对于诗人与公众的关系,浪漫主义时期的艺术家们各有不同的声音,同是强调情感的华兹华斯坚持认为:诗人决不单单是为了诗人自己而写诗,而是为了大众而写诗。每一首诗作都应有一个有价值的目的。雪莱的理解为:"诗人是夜莺,栖息在黑暗之中,用美妙的歌喉唱歌以慰藉自己的寂寞;诗人的听众好像成了一个为听得见却看不见的音乐家的绝妙声音而颠倒的人……"卡莱尔(Thomas Carlyle, 1795-1881)则认为,诗人已经完全取代了欣赏者而成了审美规范的制定者。①

济慈对此有他自己的认识和做法,在1818年4月给雷诺兹(J. H. Reynolds)的信中,济慈表达了他的观点:"我可以向我的朋友们低头折腰,感谢他们征服了我——但是面对茫茫大众——我决不俯首谄媚,要我对大众奴颜婢膝,想都不要想——我生平所做的每一行诗句里都不带公众思想的影子。"②

这是济慈的"风骨",济慈的真情感。可以说,在原则性的诗学立场上,济慈不模仿、不苟同。

济慈清楚地知道这些理念与同时代诗人的立场是不相同的,但他坚持诗歌就该是如此,即使自己不能将这些原则践行得完美无瑕,也丝毫不能影响他对诗歌理念的坚持和对诗歌本身的热爱。三条理念充分表达了济慈诗学观中的情感原则:诗歌是情感自由、充分、自然的表达。情感是诗歌的生命,作诗不是矫揉造作,为写诗而写诗。情感积累到一定程度,如"矢在弦上,不得不发"之时,自诗人胸中喷薄而出的才是真正好的诗歌。

济慈的情感不是大张旗鼓宣泄的情感,情感于济慈不是外在的诉求,而是隐藏在济慈诗歌、书信的字里行间的。情感是济慈人生的寄托,济慈的诗歌因情感而作、为情感而歌。

西方传统是理性的传统,从苏格拉底(Socrates,公元前469年-公元前399

---

① [美]艾布拉姆斯(Abrams, Meyer Howard):《镜与灯——浪漫主义文论及批评传统》,郦稚牛,张照进,童庆生译,北京:北京大学出版社,2004年,第23-24页。
② Rollins, Hyder Edward (ed.). The Letters of John Keats 1814-1821 (Two Volumes) (Volume I). Cambridge, Massachusetts:Harvard University Press, 1958:267.

年)、柏拉图(Plato,约公元前 427 年 – 公元前 347 年)开始,西方建造出来的思想体系是经由理性之路获得真理的启迪。苏格拉底说那些天外的真实的东西"唯有灵魂的驾驭者——理智才能看得见"①;柏拉图创立"理式说",并将灵魂分为"御车者、黑马、白马"三部分,认为理性是最好的;亚里士多德(Aristotle,公元前 384 年 – 公元前 322 年)强调"或然率"和"必然率",由此,西方文学的文论之路开辟了其理性渊源,在文学领域以是否合乎理性来取舍成为西方传统。

苏格拉底在最初建立思想体系之时把"情感"这一内涵遮蔽了,临死前,他本可以坐学生们为他准备好的船逃走,但他不走,因为在他看来,理想的人格就是理性和信念。"我们从苏格拉底、柏拉图、亚里士多德那里,就已经看到西方文艺学美学滥觞的两条终极走向,即理智修辞学和神学,其最终归宿是知识、科学理性和宗教理性,而情感一直作为一种被遮蔽的、潜在的艺术元素而存在,只能依附于知识、思想和神性等观念体系而存在。"②所以,西方的文学理念从一开始就有一种倾向——脱离情感,它走的是一条向上的路,是升华,所以神性、宗教成为它的归宿是不可避免的。

17 世纪至 18 世纪的启蒙时代是凸显理性的时代,是理性压抑情感最盛之时,宣扬"理性发展可以解决人类生存的基本问题",康德(Immanuel Kant,1724 – 1804)提出了"纯粹理性"的说法。

然而,人类需要情感,只要生命存在,情感欲求便在。形而上的理性无法抚慰现实世界人类的痛苦,无法满足人类精神的需求。文学艺术更是离不开情感,情感在艺术创作活动和文学鉴赏活动中的作用是巨大的,贯穿始终的。托尔斯泰(Leo Tolstoy,1828 – 1910)曾这样描述艺术:"艺术起源于一个人为了要把自己体验过的感情传达给别人,于是在自己心里重新唤起这种感情,并用某种外在的标志表达出来。"③艺术创作过程中,情感不仅仅是艺术家关注的创作对象,也是艺术家从事创作的动力。

"在理性主义的发展走向极端的时候,这种情况下,被理性压制的人类情感一定会以某种形式爆发出来。"④到了 18 世纪后半叶,强烈压制情感的理性思潮开

---

① [法]西蒙娜·薇依(Weil, Simone):《柏拉图对话中的神:薇依论古希腊文学》,吴雅凌译,北京:华夏出版社,2012 年,第 187 页。
② 殷国明:《情学:文学探寻的归根之路》,《华东师范大学学报》(哲学社会科学版)2013,(1):59 – 66.
③ [俄]列夫·托尔斯泰(Tolstoy, Leo):《艺术论》,丰陈宝译,北京:人民文学出版社,1958 年,第 46 页。
④ Berlin, Isaiah, *The Roots of Romanticism*, Princeton:Princeton University Press, 1999:46.

始衰退,感伤主义诗歌、哥特式小说开始涌现,直至 19 世纪的浪漫主义时期,情感得以极大程度地张扬。浪漫主义者们满怀激情,张扬个性,颂扬情感。

对情感的理解,一直以来西方将焦点放在了"爱"上。爱当然是最高的情感表达方式,但是情感不是简单的、肉体欲望的爱,情感是有深度的,这个深度不只表现在爱情上,也表现在亲情、友情上,到了一定程度,情感就会以各种各样艺术的方式表达出来。在西方文学的历史上,情感的作用举足轻重。"自柏拉图以来,西方文艺美学始终贯穿着情与理的角力和博弈,不断深化着对于情感意义与价值的认识。尤其是文艺复兴之后,对于情感的重视与崇尚与日俱增,在浪漫主义文学运动中达到了一个高峰,以至于以后没有一个艺术家理论家能够完全忽视和回避情感的重要作用。"[①]

情感是自主的,是与人的生命本能相连的。人的情绪是人从事某种行为和思维活动的原始动力之一,而创作,尤其是诗歌创作比任何其他行为都更接近于情感的自然宣泄。所以强烈的情感能够很自然地成为创作的动机,艺术创作也就很自然地成了表现情感的一种通道。济慈写《夜莺颂》,歌德(Johann Wolfgang von Goethe,1749 - 1832)写《少年维特之烦恼》,郭沫若写新诗等,都是强烈情感驱动下的创作行为。

对情感的重视,历代的文学家、评论家多有论述,苏联著名表演艺术家斯坦尼斯拉夫斯基(Konstantin Sergeevich Stanislavsky, 1863 - 1938)非常重视艺术家的情感体验,他说:"在艺术中从事创造的是情感,而不是智慧;在创作中主要角色和首倡作用属于情感。在分析过程中也是如此。"[②]情感是人的心理生活中重要的一方面,影响着人心理活动和思维的各个方面,而艺术是人类思维活动的产物。

浪漫主义文学家偏爱表现个人的主观感情、主观理想和非自然的事物,主观性和情感至上是这一时期作家的显著特征。"章培恒先生曾在文学史中做过精到详细的梳理与分析,他认为文学的意义和秘密就藏在人性之中,而文学对于人性的揭示最集中表现在情感上面,由此他赞赏古人萧绎的观点,认为'文学所要求的,只是强烈的感情和艺术上的美,此外不承认对文学的其他约束',这是因为'情'和作为其基础的'欲'原本是人性中最活跃的因素,它在文学中的活跃,直接

[①] 殷国明:《情学:文学探寻的归根之路》,《华东师范大学学报》(哲学社会科学版)2013,(1):59 - 66.

[②] 斯坦尼斯拉夫斯基(Stanislavsky, K. S.):《斯坦尼斯拉夫斯基全集》第 4 卷,郑雪来译,北京:中央编译出版社 2012 年,"演员创造角色"第 8 - 9 页。

表现了对人性和人的自由意志的肯定。"①可以说,尽管作家写作时未必有爱情,但在内心深处推动作家写作的就是一种情感,一种爱的感情。

阿伦·布洛克(Alan Bullock,1914 - 2004)说:"(文化)把人对完美的追求放在自己变成什么上,而不是拥有什么上,放在思想和精神的内在状况上,而不是外在的环境上……放在有别于自己兽性的我们人性本身的发展和优势上……放在扩大那些使得人性成为特殊的尊严、财富和幸福的思想和感情才能上。"②

"浪漫主义时期是以情感是否真实、是否充盈为衡量行为的出发点,情感成为从现实世界通达理想王国的重要桥梁,即情感是二元对立结构的核心。"③追求情感、张扬个性是浪漫主义者强调的。

荷尔德林(Johann Christian Friedrich Holderlin,1770 - 1843)感叹"我真想证明,就连璀璨的星空也不比人纯洁,人被称作神明的形象。大地之上可有尺规?绝无"④。华兹华斯呐喊"在我诗歌的精神里充满了/爱,那受到祝福的爱"⑤;拜伦怒吼"无论头上是怎样的天空,我准备承受任何风暴"⑥;雪莱疾呼"如果冬天来了,春天还会远吗"⑦。

同为一个时代的诗人,济慈的情感观不同于其他同时代作家。济慈的情感观是建立在其最重要的诗学观"消释力"之上的,是现实世界自我的隐退、消融,想象世界情感的奔放、驰骋,是积极融入客体,在忘我之境中尽享万物之乐的胸襟和情怀。

西方人重视人的原始天性,他们认为自由是人的一种天性,这种天性最主要的就是人的情感状态,情感是人类文学创造力的源泉。艺术思维是艺术家创造意象、通过作品将情感传递出来的过程,而这一过程中,激活和调动起艺术家思维活动的决定因素正是情感。情感的激发不仅使艺术家思维更敏锐、表达更顺畅,而

---

① 殷国明:《情学:文学探寻的归根之路》,《华东师范大学学报》(哲学社会科学版)2013,(1):59 - 66.
② [英]阿伦·布洛克(Bullock,Alan):《西方人文主义传统》,董乐山译,北京:生活·读书·新知三联书店1997年,第169页。
③ 刘春芳:《英国浪漫主义诗歌情感论》,天津:天津大学出版社,2011年,第11页。
④ 徐志摩等著,黎娜主编:《一本书读完最美的诗歌》,北京:中国华侨出版社,2013年,第182页。
⑤ [英]华兹华斯(Wordsworth,William):《华兹华斯抒情诗选》,黄杲炘译,上海:上海译文出版社,1986年,第324页。
⑥ [英]拜伦(Byron,G. G.):《拜伦诗选》,查良铮译,上海:上海译文出版社,1982年,第100页。
⑦ [英]雪莱(Shelley,P. B.):《雪莱诗选》,江枫译,北京:中央编译出版社,2004年,第108页。

且给艺术家以动力,在感情思索的基础上进行深邃的理性评判和价值考量。

情感是艺术家其他意识内容的原动力,掌握了情感的演进也就把握了艺术思维活动的进程。"感性认识或分析的作用在创作过程中是尤其重要的,因为只有靠它的帮助才能够进入无意识的领域,这一领域构成人或角色全部生活的十分之九,而且还是它的最重要的部分。"①艺术家们只有在自己的心中找到了他们真正想要表达的那种情感并亲自体会到这些情感,而不是通过某种理性的方式、程式概念的方式,或某种时髦的形式去"虚拟"它,此时艺术家们创造出的才是真正的艺术品。正如约翰·斯图尔特·米尔(John Stuart Mill, 1806 – 1873)所说:"诗就是情感,在孤独的时刻自己对自己的表白。"②

情感不仅是诗歌所要表达的,更是诗歌创作的动力。鲁迅说"创作总根于爱",这句话道出了他写文章的内在的动力——一种情感的驱动。这种爱不是通常所说的爱情,而是除了情感自然性之外的社会性所要求的,是一种更高尚的情绪和感情,一种社会责任感和对人类的爱。对于艺术活动而言,情感是情绪和感情这一类心理现象的统称。

情感与一般所说的认识过程不同,它具有自己独特的主观体验形式(如欢喜、悲愤等)、有独特的外在表现形式(面部表情、肢体语言等)及独特的生理反应(情绪变化引起的机体反应)等。而作为一种心理反应方式,情感是人类文明发展和文化熏陶的结果,情感一方面与人的本能需求密切相关,另一方面也随着人类文明、文化的发展而不断发展变化,可以说,情感具有自然性和社会性的双重属性。

情感造就艺术,正如托尔斯泰(Leo Tolstoy,1828 – 1910)所论述的:"各种各样的情感——非常强烈的或者非常微弱的,非常有意义的或者微不足道的,非常坏的或者非常好的,只要他们感染读者、观众、听众,这都是艺术的对象。戏剧中所表达的自我牺牲及顺从于命运或上帝等感情,或者小说中所描写的情人的狂喜的感情,或者图画中所描绘的淫荡的感情,或者庄严的进行曲中所表达的爽朗的感情,或者舞蹈所引起的愉快的感情,或者可笑的逸事所引起的幽默的感情,或者描写晚景的风景画或催眠曲所传达的宁静的感情——这一切都是艺术。"③

济慈所强调的情感体验离不开想象的参与。想象参与到艺术思维活动中,是

---

① 斯坦尼斯拉夫斯基(Stanislavsky, K. S.):《斯坦尼斯拉夫斯基全集》第4卷,郑雪来译,北京:中央编译出版社2012年,"演员创造角色"第9页。
② [美]艾布拉姆斯(Abrams, Meyer Howard):《镜与灯——浪漫主义文论及批评传统》,郦稚牛、张照进、童庆生译,北京:北京大学出版社,2004年,第23页。
③ [俄]列夫·托尔斯泰(Tolstoy, Leo):《艺术论》,丰陈宝译,北京:人民文学出版社,1958年,第47页。

因为情感唤醒了艺术家的记忆。在众多艺术思维活动中,想象是其中重要的机能活动之一,从美学的意义上来说,艺术的想象首先是情感的想象。

在艺术思维活动中,情感通过想象找到了最为强烈的感官的活动方式和思维的表达形式,如此,情感又被想象带入了更高一级的感觉体验——崇高抑或悲苦。情感造就了想象,而想象又带领情感突破客观现实的羁绊与限制,在艺术天地里纵横驰骋。这种交互作用正如黑格尔(Georg Wilhelm Friedrich Hegel,1770 - 1831)的阐述:"情感成了中心,巡视自己的丰富多彩的周围,就把它吸收到这中心里来,很机巧地把它转化为自己的装饰,灌注生气给它,而自己就在这种翻来覆去中,这种体物入微、物我同一的境界中得到乐趣。"①

第二节 情至深处——济慈的尴尬

尴尬是人类情感体验中重要的一种,之所以将尴尬与济慈联系在一起,是因为"济慈既是普通人又是诗人,他对尴尬尤其敏感,同时又有着更为真切的感悟"。②

有着睿智的思考力、敏锐的感觉力的济慈却"被关在了尘世乐趣门外",这于济慈是最强烈的尴尬。

这种强烈的尴尬很大程度来自疾病带给他的无奈与苦痛:"我确实想立刻放弃一切——我宁愿死掉,我厌恶你微笑面对的这个残酷世界,我对男男女女更为憎恶。对于未来,我只看到了荆棘——不管这个冬天我在意大利还是什么别的地方。"③

因家庭遗传及母亲和弟弟的传染,济慈患上了当时无法治愈的肺结核。济慈本是"生气勃勃"的青年:"那些认识他(济慈)的人常常夸赞他生气勃勃的青春气息和他俊朗的外表。在大街上,从他身边经过的路人会因他的生机与俊朗回过头来看他。"④而让人消瘦、乏力的肺结核让济慈爱情、生活、诗歌创作蒙上了"尴尬"

---

① [德]黑格尔(Hegel, Georg Wilhelm Friedrich):《美学》(第三卷下册),朱光潜译,北京:商务印书馆,1996年,第60 - 61页。
② Ricks, Christopher, *Keats and Embarrassment*, Oxford, Clarendon Press, 1974:1.
③ Rollins, Hyder Edward (ed.). *The Letters of John Keats* 1814 - 1821 (*Two Volumes*) (Volume II). Cambridge, Massachusetts:Harvard University Press, 1958:312.
④ Oxford Dictionary of National Biography (Volume 30), Oxford:Oxford University Press, 2004:992.

的面纱。"啊愚笨！什么是爱情？它又在何处？／还有那可怜的抱负——它从人的／小小心灵中阵发的热病中跃起／诗仙呀！——不，——她并没有带来一丝快乐。"①

的确，"疾病是生命的阴面，是一重更麻烦的公民身份"②。在1820年8月写给芳妮·布劳恩（Fanny Brawne）的信中，济慈提道："一个像你一样的健康人，绝不可能了解我这种精神状态下体会的恐怖和恶劣的心情。"③疾病让济慈体味到很多健康人无法体会的情感，比如尴尬，比如恐怖。

"疾病是怎样横亘在你我之间，成为障碍啊！"④济慈短暂的一生中，羸弱的病躯、孤苦的身世都与他傲世的心灵形成了尖锐的矛盾，使得济慈时时处于尴尬的境地，其中，他对人生的意义和对美的强烈追求始终处于矛盾的主要方面。

济慈追求的美与现实生活的不美的矛盾也是导致济慈尴尬的重要原因。"她居于美中——而那'美'，必将消亡。"⑤

1804年，济慈年仅9岁时，父亲意外身亡，仅仅两个月后母亲改嫁。1811年，济慈成了埃德蒙顿的赫蒙德诊所的一名学徒。济慈的尴尬不仅仅来自自身的命运多舛，也有他对于社会现实的不满："从德文郡的任何一处景致中获得哪怕一丁点儿的乐趣都是我永远也不可能做到的——荷马非常好，阿喀琉斯⑥很好，狄俄墨得斯⑦很好，莎士比亚很好，哈姆雷特很好，李尔王很好，然而蜕缩的英国人不好。"⑧书信中，济慈谈到，他甚至不喜欢当时社会上女人们的名字。

尽管济慈的诗歌充满着美的意象和意境，但生活的尴尬还是体现在了诗人的诗歌中：现实世界是尴尬的世界，充满苦痛的世界，"在这里，人们坐着、听着各自的呻吟／中风瘫痪的人颤动着仅有的几根凄惨惨的灰白发丝／在这里，青春正变

---

① Stillinger, Jack (ed.). *John Keats：Complete Poems*. Cambridge, Massachusetts：Belknap Press of Harvard University Press, 1982：285.
② [美]桑塔格（Sontag, S.）：《疾病的隐喻》，程巍译，上海：上海译文出版社，2014年，第17页。
③ Rollins, Hyder Edward (ed.). *The Letters of John Keats* 1814－1821（*Two Volumes*）（Volume II）. Cambridge, Massachusetts：Harvard University Press, 1958：312.
④ Rollins, Hyder Edward (ed.). *The Letters of John Keats* 1814－1821（*Two Volumes*）（Volume II）. Cambridge, Massachusetts：Harvard University Press, 1958：263.
⑤ Stillinger, Jack (ed.). *John Keats：Complete Poems*. Cambridge, Massachusetts：Belknap Press of Harvard University Press, 1982：284.
⑥ 阿喀琉斯（Achilles），荷马史诗《伊利亚特》中参加特洛伊战争的一个半神英雄。
⑦ 狄俄墨得斯（Diomed），荷马史诗《伊利亚特》中参加特洛伊战争的希腊大英雄。
⑧ Rollins, Hyder Edward (ed.). *The Letters of John Keats* 1814－1821（*Two Volumes*）（Volume I）. Cambridge, Massachusetts：Harvard University Press, 1958：242.

得苍白,消瘦,奄奄一息/ 在这里,只要一想就悲伤不已/双眼郁郁地透着绝望/ 在这里,美人无法留住明亮的双眸/ 新生的爱情在顷刻间便为之憔悴"。①

文学批评家克里斯托弗·里克斯(Christopher Ricks,1933 –)在《济慈与尴尬》(Keats and Embarrassment)一书中这样阐释尴尬:"首先,尴尬在生活中非常重要;其次,我们之所以珍视艺术,原因之一就是它能帮助我们应对尴尬,这种应对是通过认识、完善并将其归入人类的良善之意,而不是去舍弃或忽视尴尬;艺术,以个人和公众独特的结合方式,为我们提供一种独特的人与人之间的关系,这一关系并不附属或等同于任何一种其他的人与人之间存在的障碍的、无法进行的、粗陋的尴尬的关系。"②里克斯对尴尬和艺术关系的阐释揭示了尴尬这种情感在艺术领域的重要作用。

艺术家不是处于天真烂漫的真空中的,他们始终脱离不了社会现实,在与社会打交道的过程中,在复杂的社会现实里,处于时代夹缝中的济慈不是可以放开嗓门、尽情歌唱夏天的夜莺,也无法成为浪漫的青春爱情诗人,更不是不谙世事的唯美主义者。济慈渴望"凭着我的幻想去寻找种种的快乐"③,然而只要有情感存在,人就不可能自由自在。在人生的抉择中,在世界与自我的关系中,"尴尬"确切表现了济慈在短暂人生大部分时候的状态。

济慈的身体条件和生活境遇使得他对周围的世界更加敏感,而敏感加剧了济慈的尴尬。"由'尴尬'介入济慈不是要探析济慈的灵魂,而是为了更确切地揭示出济慈作为一个普通人和一名诗人的独特的思想德行,搞清楚济慈想象力的形态和这些想象力的存在真相。"④

济慈著名的颂诗《夜莺颂》中有这样几句诗:"恐怕,这样的歌声也曾使得 / 路得流泪,她忧伤满怀地站在 / 异乡的麦田里,一心想念着故土。"⑤

路得是《圣经·旧约·路得记》中的人物,是大卫王的先祖,在丈夫死后,她离开故乡,四处流浪,后定居在伯利恒。路得在富人波阿斯的麦田里捡拾过麦穗,后来嫁给了波阿斯。《旧约》中并未提到夜莺的歌声,也没有路得为此流泪的说法。济慈借想象的力量,仿佛体会到了路得的感伤,看到路得在夜莺的歌声中因为思

---

① Stillinger, Jack (ed.). *John Keats:Complete Poems.* Cambridge, Massachusetts:Belknap Press of Harvard University Press, 1982:280.
② Ricks, Christopher, *Keats and Embarrassment*, Oxford, Clarendon Press, 1974:1.
③ Stillinger, Jack (ed.). *John Keats:Complete Poems.* Cambridge, Massachusetts:Belknap Press of Harvard University Press, 1982:40.
④ Ricks, Christopher, *Keats and Embarrassment*, Oxford, Clarendon Press, 1974:1.
⑤ Stillinger, Jack (ed.). *John Keats:Complete Poems.* Cambridge, Massachusetts:Belknap Press of Harvard University Press, 1982:281.

乡而潸然泪落。

卡拉·埃文斯(Karla Alwes)对路得与诗人济慈关系的一段论述很是恰当："《圣经》中的路得形象是一个与生活环境格格不入的陌生者的形象，或者说是漂泊者形象。路得生活在回忆中，她的形象慢慢成了人类悲伤的原型，而如今的诗人济慈也沉浸在了回忆当中。在这首诗中，大地不能给路得带来任何慰藉，路得与周围环境的格格不入正如同诗人与自己的现实生活格格不入一样。"①这种"格格不入"正是诗人的尴尬所在。诗人对路得悲伤的描写透露出在夜莺的歌声中自由畅想之后的无奈与不安——济慈无法与残酷的现实世界握手言欢，正如异乡的麦田不是路得的故土。

尴尬是当人投注到自身、本性的关注过多时产生的情绪状态，而避免尴尬是人精神保护的本能。"尴尬个体意识到自身所处尴尬状态，为避免自我形象受损，进而试图采取补救策略。"②

当艺术家处于与社会的尴尬状态时，他们或者奋起反击，如鲁迅试图带人们走出黑屋子、不再吃人，或者选择将主体本性消解，而关注于万事万物，如济慈。所以，从这个意义上说，济慈"消释力"说的提出与他作为普通人的尴尬和作为诗人的尴尬是分不开的。

《新牛津英语词典》③中尴尬(Embarrassment)这一条目的释义为：

"一种自我意识，羞愧感或窘迫感"(a feeling of self-consciousness, shame, or awkwardness)。④

尴尬首先强调的是自我意识，即人对自我本身的关注。因关注到自我与周围世界的不协调或不适合而感到的羞愧或窘迫，使人们产生了尴尬。

尴尬是艺术家普遍存在的一种状态，找不到自己的确切位置，找不到自我的定位，无法处理内心与现实的冲突，彷徨于俯首权势与坚守艺术之间。尴尬是人类世界，尤其是艺术世界中的普遍现象，时代更替荏苒，艺术家的尴尬始终存在，被定罪为"有伤风化"的法国诗人波德莱尔(Charles Baudelaire, 1821-1867)尴尬，被变相流放的俄国诗人普希金(Alexander Pushkin, 1799-1837)尴尬，作为传

---

① Alwes, Karla. *Imagination Transformed: The Evolution of the Female Character in Keats's Poetry*. Carondale & Edwardsville: Southern Illinois University Press, 1933:125.
② 丁芳, 范李敏:《尴尬情绪:回顾与展望》,《苏州教育学院学报》, 2014, (2):86-90.
③ 该词典1998年由牛津大学出版社出版发行, 2001年由上海外语教育出版社在中国发行, 中国发行版仍为英文版本, 未经翻译, 以下引用为笔者自译。
④ [英]朱迪·皮索尔(Pearsall, Judy)编:《新牛津英语词典》, 上海:上海外语教育出版社, 2001年, 第601页。

统中的一员却要打破传统的鲁迅也尴尬,他们崇拜艺术却难以找到自我。他们无法用合乎规范的世俗的方法来处理他们的世界、在世俗世界中找到他们自己的位置。

人类,尤其是艺术家,在现代社会与在浪漫主义时期面临很多共同的境遇、共通的问题,追求完美的人往往受到最严峻的挑战。年轻的济慈因为坚持完美,更要接受挑战,承受一种尴尬的状态。为实现诗歌梦想的"坚持"成就了济慈,而坚持追求完美必是一个痛苦、尴尬的过程。这是济慈不得不承受的人生的尴尬、艺术的尴尬。

18世纪末、19世纪初的英国,工业化正侵蚀着英国美丽惬意的田园生活,机器的轰鸣更加剧了诗人们个性的张扬和对自我的关注与强调。华兹华斯、柯勒律治的自我关注,拜伦、雪莱的热血沸腾,都是那个时代激扬自我的表现。华兹华斯亲身经历了法国大革命的风风雨雨,风雨之后的他选择了投注自我、寄情自然。拜伦上流社会的经历使得他放荡不羁、激情张扬。雪莱在历经了人生磨难之后,用了自信张扬的方式去践行纯粹的人生理想。

而济慈过着窘迫的生活,有着孱弱的身体,备受着病痛的折磨,痛苦的情感时时啃噬着这位伟大诗人的神经。在这样的大背景与自身情况的影响下,济慈对个性的极度张扬与自我的过分关注进行了反思。

1818年2月21日给乔治和汤姆·济慈的信中,济慈写道:"我感到遗憾,凡是华兹华斯在市镇逗留过的地方,他的唯我独尊、虚荣自大和他的偏执顽固都给人留下了不好的印象——不过,即使他算不上是哲学家,也还是一位伟大的诗人。"①济慈欣赏、认可华兹华斯的诗才,但不苟同他的情感表达方式。

同年,在写给雷诺兹(J. H. Reynolds)的信中,济慈以花为喻,表达了他对于诗歌的观点:"诗歌应是伟大且谦虚的,它能够进入人的灵魂,是以其所涉及的主题而不是以其自身来打动读者或引起赞叹——那些僻静角落的花儿是多么美丽!如果它们聚集在大路上大喊大叫'羡慕我吧,我是一支紫罗兰!宠爱我吧,我是一朵报春花'!想想那样它们的美丽还会如何存在?"②

在极度自我张扬的时代,济慈感受到了张扬的尴尬,正是基于这样的诗学反思,济慈提出了他影响深远的"消释力"说这一重要理论术语。现实中,济慈痛苦、

---

① Rollins, Hyder Edward (ed.). *The Letters of John Keats* 1814–1821 (*Two Volumes*) (Volume I). Cambridge, Massachusetts:Harvard University Press, 1958:237.

② Rollins, Hyder Edward (ed.). *The Letters of John Keats* 1814–1821 (*Two Volumes*) (Volume I). Cambridge, Massachusetts:Harvard University Press, 1958:224.

迷惘,找寻自我的尴尬状态促使济慈归隐自我、消释自我,在寓己于物的过程中找寻自我、升华自我。从济慈开始,人类自我从高大全走向了卑微。

1814年,济慈写出了他人生的第一首诗歌《仿斯宾塞而作》(*Imitation of Spenser*)。1816年,济慈公开发表了他的第一首诗歌,题名为《哦,孤独!如果我必须和你同住》(*O Solitude! If I must with thee dwell*)。1817年,济慈出版了第一本诗集《诗歌》(*Poems*)。

济慈的这些诗歌和诗集得到的好评并不多,在当时很有影响力的杂志上刊登了一些对济慈诗作极为苛刻的攻击性评论。而当时担任《观察家》(*The Examiner*)主编的李·亨特(Leigh Hunt,1784-1859)对济慈的诗作却多有赞赏之词。然而由于其言辞较为激进,政治态度又倾向于较开明、自由的辉格党,所以常受保守的托利党评论家的抨击,还获罪入狱两年。济慈的诗歌受到李·亨特的肯定与好评,又与保守派批评家们推崇的古典主义诗歌的风格不同,所以济慈本人和他的诗歌都成了托利党人的攻击对象。

直至济慈离世后的很长一段时间,大众读者一直没有注意到济慈的诗歌。原因有二:受到18世纪诗学观念的影响,读者仍旧青睐注重节制、讲求法则的诗歌;济慈的诗歌富于激情,侧重感官感受,着重表达梦境、幻境、想象世界,因而无法很快为人们所接受。而济慈对遥远希腊文化的追随、对美的憧憬与向往,也没有得到与他同时代人的欣赏和接纳。

之后世人对济慈的肯定与赞赏和济慈当时受到的诸多中伤与忽视的比照同样是一种尴尬,如济慈在《夜莺颂》中的预言:"你永远鸣唱着,我却已失去了听觉——/你唱着安魂曲,我身死入土去。"①

20世纪初,英国最伟大的诗人威廉·叶芝(William Butler Yeats, 1865-1939)曾在诗中对济慈做过如下评论:"那些从平常的睡梦中醒来的艺术家们,在这世界上,除了虚度光阴和伤心绝望之外,他们还有怎样的价值和分量?然而,没有人能否认诗人济慈对这个世界的爱,人们会记住他那从容自得的幸福。他笔下的艺术是快乐的,可是谁了解他的内心?每每当我想到他时,我就像看见一名学童,他的脸和鼻子紧贴在糖果店的橱窗上。的确,他已被埋进了坟墓,但他的感官和他的心都未满足,因为贫穷、多病、无人理睬,他被一切尘世乐趣拒之门外,这位

---

① Stillinger, Jack (ed.). *John Keats:Complete Poems*. Cambridge, Massachusetts:Belknap Press of Harvard University Press, 1982:281.

马厩主的儿子,吃着粗茶淡饭长大——他,本身就是一首华美的乐章。"①

济慈短暂的生命光阴没有虚度,"从容自得的幸福"对于济慈是无法企及的,不管是家庭背景、学习经历、经济状况、身体状态,没有哪一条可以让济慈"从容自得",而"被拒在尘世乐趣之外"却用"快乐艺术"表达悲苦人生本身便是一种尴尬。

尴尬的解脱需要寻找到一个平衡点,需要在取舍中抉择,而尴尬又绝不仅仅是取舍的问题。艺术家的个性、思维和行为方式铸就了他们的尴尬,与周围世界接触、磨合的过程加剧了它们的尴尬,他们无法逃离自我,试图调整自我的过程同样是痛苦的、尴尬的。

这位爱美的诗人饱受了人间的种种苦难,体味了人生的至深尴尬,身处困境之时既无亲人相佑,又无良医相救,面对苍穹,他发出震撼人心的呐喊:"孤苦!就是这个词儿犹如钟鸣 / 将我召回到原来我生存过的地方!"②

愤怒是尴尬情绪状态的一种表现形式。"——唉,为了疗救这苍白的世界中这种不公——我们不得不忍受那些妄自尊大者的傲慢无礼(一想到这档子事我的肺都要被气炸)!"③这是1817年11月3日,在给贝莱(Benjamin Bailey)的信中济慈的表述。自身的状态和社会的不公让济慈愤怒。

而济慈最终没有选择拜伦咆哮、怒吼、痛斥的方式表达愤怒,也没有将希望投注于雪莱那般傲然、宏伟的理想之中,而是用"消释"之法消融自我、消释对立,以美与想象的力量化解人生的苦难、尴尬,找寻大自然的力量以安置深情、排解愤怒。

---

① 据威廉·叶芝(Yeats, William Butler):"自我即上帝":傅修延:《济慈评传》,北京:人民文学出版社,2008年,第432-433页。
② Stillinger, Jack (ed.). *John Keats: Complete Poems*. Cambridge, Massachusetts: Belknap Press of Harvard University Press, 1982:281.
③ Rollins, Hyder Edward (ed.). *The Letters of John Keats* 1814-1821 (*Two Volumes*) (Volume I). Cambridge, Massachusetts: Harvard University Press, 1958:179.

第四章

美与幻的交织：济慈诗学观的想象之境

提到济慈，不能不提"美"；要论"美"，不能不说济慈。

"美"是论说济慈短暂生命时无法回避的一个词，济慈也因"美"而成就了他的名。济慈通过他的诗歌展望美、发现美、赞颂美——神美、人美、夜莺美、古瓮美、花草美、古诗美，美在济慈的想象世界中达到了极致。也正因为消释掉了自我个性和主客体间的对立，济慈才可体察不同形态的美，热爱并感知到"美的本原"。

美是如何"给人以永恒的欢欣"的？济慈为什么说"想象力攫取的美一定为真"？想象是如何在真与美中扮演着极其重要的角色？济慈是如何看待"幻想"在诗歌创作中的作用的？这是本章要探讨的问题。

本章的论述分为三节：第一节谈济慈的"美"，由济慈的三种"美"展开阐释，探讨美中蕴含的真；第二节论济慈的"想象"，谈"想象"在济慈诗论构建中的价值和意义所在；第三节析被济慈喻为"帆"的幻想在济慈诗学世界中的意义。

第一节 "美"："我热爱所有事物中美的本原"

在《恩底弥翁》诗歌开头，济慈写道："美（A thing of beauty）是永恒的欢欣／这种美与日俱增；永不泯灭／永不消逝；永远为我们／保留一处幽静凉爽之境，让我们酣眠／做着甜蜜的美梦，健康、舒缓地呼吸。"[①]

在开始讨论济慈对"美"的认识与阐释之前，先来看看滕固对济慈与美的一段论述：

> 本来基次（济慈）之诗的基件，只是一个美字。他射出敏锐的感觉，来吸引省

---

① Stillinger, Jack (ed.). *John Keats: Complete Poems*. Cambridge, Massachusetts: Belknap Press of Harvard University Press, 1982: 65.

的愉快与痛苦;他的诗是生命与热情震荡出来的妙音压滤出来的甘汁。美便是他的生命,也是他的财产。他拥了美这个东西,可以消减祸难,可以接近灵境,虽处在困苦患难烦忧之中,也有一撇欣喜的光痕足以自慰的。这个美是吾人有生以来本性中存在的一种生机,也是潜在宇宙间的一种生机。我们闻到花香听到鸟语,就会起这种生机的震荡;我们在友情与恋爱之间,也会起这种生机的震荡。换言之,美是一种最高的原理。①

美是最高的原理,美是济慈的财产、济慈的生命。小小一段文字,滕固将"震荡"一词用了三次,的确,美给予人的是一种"震荡",这种震荡是情感上所受冲击而产生的一种反应。所以说美是有力量的,这种力量让济慈在苦难的人生历程中留下了不灭的诗歌,让济慈的诗歌在岁月更替中璀璨依旧。

在济慈的诗学观中,"美"是一个重要的观念,济慈在书信中至少14次对"美"进行了表达和论述:

在1818年10月给伍德豪斯(Richard Woodhouse)的信中,济慈写道:"我确信自己当会怀着一种对美的渴求与喜爱去写作,哪怕我辛劳一夜,到了第二天清晨诗作便被付之一炬,而没有任何人看它们一眼。"②这是"美"在济慈诗歌创作中的重要论述。济慈书写和创作的动力不是为遗芳千古,也不为赢得鲜花掌声,而是因对美的喜爱与渴求而作,怎样的辛劳都是值得的。

1819年7月8日,在给芳妮·布劳恩(Fanny Brawne)的信中,济慈谈到了对美的爱:"我思来想去,发现那些最为不快乐的日日夜夜,都未能改变我对于美的爱(love of Beauty),而只是让我更加强烈地感觉到你不在我身边时的苦痛。"③济慈为思念心爱的人而苦痛难过,然而,无论怎样的不快与煎熬都不能改变诗人对美的爱,这种坚定与执着足见"美"在济慈生命中无可替代的重要意义。

济慈的信中还提道:"任何艺术的卓越之处皆在于它强烈的情感表达——这种强烈情感能让一切无聊讨厌的事物因贴近了美与真而无影无踪——细细读读《李尔王》,你们会发现处处都是对此的证明。"④美与真可以让一切无聊讨厌的事

---

① 滕固:《唯美派文学》,《民国丛书》(第四编文学类56卷),上海:上海书店,1989年,第31–32页.
② Rollins, Hyder Edward (ed.). *The Letters of John Keats* 1814–1821 (*Two Volumes*) (Volume I). Cambridge, Massachusetts:Harvard University Press, 1958:388.
③ Rollins, Hyder Edward (ed.). *The Letters of John Keats* 1814–1821 (*Two Volumes*) (Volume II). Cambridge, Massachusetts:Harvard University Press, 1958:126.
④ Rollins, Hyder Edward (ed.). *The Letters of John Keats* 1814–1821 (*Two Volumes*) (Volume I). Cambridge, Massachusetts:Harvard University Press, 1958:192.

物消散不见,承载着美与真的是强烈的情感,济慈强烈的情感表达是对美与真的表达。对于济慈,之所以情感至上,是因为情感中由想象承载着美与真。

济慈对于诗歌的执着和追求与功利无关,那是一位诗人至真、至美的人生追求。济慈在他的诗歌创作中,这样表达了他对"美"的崇尚:"美即是真,真即美——这个世界上,这就是你们知道、也是应该知道的一切。"①

很多人就是因为这一诗句记住了济慈。济慈也以这样的诗句将自己的名字镌刻在了美的殿堂。

对于这一诗句的阐释古往今来浩如烟海。"美即是真,尽管只是一种模糊的真,因而美学被收入科学系统的大门,并且填补了唯理主义哲学体系的一个漏洞,一个缺陷,那就是感性世界里的逻辑。"②那么,于济慈而言,美为何物,美又如何是真呢?

这一节中,本书将通过济慈的三种美阐释济慈的信条:"美即是真,真即美"。

济慈的"美"是"小美",也是"大美",济慈世界中的美有三种:

1)感官所感受到的"感性美";

2)超越事物外在的"原生美";

3)存于想象世界的"幻境美"。

"感性美"是纯粹感觉世界中的美,是人们生活中所称道的美。这个层面的美是济慈对生命的肯定与眷恋,是对现实世界美的发掘与颂扬。济慈用真真切切的美带领人们感知这个世界,发现现实世界中美的存在,领略"自我"之外的美的呈现,也印证其对诗歌的理念:作诗靠的不是奇谈怪趣,而是对生活的感知和对人类共通情感的揭示。

感受到的美又有很多种:视觉感受到的美、嗅觉感受到的美、听觉感受到的美等。

"视听必然属于诗的艺术"③,在济慈的诗歌世界,读者可以体味春天的活力、感受盛夏的喜悦、尽享秋天的丰收、感觉冬天的凛冽,这许多的美在济慈的诗歌中俯拾皆是:

"太阳、月亮／披着绿荫的老树和新林和天真的羊群／那生活在绿色天地里的水仙／为自己备好凉荫,以享用御夏的淙淙清泉／茂密的到处生长的矮小的树

---

① Stillinger, Jack (ed.). *John Keats: Complete Poems.* Cambridge, Massachusetts: Belknap Press of Harvard University Press, 1982:283.
② 宗白华:《美学散步》,上海:上海人民出版社,1981年(2011年9月印刷),第244页。
③ [古希腊]亚里士多德:《诗学》,罗念生译,上海:上海人民出版社,2006年,第57页。

丛/ 麝香玫瑰在它们中间开得喜人。"①这是视觉的美,这种美在济慈的诗歌中最多。济慈的诗歌引领我们看雏菊、玫瑰、百合、樱草花、金盏花、风信子;看金翅雀、大山雀、小鲤鱼、雄鲑鱼、雅罗鱼、斑背虫;看冬夜精灵起舞;还可以看到田鼠、瘦蛇和鸟蛋、看到群蜂和橡实……

"春天的歌谣在哪里?哎,春天的歌谣在哪里? / 别思念春歌,——你也有自己的音乐/ 当层层的云霞把渐暗的天空点缀绚烂/ 在大片留茬的地面涂上玫瑰的色彩/ 此时小小的蚊蚋一起嗡嗡哀唱 / 在河边的柳丛中,伴着微风 / 来来去去,蚊蚋飞起复又落下/ 长大了的羔羊在山边响亮地叫着 / 篱边的小蟋蟀也在歌唱;红胸的知更鸟 / 从菜田里发出百啭千鸣的高唱/ 群飞的燕子们在空中呢喃私语。"②歌谣、蚊蚋、羔羊、蟋蟀、燕子、知更鸟都是耳朵听到的,在济慈的诗歌中,还可以"听到":夜莺歌唱、燕子呢喃、云雀啁啾、乌鸦乱叫,听到丰收的歌谣、听到小鸟赞颂清晨的到来……

可见,济慈的诗学观对自然有着很大的包容性,不仅是视觉、触觉,更有听觉。而这种对听觉的重视和听觉美的发掘是济慈和整个浪漫主义对文学界的卓著贡献之一。"在历史上,至少德国古典美学和紧随其后的浪漫主义思想曾经给予倾听和相关活动相当的重视。无论是康德(Immanuel Kant, 1724 – 1804)关于艺术和崇高分类的看法,还是黑格尔(Georg Wilhelm Friedrich Hegel, 1770 – 1831)关于声音与语音文字的意见,或施莱格尔兄弟(Friedrich Schlegel, 1772 – 1829; August Schlegel, 1767 – 1845)关于文学应具有含糊、朦胧、多义的音乐性的理论,还有诺瓦利斯(Novalis, 1772 – 1801)的诗歌《夜颂》,所传达出的都是一致的倾向,即对声音、听觉和倾听的重视。"③

自浪漫主义之后,文学界开始重视对听觉的研究,其后对听觉的重视受到了济慈和其他浪漫主义诗人极其深远的影响。这种对听觉之美的推崇发展到现代主义中便成了对音乐美的追求,诗歌中音乐美的体现正是从最初的"听"产生的——听大自然的节奏,听风声鸟语、听稻谷窸窣:

会听到

---

① Stillinger, Jack (ed.). *John Keats: Complete Poems*. Cambridge, Massachusetts: Belknap Press of Harvard University Press, 1982: 65.
② Stillinger, Jack (ed.). *John Keats: Complete Poems*. Cambridge, Massachusetts: Belknap Press of Harvard University Press, 1982: 360 – 361.
③ 耿幼壮:《倾听——后形而上学时代的感知范式》,北京:北京大学出版社,2013年,第4页。

远处唱颂的丰收歌谣；
听到收割的谷穗窸窣作响，
听到可爱的鸟儿在清晨鸣唱
就在这同一时刻——听呀！
云雀在四月伊始鸣啭
忙碌的乌鸦呱呱乱叫着，
正搜寻着树枝和稻草。①

只要愿意听，大自然的美妙声音无处不在。海德格尔甚至认为："我们听并不是因为我们有耳朵。我们之所以有耳朵而且能够在肉身上备有耳朵，是因为我们在听。"②

济慈的"听"已不是停留在表面的声音的感受，《希腊古瓮颂》中，济慈写了这样的诗句："听见的乐声美妙悦耳，而听不见的旋律／却更是甜美；继续吹吧，柔情的风笛／不是为耳朵，而是为心灵／奏出无声的乐曲。"③听觉之美不仅仅是声音之美，更是感受之美。

这便是济慈的"感性美"。这种美存在于人们周围，却未必被感知。"到傍晚，他走回家去，耳朵听着／夜莺正放开歌喉，眼睛注视／片云裹一身璀璨，在天边驶过。"④这种美是真——真正的存在、真实的感受、真正美的存在。

另一方面，济慈对诗歌中的形象、意境、音韵之美的追求也体现了济慈对感知之美的强调和重视。

再来看看济慈的"原生美"。

"罗斯金(John Ruskin, 1819 – 1900)认为，艺术的目的在于揭示各种形式的普世'美'或者说'真理'。"⑤济慈的"原生美"是一种普世之美，是真理在平素事物中的显现。

---

① Stillinger, Jack (ed.). *John Keats:Complete Poems*. Cambridge, Massachusetts:Belknap Press of Harvard University Press, 1982:224.
② [德]马丁·海德格尔(Heidegger, Martin)：《演讲与论文集》，孙周兴译，北京：三联书店，2005年，第228页。
③ Stillinger, Jack (ed.). *John Keats:Complete Poems*. Cambridge, Massachusetts:Belknap Press of Harvard University Press, 1982:282.
④ [英]约翰·济慈(Keats, John)：《夜莺与古瓮:济慈诗歌精粹》，屠岸译，北京：人民文学出版社，2008年，第40页。
⑤ [英]雷蒙·威廉斯(Williams, Raymond Henry)：《文化与社会:1780 – 1950》，高晓玲译，长春:吉林出版集团有限责任公司,2011年,第147页。

第四章 美与幻的交织:济慈诗学观的想象之境

济慈在 1818 年 4 月 9 日写给雷诺兹(J. H. Reynolds)的信中用到了"美的本原"的表述:"对于公众,我不会有一丝一毫的卑躬屈膝——在世间万物面前,我也都不会妄自菲薄——只是除了对永恒的生命力、美的本原(the Principle of Beauty)——和对伟人的追忆。"①

在 1820 年 2 月写给芳妮的信中,济慈再次写到了对"美的本原"的热爱:"我对自己说:'假如我离开这个世界,我的身后没有留下什么不朽的篇章——没有什么让我的朋友为之骄傲的可纪念之物——可是,我热爱所有事物中美的本原(the principle of beauty),如果我还有时间,我会让自己被别人记住。'"②

"美的本原"便是济慈的"原生美"。"那种只触动感官、想象力和所谓心灵的美时常是捉摸不定的,而良心的美却是确切的。"③济慈的"原生美"正是一种"良心的美"。"原生美"是一种超越现实世界感官感受的美,是一种在真理面前也可以畅谈的"美"。《海披里安》中,济慈这样写道:"理所当然,因为最美的就应该是／最有力量的,这是永恒不变的法则／凭借这条法则,征服我们的诸神／也将被另一代战胜,像我们一样悲伤。"④可以说,济慈对美的追求不是对完美艺术形象或感官感受的盲目崇拜、不是对社会现实的逃避,而是用辩证的思想探求事物的本原之美。

在 1819 年写给乔治(George)和乔治安娜·济慈(Georgiana Keats)的信中,济慈写道:"虽然在大街上吵架是件很令人讨厌的事儿,但显示出来的精神劲儿倒是不错,即使再平凡不过的人在吵架的时候也会显现出某种美感来——在高高在上的神明看来,我们的推理还是老调子——虽有错误,却是好的——而诗意恰恰就寓含其中。"⑤这里的"美"并不等于"完美",也不是感官、心灵的美,正如宗白华所说:"这直观的暧昧的感性认识里仍然反映着世界的和谐与秩序,这种认识达到完满的境界时,即完满地映射出世界的和谐、秩序时,这就不但是一种真,也是一种

---

① Rollins, Hyder Edward (ed.). *The Letters of John Keats* 1814 – 1821 (*Two Volumes*) (Volume I). Cambridge, Massachusetts:Harvard University Press, 1958:266.
② Rollins, Hyder Edward (ed.). *The Letters of John Keats* 1814 – 1821 (*Two Volumes*) (Volume II). Cambridge, Massachusetts:Harvard University Press, 1958:263.
③ [法]伏尔泰(Voltaire):《哲学辞典》(上册),王燕生译,北京:商务印书馆,1991 年,第 212 页。
④ Stillinger, Jack (ed.). *John Keats*:*Complete Poems*. Cambridge, Massachusetts:Belknap Press of Harvard University Press, 1982:262.
⑤ Rollins, Hyder Edward (ed.). *The Letters of John Keats* 1814 – 1821 (*Two Volumes*) (Volume II). Cambridge, Massachusetts:Harvard University Press, 1958:80.

美了。"①

"幻境美"是济慈的至美,是济慈在想象世界中感受到的美和用想象构筑出的美的世界。

诠释济慈这一思想的最好例证莫过于济慈写于1820年的叙事诗《拉米娅》(*Lamia*)。拉米娅本是一条蟒蛇,因为对年轻学者里修斯的爱,历经苦痛变为了美妙的少女,当然,这美少女其实是一条蟒蛇。对于拉米娅,蟒蛇是她的本真,而美丽、激情、活力都是假象,但在里修斯的脑海中,这种美是真的,而此时的真是真切的人生感受、真正的美的体现——与真相无关。

里修斯的导师阿波罗尼亚斯的出现是来揭示真相的:"'一条蛇!'他喊道;话音未落／她发出惊恐的惨叫声,便永远消失了。"②真相的揭示是以生命为代价的:"就在那一夜,他的肢体失去了生命／他躺着高榻上——他的朋友在周围——／对他表示支持——而他不再有脉搏,不再有呼吸／婚服里裹着的是他沉重的尸体。"③拉米娅的生命如幻象般消失之后,里修斯的生命也不复存在了。

不理会美,但求真,在此刻付出的代价是两个年轻的生命。济慈用诗歌中激烈、尖锐的矛盾揭示出当现实中的"美"与作为真相的"真"无法统一时的艰难,给了读者极大的思考空间。美,是赋予生命活力的关键因素。这首诗歌是济慈"幻境美"的完美表达,诗歌的魅力彰显着"美即真,真即美"的哲理,此处的真不代表事实真相,而是真实情感的真实表达,此处的美强调的不是拉米娅的外表之美,而是里修斯与拉米娅的爱情之美,是为"幻境美"。

所以,这里的美依然是真。

济慈所处的英国社会正处在工业革命和法国大革命的双重激荡之下,人间的苦难比比皆是。就其自身而言,亲人的病痛与相继离世、济慈自身羸弱的身体、无法治愈的疾病、经济的拮据,以及从医的经历让诗人亲历了地狱般的生活和残酷现实。当济慈周遭生活的真实让他无法呼吸、伤感绝望,诗人便选择来到想象的山谷——那里充满着美、充溢着和谐。此时,济慈笔下的真(truth)并不是现实,济慈的真是人的真实感受、真情实感。

美与真是艺术作品中,尤其是诗歌中不可或缺的两个方面。"艺术的模仿不是徘徊于自然的外表,乃是深深透入真实的必然性。所以艺术最邻近于哲学,它

---

① 宗白华:《美学散步》,上海:上海人民出版社,1981年(2011年9月印刷),第243页。
② Stillinger, Jack (ed.). *John Keats: Complete Poems*. Cambridge, Massachusetts: Belknap Press of Harvard University Press, 1982:358 – 359.
③ Stillinger, Jack (ed.). *John Keats: Complete Poems*. Cambridge, Massachusetts: Belknap Press of Harvard University Press, 1982:359.

是达到真理、表现真理的另一道路,它使真理披了一件美丽的外衣。"①艺术作品是披着"美丽外衣"的真理的展现,从这个意义上说,诗歌的"美"中蕴含着"真"。

康德谈美(beauty)与崇高(splendid),两者同属于感性(aesthetics)。"美"是个小词,济慈只谈美,不谈崇高。海德格尔十分强调艺术作品的真理,并竭力使美和真相统一。济慈强调"真美统一",在其诗歌创作中"真美统一"的思想贯穿始终。"真""美"与想象是济慈诗学观中的关键词。"真"是西方文学的一个普遍概念,真,是科学;而美,是感性。济慈诗歌中的"真"不是亚里士多德笔下的"符合",也不是海德格尔笔下判断的"真",而是指诗人的"真性情"、作诗时的"真情实感",以及想象与梦境给予诗人的真正慰藉。

弗莱(Northrop Frye,1912 – 1991)说:"美像真和善一样,在一种意义上是所有伟大艺术的可被断言必有的一种性质,但是有意地去美化本身只能削弱创作精力。艺术中的美就像道德中的幸福:它可以伴随行动,但它却不是行动的目标,正像一个人不能'追求幸福'一样,而只能追求其他某种能给予幸福的东西。"②

诗歌便是那种给予济慈"美"的东西,是济慈生命的核心,济慈声称要过一种诗意的人生,这意味着诗歌是他实现人生"美"的理想的形式。"我有志于为这个世界做些许好事,倘天假以年,在我年岁更长、更为成熟之时,会在我的作品中体现出来——在那之前,我将尽我之所能、用尽上天赐予我的力量,在朝向诗歌巅峰的路上不断登攀。即使是对于未来的诗歌朦胧的憧憬也常常令我激动不已——我只是期盼自己永远保有对人世间事全部的兴趣——希望我的冷静,那种即使得到极优秀者的赞扬也仍能保持的无动于衷,不要让我那原本可以清晰的视野变得模糊。我想是不会的——"③

济慈这第三个层面的美真实描绘了人类心灵,刻画了人类情感,尽管不是真实的生活之中的画面展现,却也可以被人读懂,并被真实感知到。正如穆勒(John Stuart Mill,1806 – 1873)在谈诗歌的职责时论及的:"约翰·S·穆勒虽一度以务实的功利主义观点著称,却多次撰文谈及诗歌对于人类心灵健康的重要性,比如他在一篇早期文章《何谓诗歌》(*What is Poetry*,1833)中指出,诗歌的职责就是要'真实地描绘人类心灵',而不必顾及是否展现'真实的生活画面',这是因为'一般说来,伟大的诗人经常表现出对生活的无知','他们(诗人们)的知识都是通过对自

---

① 宗白华:《美学散步》,上海:上海人民出版社,1981 年(2011 年 9 月印刷),第 239 页。
② [加]诺思洛普·弗莱(Frye, Northrop):《批评的剖析》,陈慧,袁宪军,吴伟仁译,天津:百花文艺出版社,1998 年,第 119 页。
③ Rollins, Hyder Edward (ed.). *The Letters of John Keats* 1814 – 1821 (*Two Volumes*) (Volume I). Cambridge, Massachusetts:Harvard University Press, 1958:387 – 388.

我的观察而获取的;他们在那里发现一个人性的样本,极其灵妙、敏感、细锐,而人类情感的法则就以昭彰的大字写在这个样本上,无须费力研究就可以被人读懂。'"①

人类情感的法则在人类的心灵里得以描绘,于诗歌而言,"真实描绘人类心灵"比真实刻画生活画面更为重要。

济慈笔下三个层面的美都为真,因此,济慈在诗歌中高呼"美即是真,真即美",这是世人知道和应该知道的一切。

第二节 想象:生发于美与真之间

《文学理论》中在谈到"想象性""创造性"和"虚构性"时,这样写道:"如果我们承认'虚构性'(fictionality)、'创造性'(invention)或'想象性'(imagination)是文学的突出特征,那么我们就是以荷马、但丁、莎士比亚、巴尔扎克、济慈等人的作品为文学,而不是以西塞罗、蒙田、波苏埃或爱默生等人的作品为文学。"②

济慈可以做到消释自我个性,做到虚以待物、物我合一,凭借的是他的想象力和幻想力。在济慈的诗学观中,"想象"极为重要,"想象"(Imagination)是济慈诗学观中的关键词,在对想象的认可与娴熟的运用方面,济慈对诗歌理论的发展做出了不可磨灭的贡献。在济慈的书信中,至少有10次论述了"想象"。

1817年11月22日,给贝莱(Benjamin Bailey)的信中,济慈对想象、真和美这三个其诗歌理论中的关键词做出了较为详细的阐释:

除了对于内心情感的神圣和想象力存在的真实性之外,我对其他什么都没把握,——被想象力攫取的'美'的事物也一定是真的③——不管之前它是否真的存在过——因为就像我们对于爱情的看法是一样,我对所有激情的看法都是,它们发展到极致之时都能创造出纯粹的美——简单来说,你可以从长诗的第一部分,

---

① 丁宏为:《真实的空间——英国近现代主要诗人所看到的精神境域》,北京:北京大学出版社,2013年,第205-206页。
② [美]雷·韦勒克(Wellek, Rene),奥·沃伦(Warren, Austin):《文学理论》,刘象愚等译,北京:三联书店,1984年,第14页。
③ 在英文版诗集中,Hyder Edward Rollins 为本句加了注解,注解内容为:所有读者都应该对《希腊古瓮颂》的结尾诗句记忆深刻。据 W. J. Bate 发表的《济慈文体的演变》(纽约1945)一书第45页,"真"对济慈来说常常是"'个性'、特征、真实和一种现象的美的集合体",因为"因其具有美的个性……想象本身便可构筑真"。

<<< 第四章 美与幻的交织:济慈诗学观的想象之境

以及上次我寄去的短歌①中了解我最钟爱的思考——这首诗通过幻想来表现类似事情发生可能出现的方式——想象力可以与亚当的梦比一比——他一觉醒来发现一切都变成了现实。②

这是济慈诗论中重要的一段。济慈对情感的推崇之情在前面一章已有论述,对于济慈,情感是神圣而不可亵渎的,而强烈情感的表达离不开想象。接下来济慈强调的便是想象的重要性,如果说"真"是要旨,想象力攫取的美一定是真的。宗白华说:"表现真理的语言要进入到美。'真'要融化在'美'里面。"③济慈将真融化在美里的方式便是想象。所有的激情都可以发展成极致的美,这一过程没有想象是无法实现的。于济慈,想象力是航船的舵,把握着诗歌的方向,想象力攫取的"美"是现实事物在诗人的想象之中留存的意象和情感体验。这种"美"之所以是真的,因为它会给读者一种似曾相识的真切感受,更因为这种美是"美的本原"的体现。

1817年10月8日,在给贝莱(Benjamin Bailey)的信中,济慈提到了"想象力",称《恩底弥翁》(Endymion)的创作是一场对想象力、创造力的考验:"在《恩底弥翁》完成之前,我没有任何权利发言——这将会是一场测试——一场对想象力,以及对我的创造力的考验,而创造力的确是极其稀有的。"④

想象的本质是创造性的,想象力是诗人在诗作创作过程中全身心投入,运用具体的形象,并与抽象思维相结合的一种创作方式。不同的意象通过想象模糊甚至消融掉自身的特征,被塑造成一种不同于原本形象的新的意象。这种塑造本身在济慈看来如果是美的,那么便是真的,如读者的回忆般似曾相识。

基于这样的思考,同年11月22日在给贝莱(Benjamin Bailey)的信中,济慈对想象力做出了他所有论述中最为详细的论说,如本节开头所引述的,对想象、真、美做出了最有力的评论,提出"想象攫取的美一定是真"的重要诗学观。

对济慈来说,想象力对于诗歌创作就如同血液对于生命的存续一般重要。

1818年是济慈对"想象力"这一诗学关键词思考最多的一年,也正是在这一

---

① 弥尔顿在《失乐园》的第八部中提到亚当梦见夏娃,醒来后发现她就在面前。《恩底弥翁》的第四部分中有类似叙述。
② Rollins, Hyder Edward (ed.). *The Letters of John Keats* 1814–1821 (*Two Volumes*) (Volume I). Cambridge, Massachusetts:Harvard University Press, 1958:184.
③ 宗白华:《美学散步》,上海:上海人民出版社,1981年(2011年9月印刷),第59页。
④ Rollins, Hyder Edward (ed.). *The Letters of John Keats* 1814–1821 (*Two Volumes*) (Volume I). Cambridge, Massachusetts:Harvard University Press, 1958:169.

年中,济慈对想象力的思考逐步成熟。

1818年1月30日在给泰勒(John Taylor)的信中,济慈写道:"但是我可以向你保证,我在写这些的时候,是有规律地一步一步由想象(Imagination)向真理(Truth)推进的。我写下的这些东西,也许是我做过的所有事中对自己帮助最大的,它让不同程度的幸福立刻出现在我的面前,就像一种带着刻度的快乐计量器——是我为写戏剧进行尝试而迈出的第一步——是不同性质的悲与喜的游戏。"①济慈曾有意要写戏剧,由想象向前推进,可以说是济慈想突破诗歌的写作形式,向戏剧写作迈进的一种尝试。在济慈看来,想象是可以迈向真理的,想象不是天马行空,不是无中生有,而是向真理迈进的基础。

1818年3月25日,在给雷诺兹(J. H. Reynolds)的信中,济慈首先附上了一首长诗,诗中,济慈提到了想象:"想象(Imagination)携着世间之事逾越某种／合理的疆域,但也仍有狱囿,——／又落入某种炼狱般的阴暗。"②这是济慈对想象清醒的认识,如在《夜莺颂》中,济慈想要"向夜莺飞去、与夜莺在一起"③,最终还是回落现实。"孤苦! 就是这个词儿犹如钟鸣／将我召回到原来我生存的地方!"④所以想象不是绝对自由的,想象自有它的"狱囿"所在,虽可逾越合理的疆域,但不免又坠入阴暗。应该是基于这样的思考,济慈给予"幻想"同样的重视,因为在济慈看来幻想比想象更为自由、幻想攫取的快乐的能力也更是无所不能及的。

1818年6月10日给贝莱(Benjamin Bailey)的信中,济慈写道:"女人一定渴望有想象力(Imagination),她们应该为自己具有这种能力而感谢上帝——我们亦应如此,因为娇弱的生灵可以不存任何罪恶感地感受到快乐。"⑤悲惨的童年遭遇,成年后又要照顾患不治之症的弟弟,自己年轻的生命又为疾病所扰,在现实生活中感受无忧无虑的快乐对济慈来说显得可望而不可即。所以,诗人选择在想象中感受这种快乐,如此,便可以不用存"任何罪恶感"地享受快乐。

---

① Rollins, Hyder Edward (ed.). *The Letters of John Keats* 1814 – 1821 (*Two Volumes*) (Volume I). Cambridge, Massachusetts:Harvard University Press, 1958:28 – 219.
② Rollins, Hyder Edward (ed.). *The Letters of John Keats* 1814 – 1821 (*Two Volumes*) (Volume I). Cambridge, Massachusetts:Harvard University Press, 1958:262.
③ Stillinger, Jack (ed.). *John Keats:Complete Poems*. Cambridge, Massachusetts:Belknap Press of Harvard University Press, 1982:280.
④ Stillinger, Jack (ed.). *John Keats:Complete Poems*. Cambridge, Massachusetts:Belknap Press of Harvard University Press, 1982:281.
⑤ Rollins, Hyder Edward (ed.). *The Letters of John Keats* 1814 – 1821 (*Two Volumes*) (Volume I). Cambridge, Massachusetts:Harvard University Press, 1958:293.

<<< 第四章　美与幻的交织:济慈诗学观的想象之境

1818年6月25至27日,在写给汤姆·济慈(Tom Keats)的信中,济慈写道:"这样的空间布置,这里山峦和瀑布的规模、数量,在没有看到它们之前,你当完全可以想象到,但是大自然的鬼斧神工一定可以超越任何一种想象(imagination)、战胜任何的记忆。我要在这儿学习诗歌,要比以前的任何时候更勤于用笔,因为我要努力思考,争取给这博大的美添上淡淡一笔,把这所谓人生乐趣奉献于我的同胞面前。"①

这是济慈自然意识的彰显,济慈对自然的崇爱促成了济慈诗学观中的自然诗学成分的形成,想象虽然极有力量,但在自然面前还是略逊色一筹。(济慈的自然诗学观将在后一章中详细论述)因为自然的博大美好,济慈对自己的诗艺提出了更高的要求。

1818年6月29、7月1日、2日写给汤姆·济慈(Tom Keats)的信中,济慈写了"谒彭斯②墓有感"一诗,其中写道:"谁有才思体味弥诺斯③那样的睿智/能用心感受美之实体,而不让/病态的④想象(imagination)伴着虚弱的傲气/侵犯那美的领域。"⑤写这封信时,济慈正在苏格兰旅行,在书信的后面一部分,济慈对这首诗的写作进行了解释:彭斯之墓在教堂墓地的一角上,那里的风格不太对济慈的胃口,但墓的规模很大,足可显示出人们想以此表达出对彭斯的尊重,而写作这首诗之时,济慈处于一种很不一样的心境,半梦半醒中觉得天空、云朵、房屋看上去都违反了希腊的风格和查理曼的风格。可见,济慈对于想象力的推崇,并不是较真地一味颂扬,有时想象也可能是"病态的"。

1818年7月3、5、7、9日写给汤姆·济慈的信中,济慈再次提到彭斯,并赞扬和惋惜其瑰丽的想象:"多么让人伤心,像他(彭斯)这样具有瑰丽的想象力(imagination)的人,为了自我防护,竟然被迫将自己丰富的想象力展现出的各种微妙之处扼杀在粗俗之中,却大肆挥霍自己的才华,用在那些容易获得成功的对象的身

---

① Rollins, Hyder Edward (ed.). *The Letters of John Keats* 1814–1821 (*Two Volumes*) (Volume I). Cambridge, Massachusetts:Harvard University Press, 1958:301.
② 彭斯(Robert Burns, 1759–1796),苏格兰杰出的一位农民诗人,英国浪漫主义诗歌的先驱。
③ 弥诺斯(Minos),希腊神话中宙斯与欧罗巴之子,克里特岛的国王。弥诺斯秉公治国,统治期间使得克里特成为富庶发达的文明之地,死后成为冥府三大法官之一。
④ 原文用词"Fickly"存在争议,有学者认为本词应该为"Sickly",也有学者认为济慈刻意借用莎士比亚四开本《李尔王》中的"Fickly"一词。此处翻译借鉴了前者。
⑤ Rollins, Hyder Edward (ed.). *The Letters of John Keats* 1814–1821 (*Two Volumes*) (Volume I). Cambridge, Massachusetts:Harvard University Press, 1958:308.

上,以至于无暇再去狂热追求那些难以企及的目标。"①对彭斯的想象力,济慈是认可的,但认为彭斯挥霍了自己的才华,将想象力扼杀于粗俗之中。济慈眼中,想象力是宝贵的,不可随意挥霍,要用在值得运用之处。宏大的、揭示美的本原的目标虽难,却不可轻言放弃。

1819 年 3 月 8 日在给海登(B. R. Haydon)的信中,济慈对自己的想象力予以了肯定:"我将享用自己拥有的想象力(Imagination),而且要好好享用,因为我已经体验到了有了不起的想法的满足感,为此而不必苦心积虑地去寻章觅句。我不会因为写了一首对黑暗的颂诗,而弄糟自己对忧郁的喜爱。"②"想象"带给济慈的是"了不起的想法",济慈重视想象,珍惜自己拥有的丰富的想象力,而想象力可以让济慈轻松地表达对不同主题的赞颂。

1820 年 8 月 16 日给雪莱的信中,济慈写道:"我的想象力(Imagination)是一座寺庙,我是这座庙宇里的和尚——您得按自己的观念来解释这些想象。"③这里济慈谈到想象力不仅仅是属于作者的,它也属于读者。想象将作者和读者巧妙而有机地联系起来,让诗作成为灵动的所在。

济慈不但在他的书信中对"想象"有如此多的论述,在诗歌创作中,济慈也多次表达了对"想象"的重视与崇尚。

济慈珍视想象,因为想象宛如一对翅膀,带他自由翱翔:"我定要抓住这世界的百态千姿/ 做一名巨人,并鼓励自己的神思/ 以使它能够骄傲地见到在自己的肩上/ 有一对要飞起去抓住永恒的翅膀。"④

想象力反对的是规则和线条:"不是吗?一切的魅力 / 在哲学的冰冷碰触下都会消失殆尽……哲学会折断天使的羽翼 / 用它的规则和线条征服一切神秘/ 扫尽充满鬼魅的空气和丰蕴的宝藏 / 驱散彩虹。"⑤想象是表达情感的众多方式中的一种,与哲学截然不同,想象没有规则和线条,想象是诗人的宝藏,是美丽的彩虹。这里彩虹的意象正如想象中的事物——真实存在却不可触及。

---

① Rollins, Hyder Edward (ed.). *The Letters of John Keats* 1814–1821 (*Two Volumes*) (Volume I). Cambridge, Massachusetts: Harvard University Press, 1958:320.
② Rollins, Hyder Edward (ed.). *The Letters of John Keats* 1814–1821 (*Two Volumes*) (Volume II). Cambridge, Massachusetts: Harvard University Press, 1958:43.
③ Rollins, Hyder Edward (ed.). *The Letters of John Keats* 1814–1821 (*Two Volumes*) (Volume II). Cambridge, Massachusetts: Harvard University Press, 1958:323.
④ Stillinger, Jack (ed.). *John Keats:Complete Poems*. Cambridge, Massachusetts:Belknap Press of Harvard University Press, 1982, p39.
⑤ Stillinger, Jack (ed.). *John Keats:Complete Poems*. Cambridge, Massachusetts:Belknap Press of Harvard University Press, 1982:357.

第四章　美与幻的交织：济慈诗学观的想象之境

"许多的想象会围绕在我的炉边/ 振翅飞翔,或许我还能够发现/ 庄严之美的远景,可以去漫游/ 快乐而安静地,宛若清澈的米安德①河流/ 穿过幽谷;在那里我找到一片/ 森严的树荫,或一方迷人的洞窟/ 或一座青山,铺就一身缤纷的野花。"②透过想象,济慈将感官世界置于现实世界之上,用他的作品告诉人们除了现实的丑恶、悲惨之外,生活中、艺术中存在着真正美好的事物,而这些才是更高的真实,才是美。

在济慈的诗歌中,颂诗最为人们称道,而颂诗中评论者们关注最多的当属《夜莺颂》,济慈这样开始这首颂诗:

> 我的心疼痛,困倦和麻木让我的意识
> 痛楚,仿佛我饮下毒汁满杯,
> 抑或服下所有鸦片,片滴不剩,
> 很快,我沉入了烈溪的忘川河水:
> 并非是我嫉妒你的好运气,
> 而是因为你的欢快太让我欣喜——
> 一想到你,那轻翼的森林仙子,
> 你让悠扬的乐曲,
> 充盈着山毛榉的葱茏和浓荫
> 你引吭欢歌,尽情地颂唱着夏日时光。③

诗人在诗歌的开篇就表达了对夜莺所在的世界的向往,而现实的世界与夜莺欢愉的世界之间是断裂的。诗人的现实处境与夜莺的欢快幸福形成了鲜明的对比,让"我"宁愿服下毒汁和鸦片,以让自己沉入那希腊神话中的冥府之河——烈溪,忘却尘世的寒意料峭。诗人因夜莺的欢乐而欣喜,但这种享受是要在饮下毒汁、服下鸦片才有的,这种享受便是想象世界中的美和欢愉带来的:"想象,一如她往常那样,会进入/ 一座座无比可爱的迷宫里去旅行。"④

---

① 米安德河流(Meander),小亚细亚西部的河流,以曲折而著称。
② Stillinger, Jack (ed.). *John Keats: Complete Poems*. Cambridge, Massachusetts: Belknap Press of Harvard University Press, 1982:39.
③ Stillinger, Jack (ed.). *John Keats: Complete Poems*. Cambridge, Massachusetts: Belknap Press of Harvard University Press, 1982, p279.
④ Stillinger, Jack (ed.). *John Keats: Complete Poems*. Cambridge, Massachusetts: Belknap Press of Harvard University Press, 1982, p44.

在 17、18 世纪理性统领一切的时代,理性主义者企图把科学的实用价值观作为用来衡量一切艺术的价值标准,"想象"乃至诗歌都被看成是毫无用处的胡思乱想,并不为当时的学者所接受。

当时开创了联想心理学(Associationism)的大卫·哈特雷(David Hartley,1705—1757)认为想象"旨在对人类主观思想过程的起始点做出交代,认为所有思绪不仅相互间串联在一起,而且最终都与实际经历相关联,形成从经验到思想的连续因果关系"①。从他的角度来看,"对于凭空想象的认可多半只代表一种信念,而所谓主观的创造,也是神话,说是在进行想象的创作,实际上不过是在联想,使用的都是已有的材料,一切都能归结到人类神经系统对感性经验的处理或重组,因此,无论心理活动多么复杂,都可以被分析,被拆解,无迹可寻的精神空间并不存在"②。

到了 19 世纪"想象"被大部分作家认可,甚至"称富有想象力的人为道德上的好人,这是典型的雪莱式认识,也是华兹华斯的概念"③。

英国小说家狄更斯(Charles Dickens,1812—1870)曾在一篇反对现代人从狭隘道德角度改编童话故事的文章中写道:"我们英格兰官僚文牍口袋的官僚气派太大,根本不会用来装这种琐碎的小事,但是,任何关注此事的人都十分清楚,一个国家若没有幻想,没有浪漫传奇,那么,无论它的过去,今天还是未来,都不可能立足于世界民族之林。"④

可以说,"想象"被 19 世纪作家视为一种精神的力量,诗人们着眼于人类的精神和感情空间,更给了"想象"以无垠的空间。

对想象的认可是浪漫主义诗人们的共同特点,华兹华斯(William Wordsworth,1770—1850)在《序曲》(*The Prelude*)中"不止一次暗示:风云雷雨一类的自然元素相对于大自然的关系就好比想象力相对于心灵的关系,前者是后者的属臣或活跃

---

① 丁宏为:《真实的空间——英国近现代主要诗人所看到的精神境域》,北京:北京大学出版社,2013 年,第 60 页。
② 丁宏为:《真实的空间——英国近现代主要诗人所看到的精神境域》,北京:北京大学出版社,2013 年,第 60 页。
③ 丁宏为:《真实的空间——英国近现代主要诗人所看到的精神境域》,北京:北京大学出版社,2013 年,第 65 页。
④ Page, Norman, ed., *Dichens:Hard Times, Great Expectations and Our Mutual Friend – A Selection of Critical Essays*. London and Basingstoke:The Macmillan Press Ltd, 1979:27. 转引自丁宏为:《真实的空间——英国近现代主要诗人所看到的精神境域》,北京:北京大学出版社,2013 年,第 9 页。

的代理人,能证明后者的存在,或干脆相当于其本身。"①

雪莱(Percy Bysshe Shelley,1792 – 1822)对理性和想象有过这样的论述:"理性是对已知事物的量化;而想象是对这些事物价值的洞察,既看单独事物的价值,更看整体价值。理性尊重差异,而想象更重视各事物之间的相似性。理性之于想象,正如乐器之于演奏者、肉体之于精神、影子之于实物。"②而之于想象对诗歌的重要性,雪莱是极为肯定的:"诗歌,可以理解为想象的表现形式。"③雪莱对想象的推崇在《致云雀》(To a Skylark)中表现得尤为明显,诗中,诗人借由想象将"云雀之歌"比喻为诗人的诗韵、少女的情歌、孤云后明月的光芒、玫瑰的芬芳、萤火虫的流光等,生动传神,为想象在诗歌中的重要作用做了优美的注脚。

另一浪漫主义时期的巨擘柯勒律治(Samuel Taylor Coleridge,1772 – 1834)同样看重"想象":"柯勒律治认为,'激情必定是诗的灵魂',或者换种说法,想象的'灵魂',它在天才诗人的作品中'到处可见'。"④

对于想象,柯勒律治认为有"首级"和"次级"之分:"那么,说到想象力,我认为要么它是首级的,要么是次级的。我认为首级想象力是人类全部感知功能的活的动能和原动力,是无限的我在所具有的永恒创造之举在有限心灵中的复制。我认为次级想象力是对前者的呼应,它与自觉的意志共存,但在作用性质上与首级无异,只在程度上和活动方式上与其有别。它专事溶解、弥漫、遣散,为的是再创造……"⑤想象不是消极地逃避,而是积极消融后的再创造,这也正是济慈强调想象力不可或缺的原因。

兼具艺术家和诗人两种身份的布莱克(William Blake,1757 – 1827)在《最后审判日一景》(A Vision of the Last Judgment)中这样写道:"这个想象的世界是一个永恒的世界,它是我们所有人在那呆板的躯体失掉生命力后都将会投入的神圣的胸怀。想象的世界是永恒的、无限的,而我们生存、繁衍的世界却是短暂有限、转

---

① 丁宏为:《真实的空间——英国近现代主要诗人所看到的精神境域》,北京:北京大学出版社,2013 年,第 132 页。
② Perkins, David. (ed.) *English Romantic Writers*. New York, Harcourt, Brace & World, 1967:1072.
③ Campbell, Oscar James. (ed.) *Poetry and Criticism of the Romantic Movement*. New York:F. S. Crofts & Co. ,1937:503.
④ [美]艾布拉姆斯(Abrams, Meyer Howard):《镜与灯——浪漫主义文论及批评传统》,郦稚牛,张照进,童庆生译,北京:北京大学出版社,2004 年,第 160 页。
⑤ Samuel Taylor Coleridge Biographia Literaria. (ed.) *Nigel Leask*. Everyman's Library. London:Dent, 1997. 转引自丁宏为:《真实的空间——英国近现代主要诗人所看到的精神境域》,北京:北京大学出版社,2013 年,第 115 页。

瞬可逝的。在想象的永恒世界中的每一种事物都是恒久的'实在的状态',而自然界像一面呆板而无生气的镜子,可以反映它们的存在。"①

足以见得,在浪漫主义时期的人们,尤其是诗人们,对想象的力量和想象的世界的认可与向往。想象是有着神性力量的,诗人们可以透过想象用现实给他们的启示,为人们打开一扇自由之窗,超越现实。

1799年,布莱克在给一位医生的信中写到了想象和唯理性认知方式:"我觉得,生活在这个世上,人是可以变得幸福的,而且我知道这个世界是一个充满想象和灵视的世界。这段时间里,我能看到我所画的一切,但是每个人所看到的并非都是一样的。在一个守财奴看来,钱币比太阳更美丽耀眼,一个装满钱币的旧口袋比一株结满果实的葡萄树更具有美妙的形状。同样是一棵树,能使一些人喜极而泣,而在另一些人看来,这只不过是一个碍事的绿色物体而已。面对大自然,有些人只看到荒诞和残缺,我不会依照他们的尺度来调整我的比例;还有些人几乎看不到自然。而具有想象力的人则另有所见,在他们的眼中,自然就是想象本身。"②这是布莱克对想象的认知。布莱克辩证地认为不同的事物对不同的人来说有可能是完全不同的,而一个有想象力的人眼中的所有事物都是想象本身。如此,想象力可以让自然万物超越其本身而存在。

"当你认为幻觉的画面是不可能在这个世界上存在的时候,很显然,你犯了个错误。对于我来说,这个世界完全是一个幻觉的或者说是想象的画面,连续而且完整,如果有人告诉我这个,我会非常得意。究竟是什么使得荷马、维吉尔和弥尔顿在艺坛上稳居高位的呢?为什么《圣经》比其他的任何书籍都更富有意趣和教益呢?难道这不正是因为他们都诉诸作为精神感觉的想象,而只是间接地依赖智力和理性吗?"③这是布莱克对想象的辩护,他对想象的肯定与济慈的推崇是不同的,对于布莱克而言,想象中有智力和理性的痕迹,想象并不是不着边际的存在,想象是理性掌控之下的精神感觉。而对于济慈,想象不仅仅是精神感觉,更是他精神世界不可或缺的一部分。济慈的诗学观中,诗歌的创作都要抛开理性探求,想象更是不应有理性痕迹的。

想象比理性更为可靠,只有通过想象,诗人才能感受到更为真实、完整的世

---

① Erdman, David V. (ed.) *The Complete Works and Prose of William Blake*. Anchor, New York: Doubleday, 1988:555.

② Keynes, Geoffrey. (ed.) *The Letters of William Blake*. Cambridge, Mass.:Harvard UP, 1970: 30.

③ Keynes, Geoffrey. (ed.) *The Letters of William Blake*. Cambridge, Mass.:Harvard UP, 1970: 30.

第四章 美与幻的交织:济慈诗学观的想象之境

界,也才能在诗歌的王国里创造和重塑美的形式。

正如前一章中所论述的,讲究诗歌形象要像太阳升起落下般自然,作诗要如枝头生叶般自然,这是济慈诗学观中极为重要的一方面。诗歌中形象、意境的变化要像读者眼中的太阳那样自然地升起、运行与落下,"如果诗歌的出现不能够像枝头生叶那般自然,那它还是不要写出来的为好"①。而诗歌若要做到如此自然地产生,就要求诗人必须有丰富的想象力,而且能将想象运用得自如得体。在济慈看来,通过"想象"可以创造出更好的诗篇。"想象"是诗歌创作中重要的思维方式,它可以把空间放大或缩小,可以把时间延长或缩短,可以"笼天地于形内,挫万物于笔端"。

"浪漫主义倾向于强烈摈弃艺术讲究方法的教条,但同时它也倾向于认可所有好的古典主义理论都会认同的主张,即艺术家应该'解释宇宙的奥秘'。"②对艺术家而言,宇宙的奥秘不同于科学界宇航员对太空的探索,而是人类精神世界的认知奥秘。想象之于艺术的重要性,威廉斯也是持肯定态度的:"艺术家凭借其杰出的想象能力,感知并再现'根本真实'(Essential Reality)。"③

济慈注重感官世界体验:"对于音乐,他有一对音乐家的耳朵;对于光和色彩的变化,他有一双画家的眼睛。而且,他长于描述一切不同种类的声音、气息、味道和触觉,在这方面,他拥有一个会使任何最伟大的诗人都感到嫉妒的丰富多彩的语言宝库。"④然而我们所处的感官世界并不是完美无缺的,对于现实的感官世界的不完美,需要诗人重新加以考察,以揭示出其中蕴含的真理。而揭示这种永恒真理的方式,在济慈看来就是运用想象力。贫穷和疾病让现实世界里的济慈窘迫无奈、悲愤苦痛,而卓越的想象力、超强的语言能力和对世界的敏锐感受让济慈在想象的世界里纵横驰骋、挥洒自如。

济慈的生命中充满了苦痛,而不管生活对于他是如何残酷,他都能够凭借想象寻找到精神世界的乐趣,创造一种想象的生存状态,将生活中的痛苦、死亡、忧伤、恐惧化为诗歌中的美,而透过这种美传递给读者以强烈的情感,济慈的生命便以这种方式在诗歌中灿烂、永恒。

---

① Rollins, Hyder Edward (ed.). *The Letters of John Keats* 1814 – 1821 (*Two Volumes*) (Volume I). Cambridge, Massachusetts:Harvard University Press, 1958:238 – 239.
② [英]雷蒙·威廉斯(Williams, Raymond Henry):《文化与社会:1780 – 1950》,高晓玲译,长春:吉林出版集团有限责任公司,2011 年,第 49 页。
③ [英]雷蒙·威廉斯(Williams, Raymond Henry):《文化与社会:1780 – 1950》,高晓玲译,长春:吉林出版集团有限责任公司,2011 年,第 49 页。
④ [丹麦加]勃兰兑斯(Brandes, Georg):《十九世纪文学主流》(第四分册英国的自然主义),徐式谷、江枫、张自谋译,北京:人民文学出版社,1984 年,第 168 页。

在1819年3月13日给妹妹的信中,济慈写道:

"记得我过去是多么喜欢金翅雀、大山雀、小鲤鱼、穴鼠、斑背虫、雅罗鱼、雄鲑鱼等,以及灌木与溪流中的全部种族,但它们肯定在林子里和水中过得更为自在——不过我必须承认,即使现在我也弄一大群漂亮的金鱼来养着——我要往鱼缸里装10桶水,用一根冷水管引入新鲜水,另一根管子从地板下面出水。只要水换得勤,银鳞赤鳍的金鱼就能保住自己美丽的颜色——我要把鱼钩放在一扇漆得很好看的窗户下,在鱼缸周围遮一圈桃金娘与日本植物。窗户朝着日内瓦湖的方向——我要坐在窗前整天读书,就像某张画上的读书人一样——天气时不时地让人觉得像是春天了,因此我已开始在石楠树下散步。"①

这种产生强烈艺术效果的艺术创作是在想象的力量下由"真"与"美"共同作用的产物。

在济慈的生活中,"想象"是寻找生活的乐趣、逃离现实痛苦的重要方式,济慈在诗歌中创造着"想象"的生存状态。不管现实有多么丑恶、残酷,济慈一直在试图以自然、艺术和敏锐的感官感受构筑出一幅幅精美的诗意画面。

正如丁宏为所言:"像死尸这样的'僵直的'事实充斥于人世间,参差而嶙峋,我们大概很难做到一就是一、二就是二地直接面对它们,否则,事实的暴力对我们的伤害就太大了。"②济慈的面前不只有僵直的事实,父母家人饱受病痛折磨后的相继离世、自身的疾病折磨与拮据的生活,冰冷的现实对年少的济慈太过残酷,而诗歌、想象中的世界成了济慈精神的雨露、生命的甘泉。

的确,"文学和艺术本身并不能必然充当和平的使者,但作为日常生活中的一种文化元素,它们可以以其所体现的精神或情感空间而化作有意的介质,存在于我们与所谓的事实之间,或成为生命的资源"③。想象便充当了济慈美妙诗歌与他悲苦生活的使者。但仅有想象是不够的,济慈的诗歌航船需要有"帆"。

---

① Rollins, Hyder Edward (ed.). *The Letters of John Keats* 1814–1821 (*Two Volumes*) (Volume II). Cambridge, Massachusetts: Harvard University Press, 1958:46.
② 丁宏为:《真实的空间——英国近现代主要诗人所看到的精神境域》,北京:北京大学出版社,2013年,第10页。
③ 丁宏为:《真实的空间——英国近现代主要诗人所看到的精神境域》,北京:北京大学出版社,2013年,第10页。

第三节 "幻":"天真的幻想把天下万物变成美的胜景"

"幻想"在济慈的诗学理念中有着极重的分量。关于"幻想",济慈进行过多次论述。

1817年10月8日,在给贝莱(Benjamin Bailey)的信中,济慈摘录了当年春天他写给乔治的信①,其中写道:

"长诗是对创造力的检测,我把创造力看作是诗歌的北斗,正如幻想是航船的帆,而想象力则是航船的舵。"(A long poem is a test of Invention which I take to be the Polar Star of Poetry, as Fancy is the Sails, and Imagination the Rudder.)②

最新版的《新华汉语词典》对"帆"和"舵"的解释分别如下:

帆:"挂在桅杆上的篷布,在风力作用下可推动船前进";③
舵:"控制飞机、船等行进方向的装置"。④

"幻想"(Fancy)不同于"想象"(Imagination):"幻想"是帆,给诗歌以力量;"想象"是舵,把握诗歌的方向。"想象"连接了真与美,而济慈的"幻想"是他快乐与甜蜜的源泉。济慈的"幻"是诗人真正的自由和欢愉所在。

1819年7月写给芳妮(Fanny Brawne)的信中,济慈再次提到了"幻想":"以前,我从不知道,你让我感受到的是什么样的一种爱;过去,我不相信它,我的幻想害怕它,怕它会将我烧掉。"⑤济慈清楚地知道羸弱的身体、窘迫的生活,他无法给芳妮的爱以现实的回应。济慈将信中"幻想"一词的首字母用了大写,芳妮的爱让济慈的幻想害怕。现实中无法回应的爱,会让济慈的幻想之力更为强大,这种力量便是济慈所说的"帆"的力量。

---

① 信件寄自马盖特,现已遗失。
② Rollins, Hyder Edward (ed.). *The Letters of John Keats* 1814–1821 (*Two Volumes*) (Volume I). Cambridge, Massachusetts: Harvard University Press, 1958: 170.
③ 《新华汉语词典》编委会编:《新华汉语词典:最新修订版:大字本》(2版),北京:商务印书馆国际有限公司,2014年,第266页。
④ 《新华汉语词典》编委会编:《新华汉语词典:最新修订版:大字本》(2版),北京:商务印书馆国际有限公司,2014年,第253页。
⑤ Rollins, Hyder Edward (ed.). *The Letters of John Keats* 1814–1821 (*Two Volumes*) (Volume II). Cambridge, Massachusetts: Harvard University Press, 1958: 126.

在幻想的世界里，不必有真，也未必非有美，那是只属于诗人自己的世界——一个真正快乐、惬意的世界。正如济慈在诗歌中所写："我要凭着我的幻想去寻找种种的快乐"①；"甜蜜的快乐一触便消散而去／就像大雨落下激起的水泡／那么，就让带着羽翼的幻想去流浪，穿越那一直扩展的思想／快敞开那心灵牢笼的大门／她要冲出去，向着云天高飞、翱翔。"②

济慈的很多诗歌是基于他的"幻"而创作的。

现实世界的济慈身患不治之症，无法与他心爱的姑娘步入婚姻殿堂、共读人生故事，在"幻"的世界，诗人如愿以偿："我睡在草地上／吃着红色的苹果和草莓／任由我的幻想去找寻欢乐／在荫翳的树林里抓住仙女的素手／求那出自娇羞躲避的面颊的甜吻，——／抚弄着那纤纤玉指，触摸那白皙的肩膀／让她娇嗔地躲避，再狠狠地／亲我一口：终于同意／我们将共读人生的美丽故事。"③这份美好，济慈从幻想中得来，诗人把它留在了诗歌世界。

1818 年，济慈创作了一首题为《幻想》的诗，整首诗歌有 94 行，是济慈对"幻想"详尽畅快地表达。诗歌开篇与结尾两句为相似诗句的首尾呼应：

"应当永远让幻想去漫游
欢乐绝不是待在家中"④

"让带着羽翼的幻想去遨游
欢乐绝不是待在家中"⑤

人们可以坐在冬日的火炉旁，冉冉烈火便是冬日精灵，人们可以把幻想派遣出去：去感受盛夏的喜悦；去窥探秋天的财富；去将种种欢乐调和；去听那丰收的歌唱；去听小鸟赞颂清晨的到来；去听云雀啁啾、乌鸦乱叫；去看雏菊、金盏花、百

---

① Stillinger, Jack (ed.). *John Keats：Complete Poems*. Cambridge, Massachusetts：Belknap Press of Harvard University Press, 1982：40.
② Stillinger, Jack (ed.). *John Keats：Complete Poems*. Cambridge, Massachusetts：Belknap Press of Harvard University Press, 1982：223.
③ Stillinger, Jack (ed.). *John Keats：Complete Poems*. Cambridge, Massachusetts：Belknap Press of Harvard University Press, 1982：40.
④ Stillinger, Jack (ed.). *John Keats：Complete Poems*. Cambridge, Massachusetts：Belknap Press of Harvard University Press, 1982：223.
⑤ Stillinger, Jack (ed.). *John Keats：Complete Poems*. Cambridge, Massachusetts：Belknap Press of Harvard University Press, 1982：225.

合、樱草花、风信子;去看田鼠、瘦蛇和鸟蛋;去看群蜂和橡实;去听秋天的微风唱歌……若红颜凋零,迷人的双眸不再,甜美的嗓音消失,那更要找到幻想——让她带个合意的姑娘给你,双目柔美、腰身洁白……

这首诗歌是济慈为"幻想"写出的战书,挑战世间所有的美,幻想无所不能。"——快快解开 / 那捆缚住幻想的层层丝带/ 快快打开那囚绑着幻想的牢笼锁链/ 这样,她会带来这许多欢乐。"①

可以说,若没有幻想,命运多舛的诗人在诗坛不会如此耀眼。

《睡与诗》(*Sleep and Poetry*)中,济慈多次描述了幻想的世界:"如果我能承受得住/ 这无法抵挡的欢快,我便会被带入/ 种种虚幻之境,树荫下凉亭的一角/ 将是极乐之地,——一本永恒的书中/ 我可以抄录出许多妙语/ 说到树叶和花朵,林中的仙女/ 在嬉戏游玩,还有喷涌的泉水,林荫里/ 给睡着的少女周围铺一片安宁。"②这是济慈的欢乐世界,诗人清楚这世界是"虚幻之境",这其中的欢快是诗人向往、期盼的。

《赛吉颂》(*Ode to Psyche*)中,济慈将"幻想"称作"园丁",这位神奇的园丁可以构思一切美妙之物:在玫瑰色的殿堂里点缀花蕾、铃铛、星斗,不用担心花朵会重复,因为"相同的花朵是绝不会出自他手的"③。在济慈的精神花园里,"幻想"的确是诗人的园丁,于荒芜中点缀着济慈的世界,于冰冷中给诗人以温暖,于绝望中给诗人以希望:"幻想"是属于春天的,朝气蓬勃,可以将天下美好之物轻松掌控:"他有蓬勃欢快的春天,天真的幻想 / 把天下万物变成美的胜景。"④

"我的幻想遍布极乐天国的每一个角落"⑤,正因如此"今夜"济慈大笑。⑥ 诗歌中济慈唯愿在那个夜晚离开尘世——因为现实的华盖已被撕碎。济慈没有忘记,也无法忘记现实的残酷,欢愉因"幻想"而生,大笑因"幻想"而为。但,济慈的大笑没有得到回应。

---

① Stillinger, Jack (ed.). *John Keats: Complete Poems*. Cambridge, Massachusetts: Belknap Press of Harvard University Press, 1982:225.
② Stillinger, Jack (ed.). *John Keats: Complete Poems*. Cambridge, Massachusetts: Belknap Press of Harvard University Press, 1982:39.
③ Stillinger, Jack (ed.). *John Keats: Complete Poems*. Cambridge, Massachusetts: Belknap Press of Harvard University Press, 1982:277.
④ Stillinger, Jack (ed.). *John Keats: Complete Poems*. Cambridge, Massachusetts: Belknap Press of Harvard University Press, 1982:176.
⑤ Stillinger, Jack (ed.). *John Keats: Complete Poems*. Cambridge, Massachusetts: Belknap Press of Harvard University Press, 1982:243.
⑥ 此处的说法源于济慈的诗歌《今夜我为什么大笑?没有声音回答我》,诗歌创作于1819年3月。

济慈这般如此高调地赞颂"幻想"的做法在浪漫主义时期,甚至之前的时代都是不多见的。黑格尔(Georg Wilhelm Friedrich Hegel,1770—1831)极为肯定想象力的作用,但他否定幻想的力量,认为幻想是被动的:"谈到本领,最杰出的艺术本领就是想象。但是我们同时要注意,不要把想象和纯然被动的幻想混为一事。想象是创造性的。"①济慈对"幻想"的积极表述与极力维护是对浪漫主义诗学中"想象"与"幻想"诗学思想的有力补充。

19世纪的英国诗坛虽对想象和幻想的区分不是很严苛,却也已有很多诗作者开始探讨"想象"与"幻想"的区别。

对于想象的认可与肯定是浪漫主义诗人的共同点,但幻想不同,柯勒律治(Samuel Taylor Coleridge,1772—1834)看重想象的同时,却对幻想嗤之以鼻:"真正的诗人都有想象力,而庸才只有幻想。"②在柯勒律治看来,"想象"可以成就一个真正的诗人,但幻想却不能。

华兹华斯(William Wordsworth,1770—1850)在谈到诗人所应具备的五种能力时,将第四种归结为"改变、创造和联想的能力",华兹华斯将其定义为"想象和幻想"。

这五种能力是华兹华斯在1815年版的《抒情歌谣集》序言中提到的:第一种是观察和描绘的能力——观察需准确,描绘需忠实;第二种是感受的能力,越是有敏锐的感受力,诗人的知觉范围也就越广阔,诗人就越愿意去观察;第三种是沉思的能力,这种能力可以使诗人熟知意象、动作、思想和感情的价值,并帮助诗人掌握这四者之间的相互关系;第四种能力便是想象和幻想,华兹华斯认为这种能力是改变、创造和联想的能力;第五种是虚构的能力,可以帮助诗人根据观察得到的材料塑造人物。

虽然"想象"与"幻想"被作为同一种能力提出,但在之后的分析中,华兹华斯还是用了很大篇幅对"想象和幻想"这两者进行了区分。其间引述了《不列颠同义语的区别》中的一段话:"一个人愈能清楚地以观念来复制感官印象,他的想象力就愈大,因为他是一种把感觉现象映现在心中的能力。一个人愈能随心所欲地唤起、联结或联想那些内在的意象,以便完成那些不在眼前的对象的理想表现,他的幻想力就愈大。想象力是一种描绘的能力,幻想力是一种唤起和结合的能力。想

---

① [德]黑格尔(Hegel, Georg Wilhelm Friedrich):《美学》(第一卷),朱光潜译,北京:商务印书馆,1996年,第357页。
② 朱维之、赵澧、崔宝衡编:《外国文学史》(欧美卷第三版),天津:南开大学出版社,2004年,第185页。

象力是由耐心的观察所组成的;幻想力是由改变心中情景的自愿活动所组成的。"①济慈的观察力历来为文学家们称道,其语言描述能力也极强,如此而言,济慈的想象力也是强大的。但济慈重视的除了想象力,还有作为"唤起和结合能力"的幻想力。

《美学辞典》中对华兹华斯所表述的想象与幻想的区别做了总结:"他(华兹华斯)重视作家主观想象力,认为想象和幻想的区别在于,前者诉诸'天性的永恒部分',后者诉诸'天性的暂时部分'。诗的最终目的是对'天性的永恒部分'的想象和反映。"②

华兹华斯对想象和幻想二者的界定和区别的论述极为精辟,强调了想象的作用和价值。华兹华斯用了散文性的表达,而济慈的比喻性表达方式给予了想象和幻想以同样的重视。济慈重视想象,同时投注了同样的关注力给幻想。济慈的诗歌赖以"永恒的部分"而璀璨,但济慈更钟情的该是那"暂时的部分"。"想象"是诗歌航船的舵,控制诗歌的行进方向;"幻想"是诗歌航船的帆,推动诗歌向欢欣行进。

艾布拉姆斯(Meyer Howard Abrams, 1912 – 2015)曾有过这样的总结:"在这位年轻诗人看来,诗要么按事物的本来面目去描述,要么就是一个幻觉。"③"这位年轻的诗人"便是济慈,"事物的本来面目"是针对华兹华斯所说的"诗歌要按照事物的表面现象来描述事物"这样的观点提出的,"本来面目"是永恒的生命力、美的本原(属于济慈诗学观中"原生美"的范畴,此论题在本章的第一节中有过论述)等;"幻觉"便是济慈重视的另一个关键词"幻"。

在1818年1月给弟弟的信中,济慈写道:"在一个充满着怀疑与幻想的世界里,我感到非常迷茫——在这个世界里,没有一样稳定的东西——不宁的喧嚣是你唯一的音乐。"④现实中充满怀疑,济慈用了幻想借以逃离怀疑,而两样东西都不稳固。

可见,幻想虽为济慈带来无上的欢愉享乐,但终究不是最终的救赎。

---

① 伍蠡甫,蒋孔阳,翁义钦,程芥未编:《西方文论选》(下卷),上海:上海译文出版社,1988年,第19页。
② 王世德主编:《美学辞典》,北京:知识出版社,1986年,第323页。
③ [美]艾布拉姆斯(Abrams, Meyer Howard):《镜与灯——浪漫主义文论及批评传统》,郦稚牛,张照进,童庆生译,北京:北京大学出版社,2004年,第380页。
④ Rollins, Hyder Edward (ed.). *The Letters of John Keats* 1814 – 1821 (Two Volumes) (Volume I). Cambridge, Massachusetts: Harvard University Press, 1958:204.

第五章

追寻:由自然诗学通向生态美学

济慈去除个性、消融自我,对自然的爱与关注成了济慈最终的解脱。对自然的关注是济慈的诗学思想中极重要的一部分,济慈的自然诗学观对于当今时代依然有着积极意义。济慈诗学观中的自然意识是生态美学的萌芽,济慈对大自然的崇和爱是由自然诗学到生态美学的追索。对人与自然关系的反思、生态美学的产生与发展离不开济慈等艺术家们的努力。

开始论述之前,先将"自然"这一关键词的意义进行简单的梳理:

《美学大辞典》中这样界定"自然":"西方美学史用语。指与人形成审美关系的外界对象。古希腊罗马时期,自然被视为艺术模仿的对象。亚里士多德认为,自然由'质料'和'形式'构成,以'形式'更为重要。人工技艺中'模仿自然'的部分正是艺术。贺拉斯继承亚里士多德的观点,强调作家应'到生活中到风俗中去寻找模型'。文艺复兴时期,意大利达·芬奇进一步指出自然是艺术的母体。法国古典主义美学家也崇尚自然,但他们所说的自然是指蕴含于具体对象中的抽象人性与理性。卢梭提出'回归自然',找回失去的自然天性。在后来的浪漫主义运动中,'回归自然'的口号被不断重申,产生了很大影响。马克思则从实践观点出发提出'自然人化'的命题,认为经过人的实践力量的改造,自然成为体现人的本质力量的社会存在,为美学研究奠定了科学的哲学基石。"①

进入20世纪,"自然"的概念再次得到阐释。20世纪40年代,英国生态学家斯坦利(A. G. Tansley, 1871 – 1955)比较完整地提出了"生态系统"这一科学概念。"生态论认为,自然界不仅包括从无机宇宙到有机生命的地球出现的天然自然,也包括人化的自然。如果人化的自然无节制地扩张,则将遭到地球生态系统的反抗。生态论主张,必须把人与自然的关系、人对自然的责任引入到自然界本身的进化历程中。"②"自然"的概念被界定为两个部分:天然自然和人化自然。

---

① 朱立元:《美学大辞典》,上海:上海辞书出版社,2010年,第441页。
② 庞小宁:《科学技术哲学概论》,西安:西北工业大学出版社,2008年,第72页。

如今的文学界中,"自然"的概念已与济慈所处时代的"自然"完全不同:于济慈和其他浪漫主义时期的诗人,自然是治愈人们伤痛的所在;而如今,自然是技术观念的产物。

本章所探讨的是济慈笔下"自然"的诗学含义。

第一节 一切源于对大自然的崇与爱

济慈的诗歌带有他所生活的那个时代的浪漫主义文学精神的烙印,诸如关注人的命运与幸福,注重人的个性与尊严等,而对大自然的倾爱与关注则是济慈诗学观的重要母题。

很多人认为艺术与美是来源于知识的,但济慈认为这源自我们的本能和我们身处的大自然,而人的本能最重要的一点是与自然生活、自然规律保持协调、一致。一朵金盏花、一只画眉鸟比哲学家要更具灵性。"自然"和"灵性"是济慈诗学观中不可忽视的关键词。

对大自然的崇敬与爱恋,济慈有过许多类似的阐述和表达。

1818年4月,在写给约翰·泰勒(John Taylor)的信中,济慈用了"大自然"(Great Nature)这一表述:"我发现除了为这个世界做些好事这样的想法之外,没有什么其他东西是值得追求的——有的人善交益世——有的人以智谋世——有的人恩慈济世——还有的人有办法、够幽默,能使他们所遇之人全都开心快乐,不管怎样,万法归一,每个人都一样要恭顺地听从大自然的吩咐——而对于我,只有一条途径——要走得通这条路,我需要俯读仰思。"①

大自然自有她的力量,而人类能做的就是尽自己之所长,谋己所能谋之事。但"万法归一"——要遵从自然规律,按本能所长而行。

1818年6月,在给汤姆·济慈(Tom Keats)的信中,济慈写道:"它们(陆地和湖水)让人们忘却了人生中的种种遭际:衰老或是年少,贫穷或是富贵;它们将人的视野扩展,所观仿佛如北斗星之可见,而且一刻也不用合上眼睑,坚定地俯瞰大自然所创造的奇观美景(the wonders of the great Power)。"②

---

① Rollins, Hyder Edward (ed.). *The Letters of John Keats* 1814 – 1821 (*Two Volumes*) (Volume I). Cambridge, Massachusetts: Harvard University Press, 1958:271.

② Rollins, Hyder Edward (ed.). *The Letters of John Keats* 1814 – 1821 (*Two Volumes*) (Volume I). Cambridge, Massachusetts: Harvard University Press, 1958:299.

这里的书写不免让读者想到济慈之后在《明亮的星！我愿如你坚定不移》(Bright star, would I were stedfast as thou art)中所写到的，祈求自己能如星星般坚定，但不愿独自辉映夜空，永远睁着不眨的眼睛。这是济慈对自然的眷恋与赞美，济慈渴望从大自然中得到力量——坚定不移。

1820年2月，备受疾病折磨的济慈在写给詹姆斯·莱斯（James Rice）的信中写道："多么的令人惊讶：随着离开人世可能性的增大，更加深了我们对于自然之美的感触。"①

有过学医经历的济慈清楚地感知到他的生命之路不会太长，随时可能离开人世，而这种不久于世的感触让济慈对大自然更加眷恋，也更有感于大自然的美。信中，济慈再次强调，他感念、想见的不是温室里艳丽的异域花朵，而是春天里最普通的花朵，因为开放在自然天地里的花朵才是大自然最好的恩赐。

济慈对大自然的真挚情感在其诗歌中表达得更为强烈。

人是自然界的一部分，自然是人和所有生命失不再来的家园，是需要人类呵护的生态系统，而呵护自然先要有崇敬和爱护之心。在济慈的笔下，大自然尽显它的美与魅力。大自然的美让人陶醉，而人与自然共同构成了一个和谐的有机整体，人、物、鸟都是这个活力系统中的一分子："你呀，一眼就可以看到／在你面前的金盏花和雏菊／披着白羽的百合，还有那边的篱笆旁／是樱草花在盛开怒放／风信子：是盛开在五月中的花中女王／仿佛蓝色宝石，在树荫里隐藏／仿若一阵甘雨将珍珠抛洒／洒给每一片树叶，洒给每一朵鲜花。"②

"济慈是一位擅长歌咏自然的诗人。他往往通过直观的意象、优美的韵律和古老的神话传说把自己对大自然和人类生活的细致理解非常巧妙地融入自己的诗歌之中，把人们带入一个'永恒的美的世界'中。"③济慈在诗歌中竭力展示着大自然的美：

太阳、月亮、
绿荫葱葱的老树、新林还有无忧的羊群；
那生活在绿色世界里的水仙花；
为自己备好了凉荫，以享避暑的淙淙清泉；

---

① Rollins, Hyder Edward (ed.). *The Letters of John Keats* 1814–1821 (*Two Volumes*) (Volume II). Cambridge, Massachusetts: Harvard University Press, 1958:260.
② Stillinger, Jack (ed.). *John Keats: Complete Poems*. Cambridge, Massachusetts: Belknap Press of Harvard University Press, 1982:224.
③ 龙娟：《环境文学研究》，长沙：湖南师范大学出版社，2005年，第79页。

茂密的到处扎根的矮小树丛,
在它们中间,麝香玫瑰开得惹人喜爱;
还有,我们可以想象到的伟大先哲
和壮丽命运;我们所听到的
美妙动人的故事和传说——
所有这一切都是美好无比的事物;
从天际源源不断涌向人世间,
成为那琼浆玉液的源泉,我们取之不竭。①

美国浪漫主义作家、哲学家亨利·大卫·梭罗(Henry David Thoreau, 1817-1862)在《瓦尔登湖》(*Walden; or, Life in the Woods*)中表达过这样的观点：人类与大自然属于同一个统一的整体,大自然中的万物皆是上帝恩赐于人类的珍贵财富,人类的生活应该顺应自然、宁静平和,不可刻意改变自然之物,而要实现这种理想生活有赖人与大自然的亲近与和谐。②济慈笔下的大自然正是这样一个和谐的整体："打开的窗户紧挨着葡萄藤的新叶／让新蕾的温馨与画眉鸟儿的歌声进来。"③

简洁的两个诗句：可看——葡萄藤的新叶；可感——新蕾的温馨；可听——画眉鸟儿的歌声。这是济慈诗歌呈现出的大自然——一个和谐整体的存在。

自然界中一切美好的事物都是济慈诗歌创作的源泉：太阳、月亮、羊群,披着绿荫的老树、新林,绿色王国里的水仙、清泉、麝香玫瑰……"我们感觉到,这些美的精华,不仅仅是／短暂的瞬间存在；不,正如寺院周围／呢喃密语的树木,很快会和寺院／一样宝贵,月亮也是一样／是激情的篇章,是萦绕我们的无限荣光／萦绕着我们,直到他们变成／鼓舞我们灵魂的辉光,牢牢和我们相连／不论是灿烂的朝晖,还是低垂的阴云／必定始终和我们在一起／否则我们就会死去。"④

诗句中我们可以感受到海德格尔(Martin Heidegger, 1889-1976)"诗意栖居"的思想和人与大自然亲密无间的和谐关系。大自然给人类力量,鼓舞人类前

---

① Stillinger, Jack (ed.). *John Keats: Complete Poems*. Cambridge, Massachusetts: Belknap Press of Harvard University Press, 1982:65.
② According to: Thoreau, Henry David. *Walden*. New York: Sheba Blake Publishing, 2013.
③ Stillinger, Jack (ed.). *John Keats: Complete Poems*. Cambridge, Massachusetts: Belknap Press of Harvard University Press, 1982:285.
④ Stillinger, Jack (ed.). *John Keats: Complete Poems*. Cambridge, Massachusetts: Belknap Press of Harvard University Press, 1982:65.

行,而人类珍视自然,珍视大自然的杰作——大树,如同珍视人类自己的创建——寺庙一样。大自然的万事万物都是萦绕着我们的无限荣光,这种对自然和谐的渴求铸就了济慈自然诗学的根基。"从生态伦理批评视角来关注济慈作品,我们发现济慈诗歌的审美是一种至高的生态伦理审美,济慈诗歌的政治倾向是包含着对自由民主渴望,对真、善、美诗歌艺术追求的和谐精神生态的向往。"①

在发现自然美的同时,济慈不断体悟人与自然之间的关系及其发展规律。对这种关系的感悟和认知是济慈生态诗学观念中不可或缺的重要构成理念。"生态批评把《秋颂》作为一个'生态系统的文本'来进行解读。"②《秋颂》中的美丽夏日及随之而来的秋日收获的喜悦代表了和谐的生态环境,彰显着英国浪漫主义的生态理想。"《秋颂》就是这样一个在诗人身心与外在环境处于非常协和的条件下的一个产物。"③

自然界万物生生不息,没有止境,这是规律,但任何事物包括人在内又总是有生有死,"生死天运循环"是不可抗拒的自然规律。人与自然万物一样沿着一定方向运动、变化、发展。春、夏、秋、冬四季依次循环,而自然万物遵循时间节律繁衍生息。了解自然、懂得自然规律是人类对大自然的尊重。"不要哭泣呵! 不要流泪!／花儿明年会再放蓓蕾／别再流泪呵! 别再哭泣!／花苞正睡在根株的心里。"④花儿有开有谢,而人也有快乐和失意之时,无花之时花苞在长大,而人在落魄之时也不应哭泣,难熬的日子许是在积累幸福的力量。这是济慈在借自然规律的力量对世间之事的哲学反思。从这个意义上讲,济慈的生态诗学具有一定意义的辩证性。

在《人生四季》(*Four seasons fill the measure of the year*)中济慈书写了人生的春夏秋冬,告诫人们天道的生死循环不可悖逆:"一年之中,四季来而复往／人的生命中,也有春夏秋冬／有蓬勃欢快的春天,天真的幻想／把天下万物变成美的胜景／到了夏天,……他心灵里在秋天有了恬静的港湾……他也有苍白无力的冬

---

① 郭峰:《论济慈诗歌的生态思想》,《浙江师范大学学报》(社会科学版),2010,(5):88-92.
② 李小均:《审美 历史 生态——从<秋颂>管窥济慈诗歌研究的范式转型》,《外国语言文学》,2004,(3):54-59.
③ 李小均:《审美 历史 生态——从<秋颂>管窥济慈诗歌研究的范式转型》,《外国语言文学》,2004,(3):54-59.
④ [英]约翰·济慈(Keats,John):《夜莺与古瓮:济慈诗歌精粹》,屠岸译,北京:人民文学出版社,2008年,第136页。

天,失掉容颜／否则他就悖逆了天道的生死循环。"①人的生命如大自然的四季往复,人们应该安然接受和享受人生的每个季节。

济慈用心欣赏大自然的美景,聆听大自然的声音:"到傍晚,他走回家去,耳朵听着／夜莺正放开歌喉,眼睛注视／片云裹一身璀璨,在天边驶过。"②怀着对大自然的崇敬与爱恋,济慈的诗歌中尽显大自然的美:"那白色的山楂花,那开放在牧野中的蔷薇／隐藏在绿叶中那易凋的紫罗兰花／那五月中长子／马上要开放的盛满了露水佳酿的麝香玫瑰／夏夜的蚊蝇在这里来来去去。"③诗句里是济慈对大自然细致入微的观察,对大自然深切的爱给了济慈观察大自然的耐心和细致。

"另有一些作家进一步提出,不仅要回归自然或者融入自然,还应当开放全部感官去感受自然,去体验自然中无限的美。"④济慈便是这样的作家,尽他的所能去感知自然。在济慈看来,大自然可以给予人类以心灵的呵护与慰藉,带人回归宁静与平和。"哦！若是你的眼睛受惑,倦慵／那就去饱看大海的恣肆汪洋／哦！若是你耳朵被喧哗震聋／或者听腻了多少演奏歌唱,——／那就去坐在岩洞口,冥想种种……"⑤在济慈内心,当世俗的喧嚣使人疲乏,大自然会如母亲般带领人们的心灵回归平静。

一般意义上讲,女人比男人更容易接近自然,接近艺术;穷人比富人更容易接近自然,接近艺术;落后的民族比发达的民族更接近自然,也更接近艺术;而处于孤独、困境中的人比其他人更易于接近自然和艺术。济慈眷恋人生、热爱自然,又笑对死亡。"诗歌、名誉和爱情固然值得用心追求／但死更强烈——死是生命的最高酬劳。"⑥

大自然是人之父母,人遇到苦难或劳累不支往往呼天唤地,这正是人性的自然复归。大自然以其勃勃生机给予济慈生命的力量:"大地的歌声永远唱不尽:／在冬日落寞的黄昏,当严霜／把一切凝成静寂;炉灶旁却忽然／扬起蟋蟀的高歌,

---

① Stillinger, Jack (ed.). *John Keats: Complete Poems*. Cambridge, Massachusetts: Belknap Press of Harvard University Press, 1982:176 – 177.
② [英]约翰·济慈(Keats, John):《夜莺与古瓮:济慈诗歌精粹》,屠岸译,北京:人民文学出版社,2008年,第40页。
③ Stillinger, Jack (ed.). *John Keats: Complete Poems*. Cambridge, Massachusetts: Belknap Press of Harvard University Press, 1982:281.
④ 王诺:《欧美生态文学》,北京:北京大学出版社,2003年,第228页。
⑤ [英]约翰·济慈(Keats, John):《夜莺与古瓮:济慈诗歌精粹》,屠岸译,北京:人民文学出版社,2008年,第70 – 71页。
⑥ Stillinger, Jack (ed.). *John Keats: Complete Poems*. Cambridge, Massachusetts: Belknap Press of Harvard University Press, 1982:243.

炉温渐升／炉旁半睡半醒的人,迷离倘恍／仿佛听到蝈蝈吟唱自茂密草山。"①大地之歌无休无眠,让栖居的人类在冷暖交替间依然能感受大自然的奇妙和馈赠。

济慈不满当时英国的社会现实,而其诗歌又没有得到读者的普遍认可,他寄以很大希望的诗作饱受批评家的攻讦。这方面与中国诗人,如陶渊明、孟浩然、王维等是有相似之处的。中国古代的山水诗人,或者仕途坎坷,或者怀才不遇,或者对现实不满,或者出身低微而不被重视,往往归隐山林,"躬耕自渔",回归自然。陶渊明、王维、孟浩然等莫不如此。司马迁曾深刻地提出:"夫天者,人之始也,父母者,人之本也。人穷则返本。故疾病惨淡未尝不呼天也,劳苦倦极,未尝不呼父母也。"②

而济慈出身贫苦——原是马厩雇工的父亲在他未成年时便过早离世,母亲改嫁。济慈的两个弟弟由外祖母收养,未满16岁的济慈就离开学校去给一位外科医生当学徒。成年后又遭丧弟之痛,小妹寄人篱下,凄苦度日,二弟移民出国又陷入经济危机,染上肺结核而不能与所爱的人常相厮守,更在他的病躯上雪上加霜。孤苦的身世和病弱的身躯使济慈在感情上更加强烈地热爱自然,也更强烈地渴望在自然中寻求力量,同时,强烈的情感也帮助济慈更容易走进自然、体悟自然。

总之,对大自然的崇爱和关注构筑了济慈诗学观中不可或缺的重要部分。

第二节 济慈自然诗学观探微

英国浪漫主义时期,年轻的诗人们在启蒙主义思想,尤其是法国大革命的精神激励下,怀着青春的激情与梦想,试图凭借自己微弱的理论去改变旧制度和已腐朽的伦理道德。然而社会现实没有为他们大开门户,给予他们的是残酷和无奈。现实的打击促使他们不约而同地转向了大自然,选择在神圣的大自然中找寻精神的慰藉。当然,每个诗人走上自然之途的路径各不相同,对大自然的理解也不尽相同。

丹麦文学评论家、文学史家格奥尔格·勃兰兑斯(Georg Brandes, 1842 – 1927)将其六卷本《十九世纪文学主流》(*Main Currents in Nineteenth Century Literature*)的第四卷辟为"英国的自然主义",并称"英国诗人全部都是大自然的观察

---

① Stillinger, Jack (ed.). *John Keats: Complete Poems*. Cambridge, Massachusetts: Belknap Press of Harvard University Press, 1982:54.
② 司马迁:《史记》,《屈原贾生列传》,长沙:岳麓书社,1988年,第626页。

者、爱好者和崇拜者……济慈尽管对古代风格和希腊神话非常热爱,却是一个感觉主义者,天生具有最敏锐、最广阔和最细腻的感受能力;他能看见、听见、感觉、尝到和吸入大自然所提供的各种灿烂的色彩、歌声、丝一样的质地、水果的香甜和花的芬芳。……换言之,自然主义在英国是如此强大,以致不论是柯勒律治的浪漫的超自然主义、华兹华斯的英国国教的正统主义,雪莱的无神论的精神主义、拜伦的革命的自由主义,还是司各特对以往时代的缅怀,无一不为它所渗透。它影响了每个作家的个人信仰和文学倾向"①。

雪莱以诗歌的形式对英国社会的腐败和罪恶进行猛烈抨击,积极支持工人阶级为争取正当的权益而斗争。诗歌中,雪莱向读者展示着大自然真实的美和他对大自然真挚的感情:"坚强的雄鹰! 你高高地飞翔/ 在云雾弥漫的山巅丛林之上/ 披沐着晨曦的璀璨的光明/ 像庄严的行云,而当夜幕/ 从天渊降临,你傲然不顾/ 壁垒森严的暴风雨在逼近!"②

雪莱的诗歌将自己的自由心灵展现出来,与大自然的内在精神融合在了一起,奏响着人与大自然和谐的大合唱。同时,雪莱还将对自然事物的描写与他自由、民主的政治理想融合在一起,将大自然的意象赋予深厚的政治内涵,而借西风之力带人们走进春天更是成了整个文学界的隐喻。

拜伦的精神孤独加深了他对大自然的热爱,"大自然始终是我们最仁爱的慈母/ 虽然她温柔的面容总是变幻不定/ 让我陶醉在她赤裸着的怀抱里头/ 我是她不弃的儿子,虽然不受宠幸/ 呵,粗犷的本色使她最显得迷人,因为没有人工的痕迹把她亵渎"③。大自然给予拜伦以母亲般的爱,也给了他精神的慰藉与涤荡。

拜伦热情奔放,精神饱受社会现实的压迫,现实的压抑让拜伦不仅热爱宁静、慈爱的大自然,也对自然狂野的景色着迷:"天色聚变了! 多么剧烈的转变! / 夜、雷雨和黑暗啊! 你们惊人的雄壮/ 然而你们的力量又值得人爱恋/ 好比一个妇人的黑眼珠闪射光芒! / 从这峰到那峰,在喧嚣的崖石上/ 活的雷电跳纵着! / 并非出自一片云后/ 却是每一座山都张大喉咙在叫嚷。"④拜伦被大自然的威力震撼,感受着大自然的波澜壮阔,更爱大自然的自由和不可征服。

---

① [丹麦加]勃兰兑斯(Brandes,Georg):《十九世纪文学主流(第四分册 英国的自然主义)》,徐式谷、江枫、张自谋译,北京:人民文学出版社,1997年,第6-7页。
② 江枫主编:《雪莱全集》(第一册),江枫译,石家庄:河北教育出版社,2000年,第67页。
③ [英]拜伦(George Gordon Byron):《恰尔德·哈洛尔德游记》,杨熙龄译,上海:上海译文出版社,1990年,第84页。
④ [英]拜伦(George Gordon Byron):《恰尔德·哈洛尔德游记》,杨熙龄译,上海:上海译文出版社,1990年,第175页。

在英国,自然主义是一种思想倾向,不同于拜伦、雪莱惊天动地的怒吼,华兹华斯笔下体现出的是对一切永恒的自然现象的爱。在柯勒律治和骚塞那里,大地、海洋等现实的要素得以被关注;司各特的作品里,自然主义关心整个民族的性格和历史。穆尔笔下,自然主义成了色情和自由主义的讴歌。济慈对大自然的爱有别于这些同时代的诗人,是对大自然的崇拜和喜爱、对生命的赞美和歌颂。"在济慈的作品里,它(自然主义)占有了全部感官世界,栖身于一个中立的地带小事休息,既不去沉静地思考自然,也不去大声疾呼地宣布自然的福音书和自然的权利。"①

华兹华斯对大自然的爱是理性思考的结果,拜伦、雪莱对大自然的爱是怀着救世的抱负与梦想的,而济慈对大自然的崇和爱是出于对生命意识的敬重与关爱。带济慈走近大自然、融入大自然的是一种鲜活的生命感,而不是理性思考或社会责任的需要。

身体的羸弱、本就敏锐的感觉让济慈感动于大自然中顽强的生命意志,一次次为生命高歌:无论是在将小鸟晒晕的烈日下,还是严霜落寞的冬日傍晚,"他带头高歌 / 盛夏时节的华贵富丽,他的欢畅 / 永无止境""忽然从炉火边 / 扬起蟋蟀的高唱,当炉温渐高/ 听的人困倦欲睡,迷离之中/ 仿佛听见蝈蝈在草山吟唱"。②这是微弱的生命展示出的强大力量,是对"生"的敬畏与渴望。这种大自然中弱小生命的顽强意志给予济慈的是生命的震撼。

"长大的羔羊在山涧响亮地叫着/ 树篱畔的蟋蟀唱着歌儿;菜园里 / 红胸的知更鸟百啭千鸣 / 天空中,群飞的燕子呢喃细语。"③羔羊、蟋蟀、知更鸟、燕子,所有这些体现出的都是济慈对大自然的爱和无限的眷恋之情,是对大自然和谐美好的生命礼赞。

济慈将对生命饱满的感悟留在了他的诗歌之中——这些诗歌在历史长河中闪耀着永恒的生命光芒。由于疾病的折磨,济慈年轻的生命无法长留,而他对大自然的眷恋更加深沉,对自然美的眷恋更为强烈:"像可怜的福斯塔夫④一般,尽管我不胡言乱语,但我却惦记着绿色的田野,我要用最为怜爱的态度来记住我自

---

① [丹麦加] 勃兰兑斯(Brandes, Georg):《十九世纪文学主流》(第四分册 英国的自然主义),徐式谷、江枫、张自谋译,北京:人民文学出版社,1997 年,第 455 页。
② Stillinger, Jack (ed.). *John Keats:Complete Poems*. Cambridge, Massachusetts:Belknap Press of Harvard University Press, 1982:54.
③ Stillinger, Jack (ed.). *John Keats:Complete Poems*. Cambridge, Massachusetts:Belknap Press of Harvard University Press, 1982:361.
④ 莎士比亚《亨利四世》中的破落封建贵族。是莎士比亚笔下最成功的喜剧形象之一,集自私、懒惰、畏缩和机警、灵巧、乐观于一身。

幼时认识的每一朵花——它们的形状、它们的颜色于我永远是鲜活的,如同是我超然的迷恋创造了它们。"①

在济慈的诗歌创作中,大自然以其勃勃生机占据着极为重要的位置。宗白华说:"真、善、美,这是统一的要求。片面强调美,就走向唯美主义;片面强调真,就走向自然主义。"②济慈不是自然主义者,正如他不是纯粹的唯美主义者,但济慈自然诗学观在其整个诗学观建构中起着重要的作用。

济慈生态诗学观的三个主要内容,即:人是自然界的一部分;回归自然与大自然和谐相处;人与自然共生共存。

有着积极人生追求和认真处世态度的济慈有着对自然界强烈的责任感,关爱自然、赞美自然是济慈诗歌不朽的旋律。遵照济慈的遗嘱,离世后,济慈的墓碑上刻着这样的字:"此地躺着一人,其名乃用水写。"③济慈的遗言并非刻意表现他作为一名诗人的独特风格,此句的深刻寓意在于济慈要说明的一个哲学命题:人是自然界的一个部分。地球上最多的是水,水是生命之母,所有的生命由水而生、又复归于水。

维护人与自然自由和谐的存在是济慈诗歌创作中的重要议题。他反对战争,渴望和平和自由,因为战争既伤害人又伤害自然,是对生态活力系统的最严重破坏者。"和平"是维护自然这个活力系统最基本的条件,"和平"不但要消除人与人之间的冲突,更要消除人与自然的冲突。

"啊,和平!你的降临是为了赐福于 / 这被战火包围着的岛国的疆土/ 用你安详的仪态慰抚我们的苦痛/ 让英伦三岛四外洋溢幸福的笑意?"④但济慈对正义的战争英雄是持肯定态度的,他高度赞扬塔杜兹·科修斯柯⑤:"善良的科修斯柯呀! 单你伟大的名字/ 就是我们获得崇高思想的源泉;在我们听来,它如响自天庭的洪钟/ 振荡着我们耳鼓,变为永恒的声音。"⑥

---

① Rollins, Hyder Edward (ed.). *The Letters of John Keats* 1814 – 1821 (*Two Volumes*) (Volume II). Cambridge, Massachusetts:Harvard University Press, 1958:260.
② 宗白华:《美学散步》,上海:上海人民出版社,1981 年(2011 年 9 月印刷),第 38 页。
③ 王佐良:《英国诗史》,南京:译林出版社,2008 年,第 340 页。
④ Stillinger, Jack (ed.). *John Keats:Complete Poems*. Cambridge, Massachusetts:Belknap Press of Harvard University Press, 1982:2.
⑤ 杜兹·科修斯柯(Tadeusz Kosciusko, 1746 – 1817),波兰爱国志士,民族解放运动领导人之一。1777 年参加美国独立战争,屡建战功;1786 年返回波兰参加争取波兰独立的解放战争,兵败被俘。后流亡英、法、美等国家,死于瑞士。
⑥ Stillinger, Jack (ed.). *John Keats:Complete Poems*. Cambridge, Massachusetts:Belknap Press of Harvard University Press, 1982, p37.

早在19世纪40年代,即济慈去世后约二十年,马克思就指出,人与自然是互为对象、互相依赖、互相作用的有机统一体:"自然界是人的无机身体","人是自然界的一部分"。①马克思的这一思想表明人与自然的整体性乃是人类存在与发展的基本因素。但是,历史上人类没有就这一点形成自觉意识。马克思主义产生后,这一正确观念也没有被普遍理解和接受,因而,人们还是把人与自然的关系理解为征服与被征服,索取与奉献的关系。然而,正是这一观念上的错误,导致人类对自然界盲目、贪婪地开发、利用,从而破坏了人与自然的统一,造成生态平衡的破坏,结果祸及人类自身。

19世纪80年代,恩格斯在人与自然的关系问题中提出了不可盲目征服,而要尊重自然规律的观点:"我们必须时时记住,我们统治自然界,决不像统治者征服民族一样,决不像站在自然界以外的人一样——相反地……我们对自然界的整个统治,是在于比其他一切动物强,能够认识和正确运用自然规律。"②如果不从根本上改变盲目征服的错误观念、没有对自然规律的正确认识和运用,不管人类拥有多么先进的科学技术手段,都不可能自觉协调人与自然的关系,相反,科技的发展与运用还会加剧环境的恶化趋势。因此,树立起人与自然和谐统一的整体观念,乃是协调人与自然关系的第一位的重要前提。

从20世纪80年代开始,人类对人与自然关系的认识更加深化了。美国的欧文·拉兹洛(Ervin Laszlo, 1932 -)在《进化——广义综合理论》(Evolution, the Grand Syhthesis)一书中提出了广义综合进化理论,把生物的、物理的和社会的进化,都统一在了一个有规律的、首尾相接的框架之内。"自然和人性,或自然和人类正处在漫长进化历史中的这样一个阶段:只要人类进化过程一直要继续到太阳生命所容许的遥远的未来,那么就需要和谐。"③

美国社会学家杰里莫·里夫金(Jeremy Rifkin, 1945 -)和特德·霍华德(Ted Howard, 1950 -)在《熵———种新的世界观》(Entropy: A New World View)一书中谈道:"人类作为个人也是地球上的过客,所以有责任最大限度地保护自然。这

---

① 马克思(Karl, Marx),恩格斯(Engels, Friedrich):《马克思恩格斯选集》(第一卷),中共中央马克思恩格斯列宁斯大林著作编译局编译,北京:人民出版社,1995年,第45页。
② 马克思(Karl, Marx),恩格斯(Engels, Friedrich):《马克思恩格斯选集》(第三卷),中共中央马克思恩格斯列宁斯大林著作编译局编译,北京:人民出版社,1995年,第383 - 384页。
③ [美]拉兹洛(Laszlo, Ervin),闵家胤译,《进化——广义综合理论》. 北京:社会科学文献出版社,1988年,第11页。

样,后代们(包括人类和其他形式的生命)也能在将来享受到生活的甘美。"①生态环境的保护是一个长期的过程,要享受大自然的给予、享受美好生活,首先要做的就是保护好地球。

在远古时代,在很大的程度上,"人"是一种自然事物,人与自然的关系并没有从人与其他自然事物的关系中完全分离出来。

而当人类开始观察自然事物之时,自然界对于人类而言便成了一种陌生的外在之物,在自然界中有着人类所要寻找的食物、简单工具和其他所需之物;而自然界是神秘的,其内部则充满了斗争与危险;"自然界"被人们想象成为是由各种各样的神力所主宰的世界。对于大自然,人类充满了敬畏和崇拜之情,敬畏大自然的力量,崇拜大自然的巨大能量。这种对自然力量的敬仰、崇拜和对大自然灾难的恐惧,形成了原始宗教的根源。

再到后来,人们试图改变自然,而随着文化的复归和变革,在人与自然关系的认识上,研究者们得出以下结论:

1)人是自然万物中的一部分,人类的生存和发展有赖于自然界所给予的物质、能量和信息;

2)人类的活动不能违背大自然的规律。人和自然的关系,说到底是社会与自然的关系,因为人是社会的存在物。

在当下社会和自然的关系呈现为以下两个基本特征:

第一,人类社会和自然界构成了统一的人类生态系统或"社会——自然系统",它既受社会经济规律支配,又受一般生态规律支配。因人类的生产活动是以自然环境的生态动能为基础的,它本身作为地球生物圈物质能量循环网络中的有机环节而存在的,依赖并受制于其他自然条件和生态圈的总体状况。如今环境问题的尖锐化,正是以破坏性的形式表现出来的生态规律的制约作用,作为一种强制性的客观力量,它使社会和自然在相互作用中不致过远地偏离生物圈向前演进的方向。

第二,从人与环境的价值关系看,其效应取决于人类的智慧,主要表现为人类的智慧越来越具有决定性的意义。"决定意义"不是指人类可以摆脱生态规律的支配,而是指在一定历史条件下生态环境的具体形式、具体形态的状况决定于人

---

① [美]杰里米·里夫金(Rifkin, Jeremy),特德·霍华德(Howard, Ted)著,吕明等译,《熵:一种新的世界观》,上海:上海译文出版社,1987年,第192页。

类智慧发挥的程度。①

　　这种自然条件的具体表现形式对人具有极其重要的价值。人类利用科学技术发明了工具,把石油、煤等大规模地应用于生产,从而划时代地改变了社会和地球环境的景观。人按照自己的价值尺度改变环境,"扬弃"自然存在状态,使其具有人类文明的性质,成为"人化的自然界",从而推动了人类社会的发展。但这种发展又必须以一定的历史条件下的生态环境所能提供的各种具体形式,即各种自然资源的状况为限度。当代各种生物资源、矿物资源的危机,同样以破坏性的形式表现出生态规律的制约作用,它作为一种客观的强制力量,迫使人类在与现实环境的不断冲突中,主动行动以调整人与自然的关系、寻求合理可行的社会与环境协调发展的途径。

　　总之,人与自然是一个有机的整体,自然界的发展是符合客观规律的,人的活动不能违背自然规律,否则会遭到规律的惩罚。人与自然协调统一是人与自然共同发展的基本前提,可持续发展观正是在这种认识的推动下形成的。人与自然关系的认识较之19世纪初不论在深度和广度上都更加深刻了,这离不开济慈等诗人、艺术家生态自然方面的书写在当今思潮中的影响或"痕迹"。

第三节　济慈诗学观中生态美学的萌芽

　　新的历史时期,"生态美学"作为一种新兴的分析方式,为诗歌研究和探索提供了新的视域,"生态美学"分析诗歌的方式让诗歌焕发出了新的意义、彰显出更大价值。

　　然而,我们今天对于生态的理解、对于生态的感知、对于生态的迷恋、对于生态的崇拜都是从哪里来的呢?

　　"生态美学只有在存在本体和审美本体论的研究中找到一种全新的价值根基,才能既继承现代美学的研究深度又超越其中的人类自我封闭倾向,'自然'正是在这种新的价值根基探寻和本体反思过程中登场的。"②生态美学的根扎在自然诗学之中,尤其是在英国18世纪以来产生的自然主义艺术潮流和对自然的崇

---

① 此处资料来源:庞小宁:《科学技术哲学概论》,西安:西北工业大学出版社,2008年,第71-72页。
② 王茜:《生态美学研究的困境与边界》,《华东师范大学学报》(哲学社会科学版).2007,(5):58-63。

尚之中。

生态诗学领域中谈济慈,是用现在的生态的视角反观济慈的诗学观,活跃在崇尚自然的浪漫主义时期的济慈的诗歌本身与生态自然的关系本身是十分密切的。

济慈生活的时代,还没有"生态美学"这样的提法,没有对生态系统的研究和关注,济慈的自然诗学观是生态美学的萌芽和先见。

济慈的诗歌中,颂诗最为人们称道,而颂诗中读者关注最多的当属《夜莺颂》,诗歌的第二小节,济慈这样写道:

哦,来一口葡萄佳酿吧! 来一口
久在深深的地窖里冷藏着的佳酿!
只要一尝,便会想起了花神,想起了绿油油的田野风光
舞蹈,普罗旺斯的歌和艳阳下的欢乐
来一大杯吧,满载着南方的温热,
盛满着诗神的泉水,嫣红而清冽
在杯口,酒的泡沫闪亮如珠
将杯口映为紫色;
我要痛饮,然后悄然离开这个世界,
与你一起隐入那幽深的林丛①

济慈所处时代的自然环境已经被破坏,绿油油的田野已不容易见到,所以诗人要借酒才能"想起"昔日的花海、绿地、歌舞升平。只有在葡萄酒的炫目色彩和鸦片的麻醉中才能想起现实生活中已缺失的艳阳美景、轻歌曼舞。

这里,诗人暗示了当时生态遭到破坏的现实。对自然的关注是英国浪漫主义诗人们的诗学传统,如在《浪漫派、叛逆者及反动派:1760－1830 年间的英国文学及其背景》(*Romantics, Rebels and Reactionaries: English Literature and Its Background 1760－1830*)一书中,玛里琳·巴特勒(Marilyn Butler, 1937－2014)描述了生态的失衡给英国社会带来的灾难性后果:"1815 年至 1819 年,英国动荡不安,严重的暴

---

① Stillinger, Jack (ed.). *John Keats: Complete Poems*. Cambridge, Massachusetts: Belknap Press of Harvard University Press, 1982:280.

力大概比法国大革命期间任何时期更有一触即发之势。"①自然环境的破坏,生态危机的来临,饱受疾病折磨的济慈对此更为敏感,诗人宁愿"悄然离开这个世界",与夜莺一起隐入幽深的丛林。

"玫瑰依然立在枝上/ 任凭风儿亲吻、蜜蜂采撷/ 盛开的李花仍披着朦胧的盛装/ 湖水没被搅浑之前晶莹澄澈/ 为什么为了美誉,人们愿意揶揄这个世界 / 信奉邪神而不想得到拯救呢?"②这是济慈对工业革命和破坏生态环境的行为的谴责,这种谴责是出自济慈对大自然的崇敬和至深的爱,是济慈生态意识的萌芽,其中折射的是济慈由自然诗学到生态的美学的追索。

济慈的时代过去已近两个世纪,其间又经历了两次大的科技革命,人类在同自然的斗争中取得了前所未有的胜利,然而,"生态危机"也早已成为全球问题。在治理环境方面,许多国家已取得了显著的成效,但是对环境的治理总有"治不胜治"之感。结果往往是,通过技术的进步解决了一个问题,但是付出的代价却是更多的新问题的出现。很多研究者、专家已经感到了单纯靠技术手段治理环境问题的不可行之处,主张重新审视人对自然界的态度,从人的思想意识和文化教育上进行变革。对待大自然的态度问题,说到底是人类对待自己生活的态度问题、是如何看待人生价值实现的现实性问题。

对财富无止境的占有欲是自然遭受破坏的根源,只要人对人生价值的实现和自然存在的意义没有正确的认识,贪欲就无法停止,对大自然的破坏就会不断地加剧。因此,"必须把目标放在开发人们的潜在的、处于心灵最深处的理解能力和学习能力上面,以便使事态的发展能得到控制"③。马海良在《生态诗学的基本主张》一文中谈到了"生态文学观":"在生态危机全球化和全面化的严峻时刻,文学应承担怎样的责任?关于文学与生态之间关系的各种立场、观点、思想和理论可统称为生态诗学(e-copoetics)或绿色诗学(green poetics),也可称为'生态文学观'。"④

生态批评对文学领域的介入赋予文学以新的职责,"在生态批评的介入下,文学被赋予了新的职责。从人类中心主义到生态中心主义的视角过渡,吹响了创作

---

① [英]玛里琳·巴特勒(Butler, Marilyn):《浪漫派、叛逆者及反动派:1760 – 1830 年间的英国文学及其背景》,黄梅、陆建德译,沈阳:辽宁教育出版社,1998 年,第 216 页。
② Stillinger, Jack (ed.). *John Keats: Complete Poems.* Cambridge, Massachusetts: Belknap Press of Harvard University Press, 1982:278.
③ [美]詹姆斯·博特金(Botkin, J. W.),《回答未来的挑战》,林均译,上海:上海人民出版社,1984 年,第 8 页。
④ 马海良:《生态诗学的基本主张》,中国社会科学报,2013 年 5 月 24 日,第 B01 版。

进军物质世界的号角,同时也标志着审美乌托邦的破产和文学自恋时代的终结。而批评对环境的关注不仅重建了现实、文本和理论三者之间的联系,更增强了文学的社会责任意识"①。这也是生态美学之所以受到越来越多的关注的原因,文学批评肩负着社会的职责,而生态美学用另一种方式唤醒着人们的生态意识和对和谐生态的向往,这种美学与生态学的互动与融合必将为各自的发展提供更广阔的天地。

"生态诗学主要研究文学与环境的关系,关注自然在诗歌等文学作品中的表征,重在唤醒人们的生态意识"②。生态诗学对审美价值体系的重构需要文化的复归。而文化复归的核心问题,是要重新审视人对自然的态度,自觉协调人与自然的关系。这种重新审视同样是一个漫长的历史过程。

丁宏为在《真实的空间——英国近现代主要诗人所看到的精神境域》一书中将诗歌界定为"心灵的环保":

> 国内外学者为附和人类生存领域的环保概念,创造了"生态批评"这一派系,甚至发展出"生态诗"概念……这样做无疑有积极意义,但英国浪漫主义文学思维之内涵往往另有其深邃的一面,而一些生态论家有时意识不到,被他们视为主要生态诗人之一的华兹华斯最终关注的并不是外部环境,并不是他所钟爱的水仙和湖景,而是诗性思维本身的作用和地位及一个文化对它的保护;也就是说,只要有雪莱和华兹华斯等人心目中的文学和诗歌存在,心灵的环保就是可以达到的效果。对于他们来说,诗歌即等于心灵的环保,广义的诗性创作行为本身即相当于宣示有机生命力的生态行为,这对于习惯了机械而狭小概念的现代文化人是一种提示。③

近代科学特别是力学的发展引发了第一次工业革命,使社会生产由手工操作进入机械化生产。正是生产方式的根本变革,决定了人们的思维方式和观念形态文化的变革。认为人类凭借数学知识和力学理论就可以完全熟知大自然的每一个奥秘、可以完全驾驭大自然的每一种变化的自然观,充分显示了人类在与大自然相处的过程中认识水平和科学技术水平的提高,但这种盲目的乐观让人们忽视

---

① 陈豪:《从生态批评看文学功能的转向》,《探索与争鸣》,2013,(10):90-92.
② 庞玉厚,刘世生:《认知诗学与生态诗学》,《外国语文》,2009,(1):16-22.
③ 丁宏为:《真实的空间——英国近现代主要诗人所看到的精神境域》,北京:北京大学出版社,2013年,第132-133页。

了大自然的力量,低估了大自然的反作用力。

开始于16世纪的工业的发展,尤其是18世纪末兴起的工业革命,使得科技的进步和机器的使用涉及人类的日常生活,使得人类习惯于用力学的观点去认识、分析、评价一切。这种机械性自然观,由于继承了古希腊人对自然概念理解上的唯理论传统,将自然界中的物质存在的方式和事物运动的规律都简单化了。自然界不再是纯粹的、宏大的各种事物存在的空间,而变成了被理智设计出来的、并被驱动着朝向同一个方向演进的物体各个部分的排列。自然界仅仅被认知成了一个单一的、机械的世界。

济慈诗歌中的自然界就好比是一架机器,按照春、夏、秋、冬四季依次循环,而每个季节都有相应的动物、植物生息繁衍。人也有春、夏、秋、冬四季,也就是人从生到死的四个阶段,每个阶段都有不同的表现。

济慈自然诗学观的形成是他所处时代的产物。马克思说,观念是时代的产物。一定的观念总是属于一定的时代。人与自然的关系是一个古老而常新的论题,生态诗学观也必然随时代变迁而不同,并与当时的历史文化发展状况联系密切。济慈作为浪漫主义的著名诗人之一,其生态诗学观念的形成与启蒙文学显然存在着密切联系。济慈与同时代的浪漫主义诗人不同,更确切地说,他高于其他浪漫主义诗人的地方,正在于他继承了启蒙学派唯物主义自然观,并通过大自然的美消释个性的探求欲望,在大自然美的感召下形成了他的自然诗学观。

济慈诗歌创作中所体现出来的"回归自然"的合理思想,可以说,卢梭的"返归自然"是其历史渊源。人与自然的关系是历史的、文化的。人的自然观尽管因立场、观点、方法的不同而不同,但其终归不能摆脱时代的影响,它是时代的产物。济慈自然诗学观念的形成正是生态诗学观念历史发展的逻辑产物。

欧洲文艺复兴以来的一个伟大旗帜就是以科学反对宗教,以人学反对神学,启蒙学派和浪漫主义文学无不如此。在此过程中基督教的绝对统治地位动摇了,但宗教作为欧洲唯一的意识形态,其影响还牢固地存在着。即便是浪漫主义的理性批判家们,也最终还是未同宗教划清界限。而且济慈早期诗歌创作深受斯宾塞的影响,斯宾塞本人就是天主教的忠实信仰者。

不难看出济慈诗歌中自然观的宗教感情与这种宗教影响有关,更重要的是济慈生态诗学观念中的宗教感情与其孤苦的身世直接相关。马克思说:"宗教里的苦难既是现实苦难的表现,又是对这种现实苦难的抗议。宗教是被压迫生灵的叹息,是无情世界的心境。"①现实的苦难不能摆脱,追求幸福生活的愿望不能实现,于是便把这种愿望由地上移到天国,由现实移到来世。这正是宗教产生的社会历史根源。

济慈孤苦的身世与傲世的心灵形成强烈对照,在这种条件下萌生了宗教感情:"为什么今夜我大笑?没有声音回答我/ 不论是天庭的上帝还是地狱的冥王/ 都不屑于回答我而保持着严肃的沉默⋯⋯ 幻想遍布极乐天国的每一个角落/ 但我却愿在今夜悄然离开尘世/ 现实的华盖已被扯得碎裂。"②另外,济慈生态诗学观在表现人与自然的能动关系上,特别是工业革命所引起的自然界和社会生活的极大变化方面涉及较少,其诗歌中也较少论及。

美国生态批评家伦纳德·西格杰(Leonard M. Scigaj)将生态诗歌称为"可持续的诗歌",生态诗歌尊重自然,把自然看作充满活力的、可自我调节和反馈的生态系统。③济慈诗歌中的自然是一个充满活力的生态系统。立足当代历史文化发展的高度,回顾济慈所生活的时代和当时的浪漫主义文学思潮,济慈生态诗学的基本思想是有积极意义的,适合于现时代。

因为文化的复归,不是简单的重复而是在更高的基础上积极的"扬弃",是一个否定之否定的过程,是人类思维的螺旋式上升,是人与自然关系的辩证性质所要求的。济慈生态诗学观的合理部分,以历史积淀的方式纳入了人类自然观历史发展的长河。

---

① 马克思(Karl, Marx),恩格斯(Engels, Friedrich):《马克思恩格斯选集》(第一卷),中共中央马克思恩格斯列宁斯大林著作编译局编译,北京:人民出版社,1995年,第2页。
② Stillinger, Jack (ed.). *John Keats:Complete Poems*. Cambridge, Massachusetts:Belknap Press of Harvard University Press, 1982:243.
③ Scigaj, Leonard M. *Sustainable? Poetry:Four? American? Ecopoets*. Lexington:The University Press of Kentucky, 1999:5.

第六章

济慈诗学观对于世界诗歌发展的影响

济慈,作为浪漫主义时期最杰出的诗人之一,两个世纪以来一直受到批评界的广泛关注。济慈的诗学观和瑰丽多彩的诗歌作品为英国文学,尤其是英国诗歌的发展做出了卓越贡献,也一直以其独具的魅力影响和滋养着全世界众多的文学家和文学研究者。《不列颠百科全书》中总结:"他(济慈)对19世纪以来的诗歌有很大影响。"①

殷国明在《20世纪中西文艺理论交流史论》中提道:"东西方文艺理论的交流也有直接和间接、有形迹和无形迹之分。"②

济慈对后世作家的影响有些是有形迹的,有些是无形迹的,"很多情况下,交流体现为一种文化氛围,并不一定能够在'形迹'方面找到资料和踪影"③。正如严羽论诗时用到的"羚羊挂角,无迹可寻"的妙喻一般。

无形迹并不等于没有交流与影响,"一是可能由于种种原因,没有留下有关的资料和文本,现在难以确定'形迹'方面的东西;二是如果这种交流达到了东西交融、善出善入的境界,别人的东西都化成了自己的,又何能表现在'形迹'方面呢"? 殷国明将这种现象称为"隐形交流":"一些直接的、有资料可据的交流只是其浮在水面上的一小部分,而更大部分的是隐形的、深层次的,它们藏在水面下。"④本章拟从有形迹和无形迹两方面探讨济慈诗学观对后世的影响和意义。

---

① 不列颠百科全书公司编著:《不列颠百科全书》(国际中文版)(第9卷),北京:中国大百科全书出版社,2007年,第210页。
② 殷国明:《20世纪中西文艺理论交流史论》,上海:华东师范大学出版社,1999年,导言第9页。
③ 殷国明:《20世纪中西文艺理论交流史论》,上海:华东师范大学出版社,1999年,导言第10页。
④ 殷国明:《20世纪中西文艺理论交流史论》,上海:华东师范大学出版社,1999年,导言第10页。

第一节　对英美诗人的影响

王佐良评价济慈为"承先启后的关键人物"："他（济慈）在英国浪漫主义诗史上是一个承先启后的关键人物。在吸收前人精华方面——从斯宾塞到弥尔顿，又从弥尔顿到恰特顿——他比别的浪漫诗人都做得多，但又能顺应自己诗艺的发展，不断变法；就后继者来说，从丁尼生、前拉斐尔派、司文朋直到现代的美国的华勒司、斯蒂文斯都蒙受他的重大的（有时是消极的）影响。"①在20世纪初的英国诗人中，崇拜济慈的还有托马斯·哈代（Thomas Hardy, 1840 – 1928）。哈代的《在勒尔沃思海湾（一个世纪前）》（*At Lulworth Cove (A Century Back)*）②便是为济慈而作。

伟大诗人的影响力是巨大的。济慈的诗学观对后来诗人产生了极大的影响，其诗学理论在整个诗歌史上意义重大，影响了无数作家。很多诗人、作家在济慈的诗歌中找到了创作的灵感、借鉴了他的诗学观、沿袭了他的主题风格和写作技巧。

本小节探讨的是济慈对英美诗人的影响，主要分析的是济慈对丁尼生、欧文、王尔德和艾略特产生的影响。

阿尔弗雷德·丁尼生（Alfred Lord Tennyson, 1809 – 1892）是英国维多利亚时期最受欢迎、最具特色的诗人。1850年11月，丁尼生获得了英国"桂冠诗人"的荣誉；1884年，又被册封为男爵，成为英国第一位因为诗歌创作而受封贵族头衔的英国诗人。丁尼生是维多利亚时期时代精神的体现、文学风尚的代表，"到他去世之时，他在公众心目中的地位，已是维多利亚时代的两位代表人物之一——另一位是维多利亚女王本人，他们一个被视作英帝国的王母娘娘，一个被视作王国的教士和圣贤"③。

19世纪的英国是属于诗歌的，这一时期的诗歌又可划分为两个大的阶段：19世纪的前30年属于浪漫主义时期，后70年属于维多利亚时期。维多利亚时期基

---

① 王佐良：《英国诗史》，南京：译林出版社，2008年，第340页。
② 本诗写于1920年9月。本诗作者标有原注：1820年9月，济慈乘船赴罗马，途中曾在多塞特郡海边上岸，停留一日，写成十四行诗"明亮的星！我愿如你坚定不移"。他上岸的地点，据判就是勒尔沃斯海湾。
③ ［英］丁尼生（Tennyson, A.）：《丁尼生诗选》，黄杲炘译，上海：上海译文出版社，1995年，译者前言第1页。

本取得了资本主义经济的繁荣,但也并非歌舞升平。在繁荣的表面下,维多利亚时代充满着痛苦、焦虑、不安和矛盾。维多利亚时期的诗人们用诗歌表达着这个时代人们的彷徨和疑惑。

维多利亚诗歌是在浪漫主义诗歌的基础上发展起来的,一方面继承了浪漫主义诗歌传统,一方面又大胆前行成就了一个新的诗歌时代。其诗歌虽不如浪漫主义诗歌那般绚烂,但整个时代也是一个诗人辈出的时代。

《大美百科全书》中写道:"济慈对文学界的影响相当广泛,日后仰慕模仿其文风的作家有丁尼生、勃朗宁、叶芝等著名诗人。"①《英国文学史纲》中提道:"他(济慈)的作品,大大地影响丁尼生,也影响到近代诗人的作风。"②

丁尼生对济慈诗学观的传承和传播起到了至关重要的作用。"丁尼生是济慈文思最重要的传承者之一,这是评论界的共识。"③丁尼生创作时期,浪漫主义呼声已逝,浪漫主义时期的怀疑、宗教信仰的破碎还在继续,并愈演愈烈,丁尼生的诗中有这样的描述:"是不是我也曾疯狂地着迷于他们的那些可怕的异端著述? 是的,曾经疯狂过/ 因为,你知道的,如今是新的黑暗时代,这样的时光是属于流行读物的/ 所以,蝙蝠从洞穴里现身,猫头鹰们在正午时分狂噪/ 而'怀疑'是这一切的霸主,竟然冲着太阳和月亮高叫/ 直到我们的科学拥有的太阳和月亮都化成了血水/ 还有'希望',一路追着'善'的影子在奔跑,迟早也会心碎。"④

在这样的历史背景下,丁尼生和济慈一样选择了在诗歌中找寻属于自己的世界,有学者认为:"在诗歌创作之初,丁尼生和济慈一样,认为诗歌应该是给人惊异的,这种惊异来自超越、华美和大量的对美的事物的描述,诗歌应该是一件名副其实的金衣裳。"⑤丁尼生和济慈一样选择了诗歌"这件金衣裳"来抵御生活的苦难、世间的不平、人生的窘迫和生命的坎坷。

丁尼生创作于1829年的诗歌的《廷巴克图》(Timbuctoo)被评论家认为是"第

---

① 《大美百科全书》编委会编:《大美百科全书》(第16卷),北京:外文出版社,1994年,第239页。
② 金东雷:《英国文学史纲》,长春:吉林出版集团有限责任公司,2010年,第263页。
③ 丁宏为:《真实的空间——英国近现代主要诗人所看到的精神境域》,北京:北京大学出版社,2013年,第212页。
④ Tennyson, Alfred, *Tennyson's Poetry:Authoritative Texts, Contexts, Criticism*. Ed. Robert W. Hill, Jr. New York:W. W. Norton, 1999:537.
⑤ Dixon, William Macneile. *A Tennyson Primer with a Critical Essay*. New York:Dodd, Mead & Company, 1896:135.

一首标志着济慈华丽的装饰风格的艺术开始传承的诗歌"①。诗歌很显然是受到了济慈长诗《海披里安》(Hyperion)的影响,其风格是对《海披里安》的传承。丁尼生于1830年出版的第一部重要诗集《抒情诗集》和1833年出版的《诗歌集》,收入其中的诗作也明显受到了济慈的影响。

《女郎夏洛特》(The Lady of Shalott)以丰富多彩的形象给人以美感,选词用字的敏感等都有济慈诗作的痕迹:"在岸边的柳树浓荫面/ 几匹马慢慢地拉着大船/ 岛上没有人向这船呼唤/ 任其双桅土张挂着丝帆/ 一路向卡莫洛特。"②

济慈的《睡与诗》《恩底弥翁》《圣亚妮节前夜》等诗中意象与音乐感的惬意交织的诗学风格延续到了丁尼生的《朗斯洛特爵士和吉勒维尔王后》(Sir Launcelot and Queen Guinevere)、《食莲者》(The Lotus-Eaters)、《女郎夏洛特》等作品中。

济慈的长诗《拉米娅》中,身形为蟒蛇的拉米娅孤独而苦闷,经过痛苦而剧烈的蜕变,从她盘踞的坟墓中脱身而出,用她明丽、清新、多情的新面目面对世人,然而她苦苦寻来的幸福还没有持续很久,便以死亡终结了她美丽的生命。这一形象对丁尼生影响颇深,丁尼生勾勒的孤独女性,如夏洛特、玛利亚娜、俄诺涅,以及《艺术的宫殿》(The Palace of Art)中的女殿主等女性,她们郁郁寡欢,在人间苦苦寻求解脱,结果最终付出惨痛代价。这些与济慈笔下的拉米娅极为相似。

作为一名抒情诗人,丁尼生的诗歌融合了古典主义和浪漫主义的风格,承继了柯勒律治和济慈对诗歌形式的严格要求。"形式的权力在柯勒律治和济慈的诗中一再得以伸张,丁尼生早期的诗作在诗歌形式上也展现了艺术的此类风格,他最终的目的是要达到这种形式不易的完美定论。"③

丁尼生的少年时代生活在崇尚自然的浪漫主义时期,鼓励和提倡的是对大自然的关注和尊重。虽然在丁尼生处于创作高峰之时,其文学时代已不再是浪漫主义时期,但浪漫主义时期的诗人们,尤其是济慈,对丁尼生的影响没有停止,丁尼生的诗中充满了对大自然的崇尚和赞美。

短诗《鹰》(The Eagle)是丁尼生表达对大自然热爱与憧憬的一首代表性诗作:"它那蜷曲的爪子抓住巉岩/ 荒山旷野,它立于太阳之畔/ 在它周围晴空蔚蓝一片/ 它的爪下是皱纹横布的海面/ 站在绝壁上,它细细观看/ 疾驰扑下,它迅猛

---

① Dixon, William Macneile. *A Tennyson Primer with a Critical Essay*. New York:Dodd, Mead & Company, 1896:44.
② [英]丁尼生(Tennyson, A.):《丁尼生诗选》,黄杲炘译,上海:上海译文出版社,1995年,第25页。
③ Dixon, William Macneile. *A Tennyson Primer with a Critical Essay*. New York:Dodd, Mead & Company, 1896:132.

如雷电。"①

蓝天下的孤鹰唤起了诗人对大自然的热爱之情,无论是静处还是腾飞,鹰——作为此时大自然的代言人——触动了诗人的才思,荒山、太阳、蓝天、海面之间,鹰的动与静彰显着大自然的自由与活力,表达出诗人对大自然的爱与渴望,在如此俊美、有力的自然面前,人生悲苦微不足道。这种对大自然毫不吝啬的美的赞扬是丁尼生对浪漫主义时期诗歌传统的承继与发扬。

丁尼生的诗中不仅有对自然之景的生动描写,也有对和谐美好的赞美与期许:"多么幸福呀,那渔家的童子 / 在和妹妹嬉戏打闹! / 多么幸福呀,那年少的水手 / 唱着歌在海湾荡起船桨。"②这是海德格尔笔下"诗意地栖居"思想在丁尼生诗歌中较典型的显现。其诗歌意境与济慈的《秋颂》一样给人以诗意的美的享受。

济慈在谈到诗歌写作理念之时曾写道:"那些僻静角落的花儿是多么得美丽!如果它们聚集在大路上大喊大叫:'羡慕我吧,我是一支紫罗兰!宠爱我吧,我是一朵报春花!'想想那样它们的美丽还会如何存在?"③

丁尼生的诗中表达了类似意念:"没人看,园中树仍将摇动/ 柔嫩的花仍将抖落地上/ 没人爱,山毛榉依然变黄/ 枫树仍把自己烧得通红……没人管,运行的月仍照临/ 在河上、在湾中散成银箭/ 或者笼住风中的树一片/ 为苍鹭、秧鸡的栖处照明。"④柔嫩的花、山毛榉、枫树并不为争得赞扬而存活,这是它们的美,当然也是日月交替的自然规律。

提到这首诗又不能不提济慈的诗作:"一年之中,四季来而复往/ 人的生命中,也有春夏秋冬/ 有蓬勃欢快的春天,天真的幻想 / 把天下万物变成美的胜景/ 到了夏天,……他心灵里在秋天有了恬静的港湾……他也有苍白无力的冬天,失掉容颜 / 否则他就悖逆了天道的生死循环。"⑤丁尼生在诗中表达了与济慈同样的对自然规律的尊重。

---

① Dyke, Henry Van (ed.). *Poems of Tennyson*. Boston:Ginn & Company, Publishers U. S. A., 1903:5.
② Dyke, Henry Van (ed.). *Poems of Tennyson*. Boston:Ginn & Company, Publishers U. S. A., 1903:274.
③ Rollins, Hyder Edward (ed.). *The Letters of John Keats* 1814 - 1821 (*Two Volumes*) (Volume I). Cambridge, Massachusetts:Harvard University Press, 1958:224.
④ [英]丁尼生(Tennyson, A.):《丁尼生诗选》,黄杲炘译,上海:上海译文出版社,1995年,第210页。
⑤ Stillinger, Jack (ed.). *John Keats:Complete Poems*. Cambridge, Massachusetts:Belknap Press of Harvard University Press, 1982:176 - 177.

在《合唱》(Choric Song)中,丁尼生这样描述死亡:"生命的终点既然是死亡/为什么生时得操劳不停?/让我们自在!时光在向前奔流/没多久,我们的唇便暗哑无声/让我们自在!世上什么能久留?/我们的一切都会丧失,会变成/可怕的'往昔'中零零星星的部分。"①

丁尼生的诗学思想也受到了济慈的影响。济慈的墓志铭写:"此地长眠者,声名水上书。"这种对死亡的淡然对丁尼生等很多诗人的影响是巨大的。对死亡的坦然和对名利的淡然丁尼生在很多诗歌中有过类似表达,在《我们为何要为逝去的人伤悲》(Why Should We Weep for Those Who Die?)中,丁尼生劝诫世人不必为死去的人悲伤,最嘹亮的风也会哑然,最美丽的玫瑰也会凋零,最明媚的希望也会遗忘,不必惆怅感伤,花开花落,兴盛衰亡都应安然接受。

"越过海滩,生命归去"是丁尼生与济慈对死亡极为相似的理解。

本小节要讨论的第二位诗人是王尔德。

奥斯卡·王尔德(Oscar Wilde,1854—1900)是英国19世纪末唯美主义运动中最具代表性的人物,以其毕生之力追求艺术之美,追捧"为艺术而艺术"的原则。在他的创作生涯中不断寻找各种文体以表达对美的执着追求。各种文体中,童话在王尔德看来是唯美主义最理想的载体,在其童话作品中,王尔德的唯美主义思想被体现得淋漓尽致。

古典课程成绩优异的王尔德自然吸取了前人的精华,在古典的滋养中获得灵感:"王尔德为之倾心的是柏拉图《理想国》中孩子寻找精神生活的神圣和谐,是但丁和莎士比亚心灵想象力的力量源泉,是歌德的宁静,是济慈的优美静穆,是波德莱尔的心灵感情和想象诗意,是艾伦·坡的想象力,是华兹华斯的质朴表现,是戈蒂埃的'为艺术而艺术'的思想,是前拉法尔派的永恒愉快和鲜明个性,是佩特的完美形式论。"②

其中,济慈对王尔德影响最深,王尔德将济慈看作是"先拉斐尔派"的先驱,在对唯美主义的大力宣扬中,极度认可济慈的作品,对济慈推崇再三,希望通过自己的努力唤起人们对于济慈诗作之美更深的热爱。在《济慈墓》中,王尔德悼念济慈:"你的名字写在水上——将屹立不倒:我辈的眼泪将永葆你记忆犹新,如同伊

---

① [英]丁尼生(Tennyson, A.):《丁尼生诗选》,黄杲炘译,上海:上海译文出版社,1995年,第63—64页。
② 李桂荣:《王尔德唯美主义的渊源》,《河南师范大学学报》(哲学社会科学版),2007(4):125.

萨贝拉浇灌她的罗勒花儿长青。"①

很长一段时间里,批评家们把济慈看作是前拉斐尔派(The Pre-Raphaelites)的代表、唯美主义(Aestheticism)的先始,"为艺术而艺术"的典范。

"前拉斐尔派"的最早缘起是1848年英国艺术家成立的"前拉斐尔兄弟会"(Pre-Raphaelites Brotherhood),他们追怀中世纪,歌颂以前时代生活的特质和准则,"强烈反对当时皇家美术学院中以拉斐尔为模范而无对生活的敏感和独创精神的平庸画风。主张继承'拉斐尔之前'的精神,创造一种清新真实、不同流俗的艺术"②。

"前拉斐尔派"成立的宗旨是"反对他们认为缺乏想象力而又做作的皇家美术学院的历史题材绘画,竭力在作品中表现一种新的道德颜色性和真诚性"③。济慈对生活的敏锐感受、对当时时代的愤懑不满、注重真情表露的诗风、丰富的想象力、对美的竭力追求,尤其是对希腊文明的推崇和诗歌中对希腊主题生动出色的展演得到了这一学派的尊崇。这一运动被认为"实发源崇拜济慈"④。

济慈的诗歌《伊莎贝拉》(Isabella; or, The Pot of Basil)先后两次被作为这一派画作的素材:创始人约翰·埃弗里特·密莱斯(John Everett Millais, 1829 - 1896)于1849年完成了画作《洛伦佐和伊莎贝拉》(Lorenzo and Isabella),首领威廉姆·霍尔曼·亨特(William Holman Hunt, 1827 - 1910)于1867年创作了油画《伊莎贝拉与罗勒花盆》(Isabella and the Pot of Basil)⑤。"后来,史文朋(Algernon Charles Swinburne, 1837 - 1909)又发表关于济慈的诗之感伤的评论。他的声名就此确定。他和'先拉斐尔派'关系之深于此可见。"⑥

如果说前拉斐尔派源于对济慈的崇拜而生,那他们最为崇尚济慈的当属济慈对"想象"的推崇和运用。

而对王尔德影响至深的,是济慈关于美的诗学思想。的确,"济慈崇拜美,几乎像传教士一样把自己的一切都献给了艺术。从他的许多诗的特点中都可看出,

---

① [英]王尔德:《王尔德诗选:英汉对照》,汪剑钊译,北京:外语教学与研究出版社,2014年,第36 - 37页。
② 朱立元:《艺术美学辞典》,上海:上海辞书出版社,2012年,第358页。
③ 不列颠百科全书公司编著:《不列颠百科全书》(国际中文版)(第13卷),北京:中国大百科全书出版社,2007年,第487页。
④ 滕固:《唯美派文学》,《民国丛书》(第四编文学类56卷),上海:上海书店,1989年,第29页。
⑤ 两幅画作见附录三:前拉斐尔派以济慈诗歌为题材的画。
⑥ 滕固:《唯美派文学》,《民国丛书》(第四编文学类56卷),上海:上海书店,1989年,第30页。

他的理论和实践都已经十分接近后来的那些提倡为艺术而艺术的人了"①。王尔德强调感官感觉,济慈对此细致入微的书写无疑是王尔德所推崇的。济慈的《希腊古瓮颂》被王尔德视作艺术精神的完美体现。在济慈美学思想的基础上,王尔德提出了"生活模仿艺术""艺术独立性"等很多诗学理论。

文学史中对此多有论述。例如:"王尔德在1890年7月9日写给《苏格兰观察家》编辑的一封信中写道,'济慈是自希腊时代以来世界文学史上最伟大的作家之一……作家总是与他要表达的话题保持一定的距离。一旦他创作了一件艺术作品,他就要对之深思熟虑。他离自己要表达的话题越远,他就越能更自由地工作。'"②这种距离是自我消释后诗人与诗歌的距离,而自由源于诗人将个性赋予诗歌、赋予诗人所要表达的话题,而不是诗人的个性决定诗歌。可以说,王尔德的此种理论是对济慈"消释力"说的演绎与阐释。

"从基慈(济慈)产生后,英国才有史文朋(Swinburne)、马理斯(Morris)一辈文人,受他的影响,而主张艺术的人生观。其后又有王尔德(Oscar Wilder)主张'为艺术而艺术'的尖锐的唯美主义,这些都可以说多少是受了些基慈的影响的。基慈是哥克纳派(Cockney School)著作者中之一,哥克纳派作家虽有时被人刻薄地嘲笑,但基慈(济慈)的天才之出类拔萃,毕竟成就了世界上最聪明、最伟大的诗人。"③济慈前前后后在很多学派中被提及,不论他是不是最聪明、最伟大的诗人,有一点无法否认:济慈诗学观对后人的影响是巨大的。

王尔德倡导的唯美主义无疑受到了济慈情感至真、至上的影响。希腊神话中,美杜莎由美女变成蛇发女妖,其实这种变化不仅仅是她外貌的变化,更是她情感的变化,她自己受到了很大的伤害,要报复这个社会,她的心灵内在已经开始变异,所以她变成了骇人的魔女。

美杜莎从美人变成魔女的过程中,起到决定性作用的转化点就是情感。美杜莎已经成为当今文艺学的一个隐喻,每到一个文艺思想发生变化的时候她就会被提及。作为唯美主义典型作家的王尔德,也写美杜莎,但在他的作品中,美杜莎是一种美,因为王尔德发现在这个恶魔的内心深处隐藏着被强杀的或者被扭曲的爱,也就是情感,可以说,唯美主义的内核是对情感的重新唤起和追求,这也正是济慈所强调和看重的。

---

① [美]艾布拉姆斯(Abrams, Meyer Howard):《镜与灯——浪漫主义文论及批评传统》,郦稚牛,张照进,童庆生译,北京:北京大学出版社,2004年,第407页。
② 常耀信主编:《英国文学通史》(第2卷),天津:南开大学出版社,2011年,第120页。
③ 金东雷:《英国文学史纲》,长春:吉林出版集团有限责任公司,2010年,第256页。

然而,济慈的"美"不同于王尔德提倡的唯美主义的"美"。"唯美主义运动注重的是艺术的形式美"①,济慈笔下的确处处唯美:夜莺、古瓮、田园、古诗,艳丽美好,但济慈的"美"不是只为艺术本身之美而存在的唯美主义的"美",济慈的"美"有三种形态,且与"真"相连相依。唯美主义认为:"现实社会是丑恶的,只有'美'才有永恒的价值。艺术家不应带有功利主义的目的,也不应受道德的约束;艺术家的个性不应受到压抑。"②

济慈的诗作中,美的外在会被毁灭,但美在意念上都会得到弘扬和升华。济慈的长诗《伊莎贝拉》(*Isabella; or, The Pot of Basil*)中,爱情之美被济慈描绘得淋漓尽致:"他那情意绵绵的声音,在她听来／比树叶窸窣、幽溪潺潺给为动听;／她的琴弦上回响着他的名字／因了这名字,她乱了手头的针黹。"③"他们感受着无比的欢愉／幸福如六月里的鲜花般绽放。"④然而,美丽的爱情受到来自现实的沉重打击,爱情的甘美因谋杀而被毁灭。这是美的消逝,美的形体被毁灭了,然而诗人用佛罗伦萨最漂亮、茂盛、芬芳的紫苏花之美完成了对死亡的超越。最终,女主人公悲伤死去,撼动心灵的对爱情的执着之美战胜了美的形体的消亡。

王尔德对济慈的赞美和崇拜是由衷的,但对济慈美的理念的承继中,王尔德作品中的美有别于济慈诗学观中至美的理念。

在谈到王尔德作品的艺术结构对济慈的传承时,有学者指出:"王尔德的艺术结构对济慈有新的修正:第一,在悲剧结构里,冲突的结果,只能使悲剧的一方失去了在值上优越而升华的可能性。第二,在喜剧结构里,本应该是和谐完美的喜剧结局掺入了现象与本质脱节的成分,美实质上受到了扭曲。"⑤的确,诗学观在影响后世和传承的过程中不可能是一成不变的,新的时代、新的文学思潮需要有对传统的升华。王尔德笔下的"美"已不是济慈对纯粹、和谐的美及美的本质的颂扬,王尔德对济慈诗学观中的"美"的承继是升华之后的"修正"的美,是冲突中的"美"。

---

① 不列颠百科全书公司编著:《不列颠百科全书》(国际中文版)(第1卷),北京:中国大百科全书出版社,2007年,第100页。
② 中国大百科全书出版社编辑部编:《中国大百科全书》(外国文学卷Ⅱ),北京:中国大百科全书出版社,1982年,第1041页。
③ Stillinger, Jack (ed.). *John Keats:Complete Poems*. Cambridge, Massachusetts:Belknap Press of Harvard University Press, 1982:184.
④ Stillinger, Jack (ed.). *John Keats:Complete Poems*. Cambridge, Massachusetts:Belknap Press of Harvard University Press, 1982:186.
⑤ 赵凡:《美的寻找与失落——从济慈与王尔德的艺术结构谈起》,《河南师范大学学报(哲学社会科学版)》,1990(4):89。

王尔德对济慈诗学观中的美的升华是时代的要求。"王尔德'美'的分裂意象及他与济慈不同的艺术构筑,正是他双重困境的体现。一方面,他受时代文化的鼓励,要'复兴'济慈式的艺术美,另一方面,他身上流淌着时代文化的血液又使他不能把握住济慈的和谐美。"①

对济慈之美的膜拜、渴求和当时时代文化的影响等共同成就了王尔德的唯美主义。

接下来要探讨的是济慈对艾略特(Thomas Stearns Eliot,1888-1965)的影响。

艾略特是20世纪西方最有影响力的文学批评家、诗人之一。"一些西方文学史甚至把20世纪称作'艾略特时代'(the Age of T. S. Eliot)。"②济慈的诗学观,尤其是其"消释力"的理论对当代诗人兼评论家艾略特的诗学理论产生了深远影响,尤其是艾略特提出的"非个性化"理论(Impersonal Theory)、"客观对应物"概念(objective correlative)受到了济慈诗学观的直接影响。

诗是人类精神的英雄主义,到了艾略特,历史发挥了更重要的作用,个人英雄主义衰退,个人情绪被历史消亡。艾略特试图背叛浪漫主义的声音,浪漫主义在艾略特的诗歌里成了破碎世界的一部分。浪漫情调被打断,美好被碎片化,诗歌成了拼接。但无论艾略特的诗歌"从法国众作家那里借鉴吸取到了什么,其直接来源依然是浪漫派的作家"③,艾略特用破碎、反叛的方式传承了浪漫主义,承继了济慈。济慈的诗学观对艾略特影响至深,艾略特曾将济慈遗留的书信"誉为英国诗人中最卓越、最重要的信件"④。

"尽管人们习惯于用浪漫主义的标签标注济慈,但他提出的消极感受力的概念早已超越了浪漫主义批评的范围,成为文学批评史的非个人化理论传统的重要组成部分。"⑤济慈之后的文学理论界中,艾略特继承了济慈的这一概念并发展成了"非个性化理论"。"非个性化"理论是艾略特理论体系的核心,这一理论在《传统与个人才能》(Tradition and the Individual Talent)中有详细论述:"诗歌不是个性

---

① 赵凡:《美的寻找与失落——从济慈与王尔德的艺术结构谈起》,《河南师范大学学报(哲学社会科学版)》,1990(4):90.
② [英]艾略特(Eliot, T. S.):《艾略特文学论文集》,李赋宁译注,南昌:百花洲文艺出版社,1994年,前言第1页.
③ Stead, C. K. The New Poetic: Yeats to Eliot, Pennsylvania: Harper & Row, 1987:192.
④ 《大美百科全书》编委会编:《大美百科全书》(第16卷),北京:外文出版社,1994年,第241页.
⑤ 王守仁,胡宝平等:《英国文学批评史》,南京:南京大学出版社,2013年,第138页.

的表现,而是个性的脱离。"①

有学者将艾略特的文学批评文章归结为三类,第一类"包括那些主张诗歌必须增强它的客观性的文章"②,代表作便是艾略特有着广泛影响力的论文《传统与个人才能》。论文中,艾略特写道:"我的意思是说,诗人有的并不是有待表现的'个性',而是一种特殊的媒介,许多印象和经验,用奇特的和料想不到的方式结合起来。对诗人本身来说,这些是一些重要的印象和经验,但它们却在他的诗歌中可能没有占任何地位,而那些在他的诗歌中变得重要的印象和经验却可能在诗人本人身上,在他的个性上,只起了一个完全无足轻重的作用。"③

艾略特将艺术的创作过程比喻成化学反应,而情感是参与这一反应的化学物质,诗人就如同催化剂,或者说一种工具,虽然是诗人的去除个人化的创作造就出了伟大的文艺作品,但归根到底诗人只是促成化学反应进行而存在的媒介,其本身并不参加反应,所以诗中没有诗人的个性体现,就如化学反应最终的生成物中没有催化剂成分一样。

这种对诗人作用的阐释是对济慈"消释力"的继承与发展,艾略特承袭了济慈对情感的强调,情感与万事万物通过诗人产生了伟大的作品,而诗人的自我则完全消融。

济慈"消释力"说的另外一个方面是消融掉个人自我"一探究竟"的本性,不汲汲追求"真理"。艾略特对于诗歌与"真理"之间的关系的看法也极为相似。艾略特认为"真理"是那些具有自己的思想体系的思想家们所关心、探究的范畴,而艺术家不同于这些思想家,"虽然在找不到合适的哲学成果可吸收于文学中时,艺术家也会尝试着去当这样的思想家"④。

济慈在提出他的"消释力"说之时,曾明确表达了诗人无自我或者说非个人化的思想:"说到诗人的个性,它不是自己——它没有自我——它是一切又什么都不是——它没有个性——它喜好光亮也享受阴影,不管是丑是美,是低是高,是富还

---

① [英]艾略特(Eliot, T. S.):《艾略特文学论文集》,李赋宁译注,南昌:百花洲文艺出版社,1994年,第11页。
② [英]艾略特(Eliot, T. S.):《艾略特文学论文集》,李赋宁译注,南昌:百花洲文艺出版社,1994年,前言第7页。
③ [英]艾略特(Eliot, T. S.):《艾略特文学论文集》,李赋宁译注,南昌:百花洲文艺出版社,1994年,第9页。
④ [美]雷·韦勒克(Wellek, Rene),奥·沃伦(Warren, Austin):《文学理论》,刘象愚等译,北京:三联书店,1984年,第25页。

是穷,是贱还是贵,它总爱率性而为。"①艾略特认为诗歌不是感情的放纵,而是对自我感情的逃避,其"牺牲自己""摒弃个性""消灭个性"等表达与济慈的说法极为相似。

在《诗歌的功能与批评的功能》(*The Use of Poetry and the Use of Criticism*)一书中,艾略特曾引述了济慈的这一观点,并明确表达了自己对济慈的推崇:"济慈理论中有关诗歌的表述中,几乎没有哪些不被发现是真理的。"②显然,艾略特的"非个性化"受到了济慈"消释力"说的影响和启发。对济慈的信服让艾略特在理论的探究中让济慈的诗学观得以发扬和更好的发展。

济慈曾在给泰勒(John Taylor)的信中表达过他对诗歌的理念,其中第一条中,济慈说:"诗歌打动读者是因为读者觉得自己最真切的想法被一语道出,犹如回忆般映入眼帘。"③艾略特在《传统与个人才能》中写道:"诗人的任务并不是去寻找新的感情,而是去运用普通的感情去把它们综合加工成诗歌。"④

"但很少有人理解诗歌是有意义的感情的表现,这种感情只活在诗里,而不存在于诗人的经历中。艺术的感情是非个人的。"⑤这应该是对济慈情感观最完美的注脚。

济慈诗学观对英美诗人的影响中,要讨论的最后一位是威尔弗雷·欧文(Wilfred Edward Salter Owen, 1893–1918)。

威尔弗雷·欧文是第一次世界大战中一位著名的战壕诗人、英国战壕诗人中的杰出代表,曾获得过"英勇十字军功勋章","被公认为一次大战期间英国最重要的诗人之一"⑥。他是20世纪初受到济慈影响最大的诗人。

英国诗坛上,欧文也是一颗过早陨落的新星,在战争结束前一周,欧文中弹身亡,逝世时年仅26岁,与济慈一样英年早逝。虽然创作时间短,但他作品中表现出来的睿智的才思、敏锐的观察力和斐然的文采得到了英国文学界的普遍认可。

---

① Rollins, Hyder Edward (ed.). *The Letters of John Keats* 1814–1821 (*Two Volumes*) (Volume I). Cambridge, Massachusetts: Harvard University Press, 1958:386–387.
② Eliot, T. S. *The Use of Poetry and the Use of Criticism*. Cambridge: Harvard University Press, 1933:93.
③ Rollins, Hyder Edward (ed.). The Letters of John Keats 1814–1821 (Two Volumes) (Volume I). Cambridge, Massachusetts: Harvard University Press, 1958:238.
④ [英]艾略特(Eliot, T. S.):《艾略特文学论文集》,李赋宁译注,南昌:百花洲文艺出版社,1994年,第10页。
⑤ [英]艾略特(Eliot, T. S.):《艾略特文学论文集》,李赋宁译注,南昌:百花洲文艺出版社,1994年,第11页。
⑥ 《大美百科全书》编委会编:《大美百科全书》(第21卷),北京:外文出版社,1994年,第118页。

欧文对济慈的崇拜犹如宗教信仰般的虔诚。从童年时代开始,年幼的欧文就是济慈的崇拜者。欧文曾两次去济慈的暂住地参拜。1911年,在欧文18岁那年去伦敦的大不列颠博物馆参观时,看到了济慈的一卷手稿,其后欧文写信给他的母亲提到了对手稿的感觉:"他(济慈)的字写得跟我的一般大,而且倾斜得也和我的一样……我好像早就熟悉了,真是怪事。"①投入战争之后,欧文曾说,他参加战争,部分目的是为了要捍卫济慈和其他作家创作所使用的语言不被德国人破坏。

济慈诗歌及诗论的影响波及了欧文的诗歌创作。欧文的"早期诗作均有意识地模仿济慈,常常雄心勃勃,表现出对诗歌作为一种技艺的欣赏"②。

欧文的诗作并不多,其中明显受到济慈影响的有三首:诗歌《小美人鱼》采用了济慈诗歌《伊莎贝拉》(Isabella; or, The Pot of Basil)的八行诗节的诗体;《初读济慈传之前》可以说是对济慈《初读查普曼译荷马史诗有感》(On First Looking into Chapman's Homer)的仿写;《致我的朋友》在主题、风格、形式上模仿了济慈的诗作《每当我害怕》(When I have fears that I may cease to be)。

另一位战争诗人西格弗里德·萨松(Siegfried Sassoon, 1886 – 1967)曾经是欧文的战友,在读到欧文的《阵亡青年的战歌》(Anthem for Doomed Youth)时,说过这样一段话:"我现在意识到,由于华美形容词和大量意象的使用及高贵的纯真和深刻,他(欧文)的诗歌同济慈有着令人难忘的亲近。他把济慈视为他的最高典范。"③

"欧文一方面在挽歌和纪念诗里表现出早熟的倾向,另一方面在仔细模仿济慈时也显露出对感觉放纵的自然兴趣。"④作为战地诗人,欧文的诗歌大部分是关于战争和抒发反战情绪的抒情诗。战争使得社会矛盾更趋尖锐化,许多批判现实主义作家走上了文化界的反战前沿,欧文也通过诗作发出了反对战争的呼声。对大屠杀的憎恶和对战争的恐惧在欧文的诗歌中凝聚成了强烈的批判之音,揭示战争的无情和残酷。作为一名战地诗人,欧文在诗歌里表现成熟,但并不妨碍对情

---

① 梁为祥:《本世纪英国最有希望的诗人威尔弗雷德·欧文简评》,《外语学刊》,1995, (4): 52 – 54.
② 不列颠百科全书公司编著:《不列颠百科全书》(国际中文版)(第12卷),北京:中国大百科全书出版社,2007年,第516页。
③ 刘治良:《漫谈济慈对英国诗歌的影响》,《贵州大学学报》(社会科学版),2001, (3):83 – 86.
④ Bloom, H. *Poets of World War I: Wilfred Owen, Isaac Rosenberg—Comprehensive Research and Study Guide.* New York: Chelsea House Publications, 2002. 转引自陈浩然:《责任与他者——战诗人威尔弗雷德·欧文的被动责任观探究》,《浙江外国语学院学报》,2015, (5):81 – 89.

感的推崇和对济慈的模仿。

欧文笔下尽管描述的是残酷的战争和恐怖的死亡,但济慈诗歌中的感官之美被带进了欧文的诗歌创作,战争主题与济慈"感性美"的融合构筑出了欧文诗作特有的壮丽之美。例如,《暴露》(*Exposure*)一诗描绘的场景是早已被炸得坑坑洼洼的泥土地上四溅的炮火,在欧文笔下,对炮火的描写透露出一种独有的美,炮火带给世界的是残酷的毁灭,但也是壮美的重生之途。诗作字里行间透露着济慈式的美的意蕴。

第二节　对中国现代诗人的影响

伟大的作家是世界的珍宝,文学无国界,虽隔万水千山,济慈对中国作家尤其是诗人的影响甚深。

殷国明谈到中西文艺理论交流时提出:"很多中国理论家首先是从作品中获得理论观念方面启示的。"[1]本节济慈诗学观对中国现代诗人的影响,主要是从济慈诗歌在中国的接受和影响情况来进行分析阐释。

五四以来的中国新文学自诞生之初就完全不同于从前封建时代的那种在闭关锁国的氛围中产生的文化。五四新文化运动在很大程度上来说是受到了外国,尤其是英美国家文化的影响。可以说,中国新文化运动从诞生之初就融会在了世界文学的洪流之中,形成的是一个开放的系统。在这开放的新文学时期,东西方文化的碰撞对于诗人的创作产生的影响是巨大而深远的。这种影响的体现并不是济慈给了中国诗人以新的情感或美感,而是激发了诗人们原本存在的感情,给了他们一种情感的力量:在诗歌中找寻美、在想象中肯定美、在自然中感受美。而做到这些,要有"与自然谐合的变术"[2]——消释自我、感受万物。

本节主要论述新月派诗人中受到济慈诗学观影响较大的三位诗人:徐志摩、闻一多和朱湘。

首先探讨济慈对徐志摩的影响。

作为中国的现代诗人、散文家、翻译家,徐志摩(1897 – 1931)对中国的新诗发展做出了不可磨灭的贡献。

---

[1] 殷国明:《20世纪中西文艺理论交流史论》,上海:华东师范大学出版社,1999年,导言第10页。
[2] 蒋复璁,梁实秋:《徐志摩全集》(第三卷),北京:中央编译出版社,2013年,第123页。

20世纪初,"文学革命"之后,济慈的诗歌被引介到中国,并对国内的诗人产生了极大的影响。最早翻译济慈诗歌的是徐志摩。

1926年,以徐志摩、闻一多、朱湘、饶孟侃、孙大雨等为主要成员,以《晨报副刊·诗镌》为主要阵地,形成了有着共同审美志趣的新月诗派,之后又创办了《新月》月刊和《诗刊》季刊。新月派诗人在这些刊物,也包括其他文学期刊上发表了大量英国浪漫主义诗歌的译作,极大推动了英国浪漫主义诗歌在中国的传播与接受。这种对英国浪漫主义诗歌的译介行为,既是新月派诗人自觉地参与跨文化交流的一种表现,更是这一诗派诗人对浪漫主义诗歌的欣赏与诗学理念认同的一种反映。他们所开展的新诗格律化运动,对中国新诗的艺术发展产生了很大的影响。

徐志摩学贯中西,多次走出国门,其诗学观深受中西方众多作家的影响。据统计,徐志摩翻译过的诗歌(包括生前未刊出的)有80余首,这些译诗包括英国、美国、印度、法国、意大利等各国20多位诗人的诗歌。

在诗歌理论和诗歌艺术创作中,对徐志摩产生较大影响的几乎都是西方诗人。这些诗人中,对徐志摩影响最深的当属哈代(Thomas Hardy,1840-1928)和泰戈尔(Rabindranath Tagore,1861-1941),在其80余首译诗中,有21首是翻译了哈代的。此外,徐志摩钟爱英国浪漫主义诗歌,对雪莱、拜伦、济慈等都极为关注。

《中国大百科全书》徐志摩一条中这样写道:"在英国19世纪浪漫主义诗歌及其他西洋文学的熏陶下,他违背其父让他当银行家的预期,从1921年起开始了新诗创作。"[1]徐志摩历来被称为"新月下的夜莺",足见济慈对其影响之深。本书的这一部分仅就济慈对徐志摩的影响展开讨论。

在徐志摩译介济慈之时,国内研究还未关注到济慈的"消释力"说这一理论,但徐志摩在"济慈的《夜莺歌》"中对济慈的诗歌分析却正是赞扬了济慈所具备的"消释"这一能力:"济慈与雪莱最有这与自然谐合的变术——济慈咏《忧郁》(Ode on Melancholy)时他自己就变了忧愁本体,'忽然从天上吊下来像一朵哭泣的云';他赞美《秋》(To Autumn)时他自己就是在树叶底下挂着的叶子中那颗渐渐发长的核仁儿,或是在稻田里静偃着玫瑰色的秋阳!"[2]

这是济慈"消释自我,融我于物"的诗学理念在诗中的表现,正如济慈曾在信

---

[1] 中国大百科全书出版社编辑部编:《中国大百科全书》(中国文学卷Ⅱ),北京:中国大百科全书出版社,1982年,第119页。
[2] 蒋复璁,梁实秋:《徐志摩全集》(第三卷),北京:中央编译出版社,2013年,第123页。

中写到的:"如果一只麻雀来到我的窗前,我会走进它的生活,和它一起啄食沙砾。"①济慈诗学追求的境界是能够融入万物、对自然万物有切身的体验,徐志摩对这一"与自然谐合的变术"大加赞赏,一如济慈对莎士比亚这一能力的钦佩。这是中文研究领域对济慈核心诗学观"消释力"说的第一次论述,也是对济慈"消释力"说诗歌理论的肯定与赞赏。

除了"消释力"说,徐志摩受到济慈的影响还表现在对情感的强调、对美的推崇和对诗歌中"想象"的机巧运用上。

和济慈一样,徐志摩崇尚情感的力量。在《爱的灵感》中徐志摩写到一个为救父亲"胆敢上犯君王天威"的孝女和脱去村服、穿上戎装,带十万兵冲破敌人重围的贞德,之后得出结论:"那一定是／爱！因为只有爱能给人／不可理解的英勇和胆／只有爱能使人睁开眼／认识真,认识价值,只有／爱能使人全神地奋发／向前闯,为了一个目标／忘了火是能烧,水能淹。"②这里的爱不是男女之爱,而是突显了与济慈推崇的情感一样的强烈情感的力量。

徐志摩的长诗《爱的灵感》处处留着《夜莺颂》的痕迹。徐志摩写"是中了毒,是受了催眠"③,而济慈《夜莺颂》的前几句便是"仿佛饮了毒汁满杯,或者服了鸦片"。徐志摩写"灿烂的星做我的眼睛"④一如济慈《明亮的星！我愿如你坚定不移》(*Bright star, would I were stedfast as thou art*)中所写的愿做星星俯瞰大地。

徐志摩曾写道:"诗决不仅是好看的字眼,铿锵的音节;乃是圣灵感动的结果,美的实现,宇宙之真理的流露。"⑤认为诗歌是"美的实现"与济慈诗歌对"美的本原"的强调是一致的。

1921年,徐志摩翻译了济慈的十四行诗《致芳妮·布朗》(*To Fanny Browne*),译文如下:

匀卿慈悲与怜悯！
匀卿怜悯与爱情！
爱情神圣复慈悲,
慈悲如何我心摧。

---

① Rollins, Hyder Edward (ed.). *The Letters of John Keats* 1814–1821 (*Two Volumes*) (Volume I). Cambridge, Massachusetts: Harvard University Press, 1958:186.
② 蒋复璁,梁实秋:《徐志摩全集》(第二卷),北京:中央编译出版社,2013年,第249页。
③ 蒋复璁,梁实秋:《徐志摩全集》(第二卷),北京:中央编译出版社,2013年,第244页。
④ 蒋复璁,梁实秋:《徐志摩全集》(第二卷),北京:中央编译出版社,2013年,第246页。
⑤ 顾永棣编:《徐志摩全集:全6册》(散文卷),杭州:浙江人民出版社,2015年,第480页。

维精维一不彷徨，
爱情无伪亦无臧，
湛湛精莹涵涵光，
点瑕不染凤龙章。
予我全体浑无缺，
点点滴滴尽我的，
体态丰神德与质，
绛唇赐吻甘于蜜，
素手妙眼花相容，
况复凝凝濯濯款款融融甜美无尽之酥胸！
爱卿灵魂尽慈悲，
爱卿慈悲亦灵魂，
若教丝毫不我与，
毋宁死休永含冤。
命即不殊为卿奴，
愁苦迷雾塞前途，
人生义趣复安在，
魂灵意志尽归无。①

  这首诗本就强调的是一个"美"字——爱情之美、爱人之美，在徐志摩笔下多了一种"翻译之美"。翻译是再创造的过程，诗歌翻译尤其如此。这首译诗可谓字字优美，充分体现了徐志摩对济慈"美的本原"的把握与深切的理解。
  《翻译家徐志摩研究》中总结："徐志摩通过翻译他们（拜伦、济慈）的作品，旨在唤起人们对自由和美好的向往，并为此而进行不屈的斗争。"②的确，"在东西方文化数千年的独立发展中，彼此因对世界和人类自身的理解不同，形成了绝不相同的感受方式，它不但凝结在人们的心灵中，而且凝结在各自的语言中。"③不同的感受方式、不同的语言，体现的是诗人们对诗歌同样的爱和执着。济慈诗歌中的意象和纯美的境界是徐志摩推崇的。以古体诗的形式译出的诗歌更是充满

---

① 顾永棣编:《徐志摩全集:全6册》(诗歌卷)，杭州:浙江人民出版社，2015年，第525–526页。
② 高伟:《翻译家徐志摩研究》，南京:东南大学出版社，2009年，第108页。
③ 李怡:《中国现代新诗与古典诗歌传统》(增订三版)，北京:中国人民大学出版社，2015年，序第4页。

了美。

1924年12月2日,徐志摩又用散文的形式翻译了济慈的《夜莺颂》(Ode to a Nightingale),题目译为《夜莺歌》,刊载于1925年2月的《小说月报》第16卷第2期。

在译文的最后一节,徐志摩对整首诗歌做了剖析:"他这诗里有两相对的(动机):一个是这现世界,与这面目可憎的实际的生活,这是他巴不得逃避,巴不得忘却;一个是超现实的世界,音乐声中不朽的生命,这是他所想望的,他要实现的,他愿意解脱了不完全暂时的生,为要化入这完全的永久的生。"[1]最后,徐志摩总结:"音乐完了,梦醒了,血呕尽了,夜莺死了!但他的余韵却袅袅地永远在宇宙间回响……"[2]

这是徐志摩对济慈诗学世界的解读,对济慈诗学观的剖析。济慈生活的世界是残酷的、悲惨的,是济慈一直想逃避的,正因如此,济慈用"消释"之法、关注美、诉诸想象与幻想的世界、寄情于自然万物,以此在诗歌中构筑"超现实的世界",在音乐声中、虫鸣声中、大自然的歌声中让生命不朽。所以,济慈不畏惧死亡,因为他的"生"是暂时的、不完全的,是他愿意解脱的,而诗歌世界中的"生"是永久的、完全的,是济慈所向往的。徐志摩对济慈的解读与肯定潜移默化地影响了徐志摩的诗歌创作。

济慈富想象力和美感魅力的诗歌、诗歌中对美的歌颂、诗学观念中对美的推崇对徐志摩都有着巨大的吸引力,徐志摩的《客中》《诗句》《哀曼殊斐儿》等诗歌都有济慈诗作的影响印记。《她是睡着了》是徐志摩对济慈想象意境的发扬,诗中徐志摩将"她"想象为玫瑰、月季、朝阳里的水仙、"星光下一朵斜欹的白莲""香炉里袅起一缕碧螺烟"[3]等美的意象。

对徐志摩及其诗歌的研究中,他与自然的关系是另一个绕不开的话题。他对大自然亲近和体验,对大自然和谐美的追索都是他精神世界和诗歌创作重要的一部分。而济慈对大自然的崇与爱也在很大程度上影响了徐志摩的诗歌创造,"寻找和谐的意愿让他(徐志摩)部分地接受了英国精神的影响"[4],济慈的诗歌给了同样热爱大自然的徐志摩以有力的支持,支持他赞美大自然的和谐、在大自然中

---

[1] 顾永棣编:《徐志摩全集:全6册》(诗歌卷),杭州:浙江人民出版社,2015年,第520页。
[2] 顾永棣编:《徐志摩全集:全6册》(诗歌卷),杭州:浙江人民出版社,2015年,第520页。
[3] 蒋复璁,梁实秋:《徐志摩全集》(第一卷),北京:中央编译出版社,2013年,第119-120页。
[4] 李怡:《中国现代新诗与古典诗歌传统》(增订三版),北京:中国人民大学出版社,2015年,第185页。

寻找抚平创伤的力量。

徐志摩在《我所知道的康桥》中这样写道:"对岸草场上,不论早晚,永远有十数匹黄牛与白马,胫蹄没在恣蔓的草丛中,从容地在咬嚼,星星的黄花在风中动荡,应和着它们尾鬃的扫拂。"①这种宁静而和谐的自然之美正是济慈的诗歌所推崇的。徐志摩在《爱的灵感》中提到的"爬虫,飞鸟,河边的小草"也都是济慈诗歌中最常出现的大自然的生灵。

对死的安然接受是与大自然最为彻底的融合。徐志摩在"济慈的《夜莺歌》"中论析了济慈对"死"的认识和理解:"在他(济慈)看来(或是在他想来),'生'是有限的,生的幸福也是有限的——诗,声名与美是我们活着时最高的理想,但都不及死,因为死是无限的,解化的,与无尽流的精神相投契的,死才是生命最高的蜜酒,一切的理想在生前只能部分地,相对地实现,但在死里却是整体的绝对的谐合。"②

"生于自然,又复归于自然",这的确是最彻底、最绝对的谐合。死是一种意境——美丽的、静的意境。徐志摩对济慈的生死概念又做了如下论述:"我们可以拿济慈的《秋歌》(*To Autumn*)对照雪莱的《西风歌》(*Ode to the West Wind*),济慈的'夜莺'对比雪莱的'云雀',济慈的'忧郁'对比雪莱的'云',一是动、舞、生命、精华的、光亮的、搏动的生命,一是静、幽、甜熟的、渐缓的'奢侈'的死,比生命更深奥更博大的死,那就是永生。"③"死亡便是永生",对于济慈来说,死是与大自然融合的最好的方式,比有限的生命更为可贵。

可以说,济慈的美、情感、自然、想象是徐志摩诗歌世界的明灯,给了徐志摩更透亮的认知和更浓烈的诗情。

其次,济慈对闻一多的影响也不容忽视。

闻一多(1899－1946)是新月派的代表诗人、学者、文史学家,还是一名民主战士。

新文化运动的拓荒者们无一例外"学贯中西"。而在东西方文化碰撞的同时,不同国度的诗人们作为个体知识与感受的承载者,也进行着心灵的碰撞。碰撞中,诗人自觉不自觉地受着自己所钟爱的诗人的影响。虽然称自己为"东方老憨",但"闻一多也盼望着'中西艺术结婚'(甚至还可以说他就是中西诗学融会最

---

① 蒋复璁,梁实秋:《徐志摩全集》(第三卷),北京:中央编译出版社,2013年,第97页。
② 蒋复璁,梁实秋:《徐志摩全集》(第三卷),北京:中央编译出版社,2013年,第128页。
③ 蒋复璁,梁实秋:《徐志摩全集》(第三卷),北京:中央编译出版社,2013年,第128页。

早的倡导者之一),他盼望着自己所喜爱的西方诗歌与中国古典诗歌能交相辉映"。①现代的西方教育和中国的传统文化共同孕育了闻一多内涵丰厚、独具个性的诗歌创作。

闻一多研读过许多外国诗人的作品,受到过很多世界伟大诗人的影响,包括拜伦、雪莱、济慈、庞德、洛威尔、丁尼生、勃朗宁夫妇、惠特曼、桑德堡、哈代、曼斯菲尔德、叶芝等。"闻一多曾先后陶醉在济慈、哈代、豪斯曼、丁尼生、布朗宁等西方诗人的艺术境界里。"②从这些经典作家的诗作中,闻一多汲取了丰富的精神滋养。众多诗人中,闻一多最为敬仰、对闻一多的诗歌创作起到作用最大的当属济慈。

在有关诗歌的评论文章中,闻一多将济慈提倡的诗歌美学的最高原则作为诗歌美学价值取向的原则,把济慈的诗歌、诗句作为评判其他诗歌、诗句艺术水平高低的标准。在闻一多看来,济慈是诗歌的化身,是"诗人的诗人"。闻一多欣赏济慈华美的诗句,感佩济慈超凡的诗艺,敬重济慈脱俗的诗人品格,赞叹济慈笔下灵性的大自然。

在《艺术的忠臣》一诗中,闻一多给予济慈极高的赞誉,称济慈是"诗人的诗人":

> 无数的人臣、仿佛真珠,
> 攒在艺术之王的龙衮上,
> 一心同赞御容的光采;
> 其中只有济慈一个人
> 是群龙拱抱的一颗火珠,
> 光芒赛过一切的珠子。
> 诗人的诗人啊!
> 满朝的冠盖只算得
> 些艺术的名臣,
> 只有你一人是个忠臣。③

---

① 李怡:《中国现代新诗与古典诗歌传统》(增订三版),北京:中国人民大学出版社,2015年,第171页。
② 李怡:《中国现代新诗与古典诗歌传统》(增订三版),北京:中国人民大学出版社,2015年,第169页。
③ 闻一多:《闻一多大全集》(诗歌卷),北京:新世界出版社,2012年,第15页。

这是对济慈极高的赞扬与肯定。闻一多赞济慈为"群龙拱抱的一颗火珠",而且如此与众不同的唯有济慈一人。对济慈的盛赞是因为济慈的诗歌给了闻一多心灵的震撼与感动。最让闻一多震撼的当属济慈诗歌中折射出的"美"。

有学者总结:"一个诗人受另一个诗人的影响,通常表现在思想、技巧和题材选择方面。"①对于济慈最为重要的"消释力"说中的思想内涵,闻一多是用这样的方式表述的:"理性铸成的成见是艺术的致命伤;诗人应该能超脱这一点。诗人应该是一张留声机的片子,钢针一碰着他就响。他自己不能决定什么时候响,什么时候不响。他完全是被动的。他是不能自主,不能自救的。诗人做到了这个地步,便包罗万有,与宇宙契合了。"②而济慈对此的表述是"让我们像花卉那样张开叶子,被动地去接受"。③

"留声机片子"的比喻是闻一多对济慈诗学理论的肯定与回应,是不同的时空里相同诗学观的映照。留声机的片子需要钢针的碰触才可发出声音,花卉需要阳光的照耀才可开放,还要有昆虫的陪伴、雨露的滋养,而片子和花卉共同的特征是"被动的",不受自我个性束缚的、虚以待物的。

1923年,闻一多出版了第一本诗集《红烛》,其中,闻一多将唯美主义的形式与反帝爱国的主题结合在了一起。《红烛》中突显的是诗人对美的执着追求,与济慈诗学观中倡导与践行的"美"的影响是分不开的。

同时,闻一多也受到了济慈重视"想象"与"幻想"的影响,"尤擅于在大胆的想象、新奇的比喻中变幻种种不同的情调色彩"④。作品中,闻一多凸显了想象的力量,通过对幻想的重视体现出其对美的向往与渴望。《红烛》开篇的几首诗歌都体现了闻一多对想象的重视,诗集中《西岸》的题词闻一多直接使用了济慈的英文原诗:"He has (hath) a lusty spring, when fancy clear Takes in all beauty within an easy span."⑤这是济慈在《人生四季》(Four Seasons Fill the Measure of the Year)一诗中的两句,意为:他有蓬勃欢快的春天,天真的幻想／把天下万物变成美的胜景。而诗歌中,闻一多用了"苦雾""死睡""波澜""痛苦""煽癫"等词,这一题词与闻一多的诗形成的反差与张力加深了这首诗歌的现实意义。

---

① 高伟:《翻译家徐志摩研究》,南京:东南大学出版社,2009年,第124页。
② 闻一多:《闻一多大全集》(文艺评论卷),北京:新世界出版社,2012年,第161-162页。
③ Rollins, Hyder Edward (ed.). *The Letters of John Keats* 1814-1821 (*Two Volumes*) (Volume I). Cambridge, Massachusetts:Harvard University Press, 1958:232.
④ 中国大百科全书出版社编辑部编:《中国大百科全书》(中国文学卷II),北京:中国大百科全书出版社,1982年,第978页。
⑤ 闻一多:《闻一多大全集》(诗歌卷),北京:新世界出版社,2012年,第9-10页。

《红烛》中闻一多通过对美的意象的刻画彰显了济慈推崇的唯美境界:"红烛啊! / 流罢! 你怎能不流呢? / 请将你的脂膏/ 不息地流向人间/ 培出慰藉底花儿/ 结成快乐的果子!"①

在《给左明先生》一信中,闻一多表达了自己的诗学感受:"我自己作诗,往往不成于初得某种感触之时,而成于感触已过,历时数日,甚或数月之后,到这时琐碎的枝节往往已经遗忘了,记得的只是最根本最主要的情绪的轮廓。然后再用想象来装成那模糊影响的轮廓,表现在文字上,其结果虽往往失之于空疏,然而刻露的毛病决不会有了。空疏的作品读者看了不发生印象,刻露的作品,往往叫读者发生坏印象。"②

这种对想象的如此深刻的体会受到了济慈诗学观的深刻影响。诗歌不同于别的文体,需有想象的参与。由想象的力量筑建的诗歌,即使于读者空疏,不能留下什么印象,也总比枝节烦琐而刻露的作品要好。

闻一多对想象的重视有多处体现,在《英译李太白诗》中,闻一多写道:"你读这种诗仿佛是在月光底下看山水似的。一切都冥在一层银雾里面,只有隐约的形体,没有鲜明的轮廓,你的眼睛看不准一种什么东西,但是你的想象可以告诉你无数的形体。"③

此处闻一多的诗学理解是对济慈"想象力"诗学观的弘扬与拓展。1820 年 8 月 16 日给雪莱的信中,济慈曾这样阐述过想象力、作者和读者之间的关系:"我的想象力是一座寺庙,我是这座庙宇里的和尚——您得按自己的观念来解释这些想象。"④诗人用想象构建了一座庙宇,读者要自己解读庙宇,感悟想象。而诗歌的美也正体现在"银雾""隐约""轮廓""看不准"当中,基于这些不确定性,读者的想象便活跃起来,参与了作品,与诗人的想象产生了互动。如此,诗歌才会发出奕奕光彩。

最后要探讨的是济慈对朱湘的影响。

朱湘(1904 - 1933)是中国现代诗坛上的一位重要诗人,"清华四子"⑤中的一员,是一位有着独特性格、经历的诗人。1926 年自办刊物《新文》,自己发行,其上

---

① 闻一多:《闻一多全集》(全十二册)(一),武汉:湖北人民出版社,2004 年,第 9 页。
② 闻一多:《闻一多全集(三)书信》,北京:三联书店,1982 年,第 43 - 44 页。
③ 闻一多:《闻一多全集(三)唐诗杂论》,北京:三联书店,1982 年,第 162 页。
④ Rollins, Hyder Edward (ed.). *The Letters of John Keats* 1814 - 1821 (*Two Volumes*) (Volume II). Cambridge, Massachusetts: Harvard University Press, 1958:323.
⑤ 清华四子:20 世纪 20 年代清华园中的四个学生诗人,包括朱湘(字子沅)、饶孟侃(字子离)、孙大雨(字子潜)和杨世恩(字子惠),因在新文学运动中脱颖而出,并称为"清华四子"。

只刊登自己创作的诗文和翻译的诗作,刊物虽只发行了两期,也表现出了朱湘的孤傲、狷刚和特立独行、自主而为的个性。1923年被清华学校开除,1931年被安徽大学解聘,1933年,年仅29岁的朱湘自杀身亡。

自20世纪70年代以来,朱湘的诗文全集、散文集、书信集及其评论文集得以相继出版。朱湘开始得到越来越多的关注,其清婉柔和的语调风格和作品内在的情感表达受到的关注最多。

提到朱湘,不能不提在研究界广为流传的"中国的济慈"这一说法。在发表于1925年5月6日《豫报》副刊上的《通讯(致向培良)》中,鲁迅写道:"因为朱湘似乎已掉下去,没人提他了——虽然是中国的济慈。"①这一说法为大多数批评家所接受,然而也有质疑之音。陈子善教授在2013年首届朱湘学术研讨会之后以"'中国的济慈'?"②为题对此发表评论分析。缘起是在朱湘研讨会上有学者援引鲁迅的话来赞扬朱湘是"中国的济慈",而有的青年学者对此提出质疑。陈子善通过翔实的考据认为"中国的济慈"的说法带有暗讽之意,也不排除鲁迅把闻一多误记为朱湘的可能。

"误记"这一说法源自1981年版《鲁迅全集》中对"中国的济慈"的一条注释,注释中简单介绍济慈之后,写道:"1925年4月2日《京报副刊》发表闻一多的《泪雨》一诗,篇末有朱湘的'附识',其中说:'《泪雨》这诗没有济慈……那般美妙的诗画,然而《泪雨》不失为一首济慈才作得出的诗。'这里说朱湘'是中国的济慈',疑系误记。"③

不管是否误记,也无论朱湘是不是"中国的济慈",或以怎样的方式成为"中国的济慈",济慈确是朱湘最为欣赏、受其影响最深的诗人,朱湘先后翻译了济慈的6首诗歌,译名分别为:《希腊皿曲》(Ode on a Grecian Urn)、《夜莺曲》(Ode to a Nightingale)、《秋曲》(To Autumn)、《无情的女郎》(La Belle Dame sans Merci: A Ballad)、《最后的诗》(Bright star, would I were stedfast as thou art)及《圣亚妮节之夕》(The Eve of St. Agnes)。而弥尔顿、华兹华斯、柯勒律治、雪莱、布莱克、彭斯的诗朱湘仅各译过一首。这从一个侧面反映出了朱湘对济慈诗歌的关注和偏爱。

朱湘将济慈的诗学理念作为其评判和分析诗歌的标准、表达诗情的准则,可见济慈对朱湘的影响至深。

---

① 鲁迅:《鲁迅全集》(第七卷),北京:人民文学出版社,1981年,第272页。
② http://wzwb.66wz.com/html/2013-10/13/content_1528436.htm 陈子善:"中国的济慈",载《温州晚报》2013.10.13。
③ 鲁迅:《鲁迅全集》(第七卷),北京:人民文学出版社,1981年,第273页。

第六章 济慈诗学观对于世界诗歌发展的影响

"北海纪游"中,半路遇雨,朱湘写道:"我此时不觉地联想起济慈的四行诗来:'Ever let the Fancy roam, Pleasure never is at home; At a touch sweet Pleasure melteth, Like to bubbles when rain pelteth.'"①朱湘在写作中直接引用了英文,至少表明了两点:朱湘对济慈的诗歌熟记在胸;他认为任何翻译都无法与原文所传达的美所媲美。这四行诗是济慈《幻想》(Fancy)一诗中的前四行,大意为:永远让幻想去漫游,欢乐绝不滞留家中;甜蜜的欢乐一被碰触就融化了,像大雨激起的一个个水泡。对雨景的感慨都要援引济慈,朱湘对济慈诗作的肯定与欣赏之情跃然纸上。

朱湘着力赞扬济慈"描画美妙感觉的诗":"英国的大诗人济慈作了许多描画美妙的感觉的诗,如《我踮着脚立于小山上》(I Stood Tip-toe Upon a Little Hill)一篇描写诗,又如《圣厄格尼司节的上夕》(The Eve of St. Agnes)一篇长体叙事诗,都是描写一些新鲜的感觉的;这一种的诗在我国的诗中很难找到。"②朱湘所说的"美妙感觉""新鲜感觉"是对济慈诗歌中淋漓、畅快、自然的情感抒发方式的肯定,也是对济慈对美的表达方式的赞扬。

1924年,朱湘发表了一系列"桌话"(Table-talk),在《吹求的与法官式的文艺批评》一文中,朱湘对济慈的《圣亚妮节前夜》(The Eve of St. Agnes)一诗进行评论分析之时,提出了"纯诗""诗的真理""美"的概念:"我相信用纯诗——诗的真理——的眼光来看济慈这首诗的人看到此处,不仅是不觉得不满,并且极为愉快的。考古学者虽然在这里发现了一点时代错误(anachronism),我们并不得因了这层绝对的真理的缘故而减低我们对于诗的真理——即是美——的鉴赏。"③

朱湘通过"纯诗""诗的真理""美"这三个概念诠释了他对于真正的文学的界定,并着重对美进行了阐释:"我的心目中的诗的真理即是美,我所说的美并非限定文中要用'红''绿'等字眼……我所说的美也非限定文中必写美人……美不仅包括雕梁画栋,如柯勒立(柯勒律治)的《忽必烈汗》所歌咏的,连济慈的《圣厄格尼司节的上夕》中所说的高的盔毛拂去了蛛网的屋子也在其中;美不仅包括奇山异水,如雪莱的《亚拉斯忒》(Shelley's Alastor)所描写的,连华兹渥斯(华兹华斯)的《她住在人迹罕至的地方》(She Dwelt among the Untrodden Ways)一诗的一花一星也在其中;不仅写高贵的人生的史判塞(斯宾塞)的《仙后》(Spenser's Faerie Queen)是美的,就是写平凡人生蓝默的《博图夫人关于哑牌的见解》也是美的;不

---

① 孙玉石编:《朱湘散文选集》(第3版),天津:百花文艺出版社,2009年,第12页。
② 朱湘:《朱湘文集》,北京:线装书局,2009年,第80—81页。
③ 朱湘:《朱湘作品集》(二),开封:河南大学出版社,2004年,第393页。

仅写梦幻的人生的沙士比(莎士比亚)的《仲夏夜之梦》(Shakespeare's Mid-summer Night's Dream)是美的,就是写现实的人生的辛基的《向海的骑人》(Synge's Riders to the Sea)也是美的。"①

不能不说朱湘的诗学观受到了济慈"真即是美,美即真"诗学观的影响。朱湘强调,诗歌不是靠感叹词来渲染感情的炽烈的,也不必用那诸如"爱情"之类的时髦名词,"最简单而美好的"便是作诗的成功所在。这与济慈一再强调的诗要有美妙的充溢,作诗要如枝上生叶、太阳升起落下般自然的诗学理念是极为相似的。而朱湘认为的"美"不必是鲜艳色彩、奇山异水,也不必是美景美人、雕梁画栋,作品可以是美的、场景可以是美的、作品中的反面角色也可以是美的。所以,在诗学意义上的"美"不同于日常人们所说的"美",朱湘用散文式的语言表述的正是济慈诗学观中美的三种形态:感性美、原生美和幻境美。

在"梦苇的死"中,朱湘写道:"看天河边坠下了一颗流星,你的灵魂已经滑入了那乳白色的乐土与李贺、济慈同住了。"其后紧随一首诗歌:"巢父掉头不肯住,东将入海随烟雾。诗卷长留天地间,钓竿欲拂珊瑚树。"②可以见出,朱湘对李贺、济慈的崇拜至深,与他们"同住"是人生的至幸、死后最为光耀的去处。

不管是济慈还是朱湘,在他们的诗学理论和诗歌创作的过程中,都有一个他们无法回避的主题——如何表现人生苦难。他们经历的人生都是短暂的,短暂的生命中都历经挫折、步履维艰。

朱湘曾在《小河》中以艺术的美来实现对人生苦难的解脱和超越:"有时我流得很慢/ 那时我明镜不殊/ 轻舟是桃色的游云/舟子是披蓑的小鱼;……烈日下我不怕燥热:我头上是柳荫的青帷/旷野里我不愁寂寞:我耳边是黄莺的歌吹。"③对于苦难的超越,两位诗人都选择了可视、可听、可感的大自然。朱湘的诗歌世界里有黄莺的歌吹,济慈的美好世界里有夜莺的鸣唱——鸟儿的吟唱中诗人在想象的世界里感知欢欣、感知美。

---

① 朱湘:《朱湘作品集》(二),开封:河南大学出版社,2004年,第394页。
② 孙玉石编:《朱湘散文选集》(第3版),天津:百花文艺出版社,2009年,第34页。
③ 蓝棣之编:《新月派诗选》,北京:人民文学出版社,2009年,第133-134页。

结 语

"诗学作为系统理性的体现,代表了一种比主客认识更深刻的认识论,而一种新的诗学样式就是个体和宇宙、局部和整体、系统和环境的新的连接方式,同时也是新的解悖论的尝试。"[1]每种诗学样式都涉及广泛,受到关注、得以流传也必有其独特的价值和存在的意义,对济慈诗学观的阐释和分析,探讨的是济慈的诗学系统与现时代的理论环境和表达方式的连接及济慈诗学观的启迪意义。

本书对济慈诗学观研究的主要内容由三大部分组成,第一部分从济慈诗学观的文化探源入手探讨济慈诗学观形成的渊源。第二部分论述了济慈诗学观的主要内涵。第三部分是济慈诗学观对于世界诗歌发展产生的影响的讨论。

济慈诗学观的形成离不开欧洲文坛的文化沃土,尤其是浪漫主义思潮的深刻影响。而对浪漫主义时期诗歌信条的反思和弘扬才有了济慈独特而影响深远的诗学观。英国先哲诗人和与他同时代的理论家对济慈也有着深远影响,尤其是莎士比亚、斯宾塞、弥尔顿和哈兹里特。济慈对希腊文化极为崇拜,希腊诸神构筑了济慈诗歌中的众多意象。济慈诗学观的形成也得到了希腊文化的滋养和孕育。希腊神话中的人物和主题是济慈取之不尽的诗歌主题。

本书论述了济慈诗学观四个方面的主要内涵:"消释力"说、情感、美与幻及自然诗学意识。

济慈诗学观的根本出发点是他提出的"消释力"说,对于这一重要概念,本书采用了"消释力"这一中文释义方式。本书梳理了济慈诗学概念"Negative Capability"的诸多汉译,在对济慈这一重要的诗学观及其存在的种种汉语释义进行了探讨和考辨的基础上,本书中提出了新的释义方式"消释力",并对这一释义方式的采用进行了解析,阐释了这一诗学观对当今时代的重要意义,不仅是艺术家,每

---

[1] 范劲:《作为后理论实践的诗学——编选<西方现代诗学选读>引起的思考》,《人文杂志》,2015,(1):52-62.

个人都应学会聆听、用心感受万物生息。

对概念翻译的考究是必要的。翻译担负着桥梁的作用、传播的作用,所以翻译的目的是不断地更接近原词语的本意,这种接近本身也是一种创作。当然,不能把这种创作理解为自造,也不能过度阐释,更不能做移花接木的游戏。

翻译最终,"信"还是最重要的,失掉了"信",翻译无从谈起,翻译的意义也荡然无存。重要概念之所以要重译,重译的目的是为了对概念进行更多的思考,也引发更多学者的思考;重译的过程在于要使概念更接近于提出者提出这一概念时原本想表达之意。

济慈情感观受到其"消释力"说的影响最为深刻,对情感的崇尚是济慈诗学观主要内涵的第二个方面。

济慈认为诗歌是人类情感的自然表达,诗歌的创作不可矫揉造作,而必须像春天枝头生叶般自然而成,诗歌创作必须有真情实感方可为之。诗歌要言说读者欲言而未能言之句。诗歌中的强烈情感不应仅仅是诗人的个人感受,更不只为满足诗人个体的表达之欲,诗歌传递给读者的情感应当是读者熟悉的、曾经有过、体验过或是设想过的。作为情感体验中重要的一种——尴尬在济慈的世界中扮演了重要的角色。尴尬对济慈的诗歌创作影响至深,诗人用"消释"之法化解了人生的尴尬。

济慈对情感的强调、对纯粹情感的倡导在当今社会是有着重要意义的。"在当今技术理性泛滥的时代,在目前急功近利、实用主义的社会中,有必要再次倡导情感的价值。"[①]当今社会,人的情感已经被压缩到一个很小的空间,对物质、金钱、地位、名利的追求远远胜过了对感情,尤其是爱情的重视,人们用对物质的不懈追求弥补着情感的缺失贫乏。

在物质生活极大丰富的当下,美在以各种机械、形象的方式充盈着我们的视觉世界,人们无时不生活在现实的束缚和考量之中,而且身陷其中越深越感觉不到幸福,因为美被机械化了。但情感无法被机械化,情感的缺失是很多社会现象存在最重要的前提,情感的缺失导致了真实的缺席和真诚的缺失。因为没有情感,责任感和使命感无从谈起,所以一个社会的真诚程度、热心程度跟它的情感程度紧密相关,当然也跟作为人类精神食粮的文学的状态紧密相关。而艺术家是给世界以艺术、给生活以希望的。济慈对情感自然表达的重视值得作家、读者借鉴、学习。

美是济慈诗学观中重要的关键词。济慈为美而感、为美而叹、为美而诗。对真与美的阐释及对想象的强调是济慈诗学观对文学界的重要贡献。济慈的"美"、济慈的"幻"和济慈的想象都有着独特的价值和意义。本书中阐释了济慈三种形

---

① 刘春芳:《英国浪漫主义诗歌情感论》,天津:天津大学出版社,2011年,第13页。

态的美。

　　生态是近年来大家关注的话题,济慈所处的时代没有"生态"这一提法,但济慈对大自然的崇与爱构筑了济慈的自然诗学,是生态美学的萌芽,值得今天的我们学习。对于大自然,我们应有的态度不是改造,而是认识世界、顺应自然,怀着对自然的尊重去研究大自然蕴含的精神和力量。这才是人类,尤其是研究者们应该做的。

　　无论在英国本土还是全世界的文学界,济慈诗学观的影响都是至深的。济慈诗学观在整个文学研究领域都占有一席之地,受到济慈影响最大的当属英美作家。济慈诗学观对中国新诗的发展也起到了举足轻重的作用。本书中分析了济慈对现代诗人徐志摩、闻一多和朱湘的影响。时至今日,诗人们依然能从济慈的诗歌里获得力量:"济慈的清词丽句一度是我写作的目标,特别是他的激情,那是一种无法回避的感染力。"①

　　本书的论述中也存在不尽如人意之处。

　　自本书写作之初,选定对济慈的文思和诗歌解读探讨之时,便忐忑不敢下笔,深恐如丁宏为先生所述:"我们对诗歌的解读也就像阿波罗尼亚斯对拉米娅那样,往往简化为看穿、解构或批判,最终与诗人们对艺术、对真实性的哲学思考和他们自省时所表现出的复杂情怀并不能同日而语,倒可能反映出我们学术话语中隐含的冷漠、生硬和突兀。"②

　　本书写就,其中难免冷漠、生硬和突兀,结稿之时,反观本书,研究的不足之处主要体现在以下两个方面:

　　1. 对济慈的影响发掘不够,济慈诗学观对文学界的影响之广、之深在本书中没得到全面的展现;

　　2. 囿于笔者的学术积累和英语、汉语理解和表达能力的局限,对外文资料的翻译和理解难免存在牵强和疏忽的地方。

　　学术之路永无止境,笔者的研究在本领域有诸多可拓展之处。

　　除了"Negative Capability",济慈其他很多概念或精彩的用词值得深入探究,如"camelion"等词在济慈书信中要表达的确切之意与未尽之意。英语研究界已有这一方面的研究③,中文研究领域还没有评论家就此做过深入研究和探讨。

---

① 马铃薯兄弟:《诗的青鸟,探看着回返之路——宋琳访谈录》,《中国诗人》2004 年第 4 期。
② 丁宏为:《真实的空间——英国近现代主要诗人所看到的精神境域》,北京:北京大学出版社,2013 年,第 217 - 218 页。
③ Trayiannoudi, Litsa. *John Keats: The "Camelion" Poet of His Odes*. Yearbook of English studies. 1989, (1):471 - 482.

另如想象和幻想这两个诗歌创作和文学研究中重要概念的阐释，济慈对这两个概念的阐释对后来的作家产生过什么样的具体影响，这些都是值得进一步探讨和研究的。

作为对一名英国诗人的研究，除了理解诗人的论述，语言也是不可忽视的影响因素，语言无法对等，不同的文化语境对同样词语的接受和诠释也不尽相同，所以，对英语概念的理解与翻译对文学研究至关重要。而翻译是一个持续而久远的过程，无限接近原意是译者无止境的探求。翻译，尤其是对观念、概念的翻译不是一下子就能完成的。同时，传播的过程也会不断促进翻译的修正与提高。

此外，本书中用了一个章节探讨了济慈的情感观。济慈情感观的意义不仅在于其中所包含内容对诗学发展的价值，更在于济慈对情感的推崇可以给人们更大的思考情感重要性的空间。

情感是一种超越理性的创造力，情感不仅有深度，而且还有难以临摹的创造性。文学艺术领域，没有情感的人可以理性重复，但谈不上创造。鲁迅著述丰富，写那么多东西就是他从根本上不愿意委屈自己的情感，时刻想找一种通道将这种强烈的情感宣泄出来，不管是骂人也好、讽刺也好，他不愿意偃旗息鼓，他的情感不容许他妥协。这就是他创作的根本，所以写作从根本上来说不是能力问题，决定艺术、文学高度的不是修辞能力、文字能力，而是情感的细腻、丰富和强烈，情感的冲动给艺术家以强大的力量，千方百计也要通过一定的方式把情感表达出来。

情感造就了人们的想象力，没有情感人类就没有想象力，而文化产业的不发达正是源于想象力不够，想象力不够是因为情感不够，以致文化产品千篇一律、缺乏新意。

对于今天已经进入的"微世界"，在社会体制、社会机器空前完善的情况下，影响这个世界走向的不再是某一种制度或某一个政策，而是微世界的微妙传播，或者说是人们的情感去向。情感看不见、摸不着、没有边际，但是它决定我们的力量是巨大的，它决定着这个世界的状态和趋势。没有想象力不可能出现互联网，显示不出虚拟世界这么繁华的景象，但是想象力的产生必须对社会的未来、对人类有一种超乎寻常的感情的期许，这就是情感的力量。

所以，情感的重要性于当今世界更为重要。如何从济慈和其他诗人的诗歌和诗论中发掘出更多对当代世界的创作者和欣赏者有帮助的理论依据、价值论断值得今后的研究者继续开拓。

参考文献

一、济慈诗歌、书信文献：

［英］约翰·济慈（Keats, John）：《济慈诗选：英汉对照》，屠岸译，北京：外语教学与研究出版社，2011年。

［英］约翰·济慈（Keats, John）：《济慈诗选》，屠岸译，北京：人民文学出版社，1997年。

［英］约翰·济慈（Keats, John）：《济慈书信集》，傅修延译，北京：东方出版社，2002年。

［英］约翰·济慈（Keats, John）：《夜莺与古瓮：济慈诗歌精粹》，屠岸译，北京：人民文学出版社，2008年。

Allott, Miriam (ed.). *The poems of John Keats.* London：Longman, 1972.

Arnold, William T. (ed.). *The poetical works of John Keats.* London：Macmillan and co., ltd., 1920.

Barnard, John (ed.). *John Keats：Selected poems.* London; New York：Penguin Books, 1988.

Becker, Michael G. *A concordance to the poems of John Keats.* New York：Garland, 1981.

Briggs, Harold Edgar (ed.). *Complete poetry and selected prose of John Keats.* New York：Modern Library, 1951.

Bush, Douglas (ed.). *John Keats：Selected poems and letters.* Boston, Houghton Mifflin, 1959.

Coleridge, Samuel Taylor. *The poetical works of Coleridge and Keats.* with a memoir of each. Boston, Houghton, Mifflin and company [1880].

Coleridge, Samuel Taylor. *The poetical works of Coleridge, Shelley and Keats.* Philadelphia：Thomas, Cowperthwait & CO., 1844.

Colvin, Sidney (ed.). *Letters of John Keats to his family and friends.* London, Macmillan, 1928.

Colvin, Sidney (ed.). *Letters of John Keats to his family and friends.* London and New York, Macmillan and co., 1891.

Colvin, Sidney (ed.). *The poems of John Keats.* London: Chatto & Windus, 1915.

Cook, Elizabeth (ed.). *John Keats.* Oxford; New York: Oxford University Press, 1994.

Forman, H. Buxton (ed.). *John Keats: Complete works.* Glasgow, Gowans & Gray, 1900 – 1901.

Forman, H. Buxton (ed.). *The poetical works and other writings of John Keats.* New York, Phaeton Press, 1970.

Forman, H. Buxton (ed.). *The poetical works and other writings of John Keats.* New York, C. Scribner's sons, 1938 – 1939.

Forman, H. Buxton (ed.). *The poetical works of John Keats given from his own editions and other authentic sources and collated with many manuscripts.* New York, Boston, T. Y. Crowell & Company, 1895.

Forman, H. Buxton (ed.). *The poetical works of John Keats.* London, Reeves & Turner, 1896.

Forman, H. Buxton (ed.). *The poetical works of John Keats.* London, Oxford University Press, H. Milford, 1929.

Forman, Harry Buxton (ed.). *Letters of John Keats to Fanny Brawne: written in the years MDCCCXIX and MDCCCXX and now given from the original manuscripts.* New York: Scribner, Armstrong, 1878.

Forman, Maurice Buxton (ed.). *John Keats's Anatomical and physiological note book: Printed from the holograph in the Keats museum, Hampstead.* Oxford: H. Milford. Oxford University Press, 1934.

Forman, Maurice Buxton (ed.). *The letters of John Keats.* London, New York: Oxford University Press, 1952.

Garrod, H. W. (ed.). *Poetical works.* London, New York: Oxford University Press 1956.

Garrod, H. W. (ed.). *The Poetical Works of John Keats.* Oxford: The Clarendon Press, 1939.

Gillham, D. G. (ed.). *John Keats:Poems of* 1820; *and*, *The fall of Hyperion*. London, Collins, 1969.

Gittings, Robert (ed.). *The odes of Keats and their earliest known manuscripts*. Ohio:Kent State University Press, 1970.

Hewlett, Dorothy (ed.). *Keats at Wentworth Place:poems written December* 1818 *to September* 1820. London, London Borough of Camden (Libraries & Arts Department), 1971.

Houghton, Lord (ed.). *Life and letters of John Keats*. London:Oxford University Press, 1931.

Houghton, Lord (ed.). *The life and letters of John Keats*. London, E. Moxon, 1867.

Houghton, Lord (ed.). *The poetical works of John Keats*. London:Bell, 1876, 1912 printing.

Howitt, Mary Botham. *The poetical works of Howitt*, *Milman*, *and Keats*. Philadelphia, Crissy and Markley, 1853.

Howitt, Mary Botham. *The poetical works of Howitt*, *Milman*, *and Keats:complete in one volume*. Philadelphia:Crissy & Markley, 1846.

Keats, John. *Complete poems and selected letters of John Keats*. New York:Modern Library, 2001.

Keats, John. *Endymion*, *a poetic romance*. London, H. Milford, Oxford university press, 1927.

Keats, John. *Endymion*. Cambridge:Chadwyck – Healey, 1992.

Keats, John. *Endymion:a poetic romance*. London:Printed for Taylor and Hessey …, 1818.

Keats, John. *John Keats. Unpublished poem to his sister Fanny*, *April*, 1818. Boston, Printed for members only, The Bibliophile Society, 1909.

Keats, John. *Lamia*, *Isabella*, *The eve of St. Agnes*, *and other poems*. New York, Payson & Clarke, 1927.

Keats, John. *Lamia*, *Isabella*, *The eve of St. Agnes*, *and other poems*. London, Printed for Taylor and Hessey, 1820.

Keats, John. *Letters of John Keats to Fanny Brawne:written in the years of MDCCCXIX and MDCCCXX*. New York:G. Broughton and B. Dunham, 1901.

Keats, John. *Letters*. London, New York, Oxford University Press, 1952.

Keats, John. *Poems, odes, sonnets*. Mount Vernon, [N. Y.] Peter Pauper Press, 1952.

Keats, John. *Poems*. Cambridge:Chadwyck – Healey, 1992.

Keats, John. *Poems*. London:Printed for C. & J. Ollier..., 1817.

Keats, John. *Poems*. New York, Payson & Clarke Ltd. , 1927.

Keats, John. *Selected letters of John Keats*. Cambridge, Mass. :Harvard University Press, 2002.

Keats, John. *Selected letters*. Oxford:Oxford University Press, 2002.

Keats, John. *The complete poetical works and letters of John Keats*. Boston, New York, Houghton, Mifflin and company, 1899.

Keats, John. *The eve of Saint Agnes*. Guildford [England]:A. C. Curtis, 1903.

Keats, John. *The eve of St. Agnes: and other poems*. Boston: James R. Osgood, 1876.

Keats, John. *The letters of John Keats*. London, Reeves & Turner, 1895.

Keats, John. *The poems of John Keats*. London:G. Newnes; New York:C. Scribner, 1902.

Keats, John. *The poems*. New York:Knopf:Distributed by Random House, 1999.

Keats, John. *The poetical works of John Keats*. London, W. Smith, 1841.

Keats, John. *The poetical works of John Keats*. London:Edward Moxon, 1851.

Keats, John. *The poetical works of John Keats*. New York, American publishers corporation 1818.

Keats, John. *The poetical works of John Keats. With a life*. Boston, Little, Brown and company; New York, Evans and Dickerson, 1854.

Low, Will H. *Lamia*, Philadelphia:J. B. Lippincott, 1888.

Madden, O. E. (ed.). *The love letters of John Keats*. Oxford:Ivy, 1993.

Milnes, Richard Monckton (ed.). *Life, letters, and literary remains, of John Keats*. New York, G. P. Putnam, 1848.

Motion, Andrew (ed.). *John Keats:Poems*. London:Faber and Faber, 2000.

Mrs. Shelley (ed.). *John Keats and Percy Bysshe Shelley: complete poetical works*. New York:The Modern Library, n. d.

Murry, John Middleton (ed.). *The poems & verses of John Keats:edited and arranged in chronological order*. London:The King's Printers, 1930.

Newbolt, Henry (ed.). *Poems of John Keats*. New York:Books, Inc. , n. d.

Palgrave, Francis Turner (ed.). *The poetical works of John Keats.* London, New York, Macmillan Co., 1894.

Palgrave, Francis Turner (ed.). *The poetical works of John Keats.* London, Macmillan and co., limited; New York, The Macmillan co., 1889.

Palgrave, Francis Turner(ed.). *The Golden Treasury of the Best Songs and Lyrical Poems in the English Language.* Cambridge; London: Macmillan, 1861.

Raleigh, Walter (ed.). *Poems.* London, New York, George Bell, 1905.

Robertson, M. (ed.). *Keats poems published in* 1820. Oxford, Clarendon Press 1925.

Rollins, Hyder Edward (ed.). *The Letters of John Keats* 1814 – 1821 (*Two Volumes*). Cambridge, Massachusetts: Harvard University Press, 1958.

Scott, Walter S. (ed.). *The poetical works of John Keats.* London, J. Finch and co., limited; New York, The Macmillan Company, 1902.

Scott, William B. (ed.). *The poetical works of John Keats.* London; New York: G. Routledge and Sons, 1871.

Sélincourt, E. De. *The poems of John Keats.* New York, Dodd, Mead and company, 1905.

Stillinger, Jack (ed.). *John Keats: Complete poems.* Cambridge, Massachusetts: Belknap Press of Harvard University Press, 1982.

Stillinger, Jack (ed.). *John Keats: Endymion: a facsimile of the revised holograph manuscript.* New York: Garland Pub., 1985.

Stillinger, Jack (ed.). *John Keats: Manuscript poems in the British Library: facsimiles of the Hyperion holograph and George Keats's notebook of holographs and transcripts.* New York: Garland Pub., 1988.

Stillinger, Jack (ed.). *John Keats: Poems, transcripts, letters, &c.: facsimiles of Richard Woodhouse's scrapbook materials in the Pierpont Morgan Library.* New York: Garland Pub., 1985.

Stillinger, Jack (ed.). *John Keats: The Charles Brown poetry transcripts at Harvard: facsimiles including the fair copy of Otho the Great.* New York: Garland, 1988.

Stillinger, Jack (ed.). *John Keats: The Woodhouse poetry transcripts at Harvard: a facsimile of the W2 notebook, with description and contents of the W1 notebook.* New York: Garland, 1988.

Stillinger, Jack (ed.). *Poetry manuscripts at Harvard,* Cambridge. Mass.:

Belknap Press of Harvard University Press, 1990.

Thorpe, Clarence De Witt (ed.). *Complete poems and selected letters.* New York, Odyssey Press, 1935.

Trilling, Lionel (ed.). *Selected letters.* New York, Farrar, Straus and Young 1951.

Vendler, Helen. *The Odes of John Keats.* Cambridge, Mas.: Belknap Press of Harvard University Press, 1983.

Ward, Aileen (ed.). *The poems of John Keats.* New York: Heritage Press, 1966.

Washington, Peter (ed.). *John Keats: Poems.* New York: A. A. Knopf: Distributed by Random House, 1994.

Wehnert, Edward H. (ed.). *The eve of St. Agnes.* London, Low, 1859.

Weller, Earle Vonard (ed.). *Autobiography of John Keats.* Stanford University, Calif., Stanford University Press; London, H. Milford, Oxford University Press, 1933.

Weller, Vonard (ed.). *Keats and Mary Tighe; the poems of Mary Tighe with parallel passages from the works of John Keats.* New York, The Century Co. for the Modern Language Association of America, 1928.

Williams, Bristol (ed.). *More Orion Poetry.* Webster Groves, Mo., The International Mark Twain society, 1941.

Williamson, George C. (ed.). *The Keats letters, papers and other relics forming the Dilke bequest in the Hampstead public library, reproduced in fifty eight collotype facsimiles.* London, New York, John Lane, 1914.

二、其他作家作品文献：

[德]马克思(Karl, Marx),恩格斯(Engels, Friedrich):《马克思恩格斯选集》(第一卷),中共中央马克思恩格斯列宁斯大林著作编译局编译,北京:人民出版社,1995年。

[俄]列宁(Vladimir Ilyich Ulyanov):《列宁全集》(第29卷),中共中央马克思恩格斯列宁斯大林著作编译局编译,北京:人民出版社,1985年。

[英]艾略特(Eliot, T. S.):《艾略特文学论文集》,李赋宁译注,南昌:百花洲文艺出版社,1994年。

[英]拜伦(Byron, G. G.):《拜伦诗选》,查良铮译,上海:上海译文出版社,1982年。

［英］拜伦(Byron, G. G.):《恰尔德·哈洛尔德游记》,杨熙龄译,上海:上海译文出版社,1990 年。

［英］丁尼生(Tennyson, A.):《丁尼生诗选:英汉对照》,黄杲炘译,北京:外语教学与研究出版社,2014 年。

［英］丁尼生(Tennyson, A.):《丁尼生诗选》,黄杲炘译,上海:上海译文出版社,1995 年。

［英］哈代(Hardy, T.):《哈代诗选:英汉对照》,飞白译,北京:外语教学与研究出版社,2014 年。

［英］华兹华斯(Wordsworth, W.):《华兹华斯抒情诗选》,黄杲炘译,上海:上海译文出版社,1986 年。

［英］华兹华斯(Wordsworth, W.):《序曲》(1850)(第三卷),丁宏为译,北京:中国对外翻译出版公司,1999 年。

［英］王尔德(Wilde, O.):《王尔德诗选:英汉对照》,汪剑钊译,北京:外语教学与研究出版社,2014 年。

［英］雪莱(Shelley, P. B.):《雪莱诗选》,江枫译,北京:中央编译出版社,2004 年。

顾永棣编:《徐志摩全集:全6册》(散文卷),杭州:浙江人民出版社,2015 年。

顾永棣编:《徐志摩全集:全6册》(诗歌卷),杭州:浙江人民出版社,2015 年。

江枫主编:《雪莱全集》,江枫译,石家庄:河北教育出版社,2000 年。

蒋复璁,梁实秋:《徐志摩全集》(第三卷),北京:中央编译出版社,2013 年。

蒋复璁,梁实秋:《徐志摩全集》(第一卷),北京:中央编译出版社,2013 年。

鲁迅:《鲁迅全集》(第一卷),北京:人民文学出版社,1981 年。

孙玉石编:《朱湘散文选集》(第 3 版),天津:百花文艺出版社,2009 年。

闻一多:《闻一多大全集》,北京:新世界出版社,2012 年。

闻一多:《闻一多全集(三)书信》,北京:三联书店,1982 年。

闻一多:《闻一多全集(三)唐诗杂论》,北京:三联书店,1982 年。

徐志摩等著,黎娜主编:《一本书读完最美的诗歌》,北京:中国华侨出版社,2013 年。

朱湘:《朱湘文集》,北京:线装书局,2009 年。

朱湘:《朱湘作品集》(二),开封:河南大学出版社,2004 年。

Dyke, Henry Van (ed.). *Poems of Tennyson*. Boston: Ginn & Company, Publishers U. S. A., 1903.

Eliot, T. S. *The Use of Poetry and the Use of Criticism*. Cambridge: Harvard University Press, 1933.

Keynes, Geoffrey (ed.). *Poetry and Prose of William Blake* (the 4th edition). London:The Nonesuch Press, 1939.

Page, Norman, (ed.). *Dichens:Hard Times, Great Expectations and Our Mutual Friend – A Selection of Critical Essays*. London and Basingstoke:The Macmillan Press Ltd, 1979.

Thoreau, Henry David. *Walden*. New York:Sheba Blake Publishing, 2013.

三、研究专著类文献：

［奥］弗里德里希·希尔（Heer, F.）：《欧洲思想史》，赵复三译，桂林：广西师范大学出版社，2007年。

［丹麦加］勃兰兑斯（Brandes, Georg）：《十九世纪文学主流》（第四分册英国的自然主义），徐式谷、江枫、张自谋译，北京：人民文学出版社，1984年。

［德］黑格尔（Hegel, Georg Wilhelm Friedrich）：《美学》（第三卷下册），朱光潜译，北京：商务印书馆，1996年。

［德］黑格尔（Hegel, Georg Wilhelm Friedrich）：《美学》（第一卷），朱光潜译，北京：商务印书馆，1996年。

［德］亨利希·海涅（Heine, Heinrich）：《论浪漫派》，张玉书译，北京：人民文学出版社，1979年。

［德］马丁·海德格尔（Heidegger, Martin）：《存在与时间》，陈嘉映、王庆节译，北京：三联书店，1987年。

［德］马丁·海德格尔（Heidegger, Martin）：《演讲与论文集》，孙周兴译，北京：三联书店，2005年。

［俄］列夫·托尔斯泰（Tolstoy, Leo）：《艺术论》，丰陈宝译，北京：人民文学出版社，1958年。

［法］波德莱尔（Baudelaire, Charles）：《浪漫派的艺术》，郭宏安译，南京：译林出版社，2014年。

［法］戈蒂耶（Théophile Gautier）：《浪漫主义回忆》，赵克非译，北京：人民文学出版社，2011年。

［法］米·杜夫海纳（Dufrenne, Mikel）：《审美经验现象学》（上、下册），韩树站译，北京：文化艺术出版社，1996年。

［法］西蒙娜·薇依（Weil, Simone）：《柏拉图对话中的神：薇依论古希腊文学》，吴雅凌译，北京：华夏出版社，2012年。

[古希腊]亚里士多德(Aristotle),[古罗马]贺拉斯(Quintus Horatius Flaccus):《诗学诗艺》,罗念生译,杨周翰译,北京:人民文学出版社,1982年。

[古希腊]亚里士多德(Aristotle):《诗学》,罗念生译,上海:上海人民出版社,2006年。

[加]诺思洛普·弗莱(Frye, Northrop):《批评的剖析》,陈慧,袁宪军,吴伟仁译,天津:百花文艺出版社,1998年。

[加]诺思洛普·弗莱(Frye, Northrop):《世俗的经典:传奇故事结构研究》,孟祥春译,上海:上海人民出版社,2009年。

[美]艾布拉姆斯(Abrams, Meyer Howard):《镜与灯——浪漫主义文论及批评传统》,郦稚牛,张照进,童庆生译,北京:北京大学出版社,2004年。

[美]安妮特·T·鲁宾斯坦(Rubinstein, Annette T.):《英国文学的伟大传统(中):从彭斯到莱姆》,陈安全等译,上海:上海译文出版社,1998年。

[美]雷·韦勒克(Wellek, Rene),《近代文学批评史》(中文修订版)第二卷,杨自伍译,上海:上海译文出版社,2009年。

[美]雷·韦勒克(Wellek, Rene),奥·沃伦(Warren, Austin):《文学理论》,刘象愚等译,北京:三联书店,1984年。

[美]桑塔格(Sontag, S.):《疾病的隐喻》,程巍译,上海:上海译文出版社,2014年。

[英]芬利(Finley, M. I.):《希腊的遗产》,张强等译,上海:上海人民出版社,2004年。

[英]哈维(Harvie, C.)、马修(Matthew, H. C. G.):《十九世纪英国:危机与变革:英汉对照》,韩敏中译,北京:外语教学与研究出版社,2013年。

[英]拉曼·塞尔登(Selden, Raman):《文学批评理论——从柏拉图到现在》,刘象愚、陈永国等编,北京:北京大学出版社,2000年。

[英]罗素(Russell, B.):《西方哲学史》,张作成编译,北京:北京出版社,2012年。

[英]马修·阿诺德(Arnold, Matthew):《文化与无政府状态》(修订译本),韩敏中译,北京:生活·读书·新知三联书店,2012年。

[英]玛里琳·巴特勒(Butler, Marilyn):《浪漫派、叛逆者及反动派:1760-1830年间的英国文学及其背景》,黄梅、陆建德译,沈阳:辽宁教育出版社,1998年。

[英]以赛亚·伯林(Berlin, I.):《浪漫主义的根源》,吕梁,洪丽娟,孙易译,南京:译林出版社,2011年。

毕小君:《英美诗歌概论》,北京:知识产权出版社,2009年。

常耀信主编:《英国文学通史》(第2卷),天津:南开大学出版社,2011年。

邓晓芒:《中西文化视域中真善美的哲思》,哈尔滨:黑龙江人民出版社,2004年。

丁宏为:《真实的空间——英国近现代主要诗人所看到的精神境域》,北京:北京大学出版社,2013年。

冯友兰:《冯友兰谈哲学》,北京:当代世界出版社,2006年。

傅修延:《济慈评传》,北京:人民文学出版社,2008年。

傅修延:《济慈诗歌与诗论的现代价值》,北京:北京大学出版社,2014年。

高伟:《翻译家徐志摩研究》,南京:东南大学出版社,2009年。

高伟光:《英国浪漫主义的乌托邦情结》,北京:中央编译出版社,2004年。

高原:《人文蓝典》,兰州:甘肃人民出版社,2008年。

耿幼壮:《倾听——后形而上学时代的感知范式》,北京:北京大学出版社,2013年。

辜鸿铭:《中国人的精神》,海口:海南出版社,1996年。

江河编:《中外名人书信精编》,北京:中国文史出版社,2012年。

金东雷:《英国文学史纲》,长春:吉林出版集团有限责任公司,2010年。

李赋宁等主编:《欧洲文学史》(第二卷),北京:商务印书馆,2001年。

李维屏,张定铨:《英国文学思想史》,上海:上海外语教育出版社,2012年。

李怡:《中国现代新诗与古典诗歌传统》(增订三版),北京:中国人民大学出版社,2015年。

梁实秋:《英国文学史》(第三卷),北京:新星出版社,2011年。

刘春芳:《英国浪漫主义诗歌情感论》,天津:天津大学出版社,2011年。

刘若端编:《十九世纪英国诗人论诗》,北京:人民文学出版社,1984年。

刘小枫,陈少明主编:《诗学解诂》,陈陌等译,北京:华夏出版社,2006年。

刘治良:《诗人中之诗人——济慈》,2002年。

龙娟:《环境文学研究》,长沙:湖南师范大学出版社,2005年。

鲁春芳:《神圣自然:英国浪漫主义诗歌的生态伦理思想》,杭州:浙江大学出版社,2009年。

陆建德:《击中痛处》,上海:上海书店出版社,2013年。

马新国主编:《西方文论史》(修订版),北京:高等教育出版社,2002年。

毛峰:《神秘主义诗学》,北京:生活·读书·新知三联书店,1998年。

庞小宁:《科学技术哲学概论》,西安:西北工业大学出版社,2008年。

彭玉平编著:《人间词话》,北京:中华书局,2010年。

孙以楷,陆建华,刘慕方:《道家与中国哲学》(先秦卷),北京:人民出版社,2004年。

滕固:《唯美派文学》,《民国丛书》(第四编文学类56卷),上海:上海书店,1989年。

王诺:《欧美生态文学》,北京:北京大学出版社,2003年。

王守仁,胡宝平等:《英国文学批评史》,南京:南京大学出版社,2013年。

王淑贵选编:《水心云影——〈小说月报〉散文随笔选萃》,天津:天津人民出版社,1998年。

王卫新,隋晓荻等:《英国文学批评史》,上海:上海外语教育出版社,2012年版。

王佐良:《英国浪漫主义诗歌史》,北京:人民文学出版社,1991年。

王佐良:《英国诗史》,南京:译林出版社,2008年。

王佐良:《英诗的境界》,北京:生活·读书·新知三联书店,2012年。

伍蠡甫,蒋孔阳,翁义钦,程芥未编:《西方文论选》(下卷),上海:上海译文出版社,1988年。

伍蠡甫:《西方古今文论选》,上海:复旦大学出版社,1984年。

阎照祥:《英国史》,北京:人民出版社,2003年。

殷国明:《20世纪中西文艺理论交流史论》,上海:华东师范大学出版社,1999年。

张秉真等:《西方文艺理论史》,北京:中国人民大学出版社,1994年。

张鑫:《英国19世纪出版制度、阅读伦理与浪漫主义诗歌创作关系研究》,上海:复旦大学出版社,2012年。

张玉能:《西方文论思潮》,武汉:武汉出版社,1999年。

朱立华:《拉斐尔前派诗歌的唯美主义诗学特征研究》,天津:南开大学出版社,2013年。

朱维之,赵澧,崔宝衡编:《外国文学史》(欧美卷第三版),天津:南开大学出版社,2004年。

Abrams, M. H. (ed.) *The Norton Anthology of English Literature* (4th Edition), Vol. 2. New York: W. W. Norton & Company, 1979.

Abrams, M. H. *The Correspondent Breeze: Essays on English Romanticism*, New York: W. W. Norton & Company Inc., 1984.

Allott, Miriam Farris. *John Keats*. Harlow [Eng.]: Published for the British

Council by Longman Group, 1976.

Altick, Richard D. *The Art of Literary Research* (Revised Edition). New York: W. W. Norton & Company. 1992.

Alwes, Karla. *Imagination Transformed: The Evolution of the Female Character in Keats's Poetry*. Carondale & Edwardsville: Southern Illinois University Press, 1933.

Arnold, Matthew. *Passages from the prose writings of Matthew Arnold*. London: Smith, Elder, & CO., 15 Waterloo Place, 1880.

Aske, Martin. *Keats and Hellenism*. Cambridge: Cambridge University Press. 1985.

Baker, Jeffrey. *John Keats and Symbolism*, Brighton, Sussex: Harvester Press; New York: St. Martin's Press, 1986.

Ballew, Margaret Ester. *The Romanticism of John Keats*. The Graduate School of the University of Illinois, 1910.

Barfoot, C. C. (ed.). *Victorian Keats and Romantic Carlyle: the fusions and confusions of literary periods*. Amsterdam; Atlanta, GA: Rodopi, 1999.

Bari, Shahidha K. *Keats and Philosophy: The Life of Sensations*. New York: Routledge, 2012.

Barnard, John: *John Keats*. Cambridge [Cambridgeshire]; New York: Cambridge University Press, 1987.

Bate, Walter Jackson (ed.). *Keats: a collection of critical essays*. New Jersey: Englewood Cliffs, Prentice-Hall, 1964.

Bate, Walter Jackson. *Negative capability: the intuitive approach in Keats*. Cambridge, Mass., Harvard University Press, 1939.

Bate, Walter Jackson. *The stylistic development of Keats*. New York: The Humanities Press, 1958.

Bayley, John. *Keats and Reality*, in Proceedings of the British Academy 1962, Oxford University Press, 1963.

Beatty, Richmond C.; Hyatt, J. Philip; Spears, Monroe K (ed.). *Vanderbilt Studies in the Humanities* (Volume I), Nashville: Vanderbilt University Press, 1951.

Berlin, Isaiah. *The Roots of Romanticism*. Princeton: Princeton University Press, 1999.

Brooks, Cleanth. *The well-wrought urn: studies in the structure of poetry*. New York: Harcourt, Brace, 1947.

Christensen, Allan C. ; Jones, Lilla Maria Crisafulli; Galigani, Giuseppe; Johnson, Anthony L. *The Challenge of Keats:Bicentenary Essays* 1795 – 1995. Amsterdam; Atlanta, GA:Rodopi, 2000.

Clubbe, John. *English Romanticism:The Grounds of Belief.* DeKalb, III. : Northern Illinois University, 1983.

Colvin, Sidney. *John Keats:his life and poetry, his friends critics and after – fame.* Honolulu, Hawaii:University Press of the Pacific, c2004.

Colvin, Sidney. *Keats.* London, Macmillan; New York, St. Martin's Press, 1957.

Colvin, Sidney. *Keats.* London:Macmillan, 1909.

Colvin, Sidney. *Keats.* New York:Harper, 1971.

Cook, Elizabeth. *John Keats.* Oxford; New York:Oxford University Press, 1994.

De Almeida, Hermione. *Romantic medicine and John Keats.* New York:Oxford University Press, 1991.

Dixon, William Macneile. *A Tennyson Primer with a Critical Essay.* New York: Dodd, Mead & Company, 1896.

Erdman, David V. ed. *The Complete Works and Prose of William Blake.* Anchor, New York:Doubleday, 1988.

Evans, B. *Keats.* London, Duckworth, 1934.

Evans, Ifor. *A Short History of English Literature* (Fourth Revised and Enlarged Edition). C. Nicholls &Company Ltd, 1976.

Everest, Kelvin. *John Keats.* Tavistock:Northcote House in association with the British Council, 2002.

Evert, Walter H., Rhodes, Jack W. *Approaches to teaching Keats's poetry.* New York:Modern Language Association of America, 1991.

Fausset, Hugh I'amson. *Keats:A study in development.* London:Martin Secker, Number five John Street Adelphi, 1922.

Finney, Claude Lee. *The evolution of Keats's poetry* (Two volumes). New York: Russell & Russell, 1963.

Ford, George H. (George Harry). *Keats and the Victorians; a study of his influence and rise to fame,* 1821 – 1895. New Haven, Yale university press; London, H. Milford, Oxford university press, 1944.

Garrod, H. W. *Keats.* Oxford:The Clarendon Press, 1926.

Garrod, Heathcote William. *The Poetical Works of John Keats*. London, New York: Oxford University Press, 1960.

Ghent, Dorothy Van. *Keats, the myth of the hero*. Princeton, N. J: Princeton University Press, 1983.

Gidwani, M. A. (ed.). *John Keats: with a detailed study and text of selected poems*. Allahabad, Kitab Mahal, 1962.

Giovanelli, Marcello. *Text World Theory and Keats' Poetry: The cognitive poetics of desire, dreams and nightmares*. New York: Bloomsbury Academic, 2013.

Gradman, Barry. *Metamorphosis in Keats*. New York: New York University Press, c1980.

Hebron, Stephen. *John Keats*, New York, NY: Oxford University Press, c2002.

Heidegger, Martin. *Basic questions of philosophy: selected "problems" of "logic"*, trans. by Richard Rojcewicz and André Schuwer. Bloomington: Indiana University Press, 1994.

Hill, John Spencer. *The Romantic imagination: a casebook*. London: Macmillan, 1977.

Hirst, Wolf Z. *John Keats*. Boston: Twayne, 1981.

Howe, P. P. (ed.). *The Complete works of William Hazlitt*. London and Toronto: J. M. Dent and Sons, Ltd. 1930.

Hudson, William Henry. *Studies in Interpretation: Keats – Clough Matthew Arnold*. New York: G. P. Putnam's Sons, 1896.

Inglis, Fred. *Keats*. New York, Arco, 1969.

Kucich, Greg. *Keats, Shelley and romantic Spenserianism*. University Park: Pennsylvania State University Press, c1991.

Lau, Beth. *Keats's Paradise lost*. Gainesville: University Press of Florida, c1998.

Levine, George (ed.). *The Emergence of Victorian Consciousness: The Spirit of the Age*. New York: The Free Press, 1967.

Levinson, Marjorie. *Keats's life of allegory: the origins of a style*. Oxford, UK; Cambridge, Mass., USA: Basil Blackwell, 1990.

Li Ou. *Keats and Negative Capability*. London, New York: Continuum, 2009.

Matthews, G. M. (ed.). *Keats: The critical heritage*. London, Routledge and K. Paul, 1971.

McGann, Jerome J. "Keats and Historical Method in Literary Criticism", The

Beauty of Reflections:*Literary Investigations in Historical Method and Theory*. Oxford:Oxford University Press, 1985.

Motion, Andrew. *Keats*. London:Faber and Faber Limited, 1997.

Murry, John Middleton. *Keats and Shakespeare*;*a study of Keats' poetic life from 1816 to 1820*. London, New York, Oxford University Press [1964].

Murry, John Middleton. *Keats*. New York, Noonday Press, 1955.

Najarian, James. *Victorian Keats*:*manliness, sexuality, and desire*. Basingstoke, Hampshire ; New York :Palgrave, 2002.

O'Neill, Judith. *Critics on Keats*. Coral Gables, Fla. , University of Miami Press, 1968.

Perkins, David. (ed.). *English Romantic Writers*. New York, Harcourt, Brace & World, 1967.

Pfau, Thomas. *Romantic moods*:*paranoia, trauma, and melancholy*, 1790 – 1840. Baltimore:The Johns Hopkins University Press, 2005.

Pfau, Thomas; Mitchell, Robert. *Romanticism and Modernity*. Routledge:London and New York, 2012.

Rancière, Jacques. *The flesh of words*:*the politics of writing*, trans. by Charlotte Mandell. Stanford, Calif. :Stanford University Press, 2004.

Ricks, Christopher. *Keats and Embarrassment*. Oxford, Clarendon Press, 1974.

Roe, Nicholas (ed.). *Keats and History*. Cambridge; New York:Cambridge University Press, 1995.

Roe, Nicholas. *John Keats and the culture of dissent*. Oxford:Clarendon Press; New York:Oxford University Press, 1997.

Roe, Nicholas. *John Keats*:*a new life*. New Haven:Yale University Press, 2012.

Scigaj, Leonard M. *Sustainable? Poetry*:*Four? American? Ecopoets*. Lexington:The University Press of Kentucky, 1999.

Sperry, Stuart M. *Keats the Poet*. Princeton:Princeton University Press, 1973.

Spurgeon, Caroline F. E. *Keats's Shakespeare*;*a descriptive study based on new material*. London, H. Milford, Oxford university press, 1928.

Stead, C. K. *The New Poetic*:*Yeats to Eliot*. Pennsylvania:Harper & Row, 1987.

Stillinger, Jack (ed.). *John Keats*. New York:Garland Pub. , 1984 – 1988.

Stone, Donald D. *The Romantic Impulse in Victorian Fiction*, Cambridge, Massachusetts:Harvard University Press, 1980.

Tennyson, Alfred. *Tennyson's Poetry: Authoritative Texts, Contexts, Criticism.* Ed. Robert W. Hill, Jr. New York: W. W. Norton, 1999.

Thorpe, Clarence D. *The mind of John Keats.* New York, Oxford university press, 1926.

Turley, Richard Marggraf. *Keats's Boyish Imagination.* London & New York: Routledge, 2004.

Walsh, William. *Introduction to Keats.* London; New York: Methuen, 1981.

Wasserman, Earl R. *The finer tone: Keats' major poems.* Baltimore, Johns Hopkins Press, 1953.

Watts, Cedric Thomas. *A preface to Keats.* London; New York: Longman, 1985.

Wellek, Rene. *A history of modern criticism: 1750 – 1950. The Romantic Age.* New Haven: Yale University press, 1955.

Whale, John C. *John Keats.* Houndmills, Basingstoke, Hampshire; New York: Palgrave Macmillan, 2005.

White, Beatrice. *Essays and Studies* 1962. (Being Volume Fifteen of the New Series of Essays and Studies Collected for the English Association) London: J. Murray, Cox & Wyman, Ltd., Fakenham and Reading, 1962.

White, R. S. *Keats as a reader of Shakespeare.* London: Athlone, 1987.

Wilson, Elkin Calhoun. *Santayana and Keats.* Birmingham, Ala. : E. C. Wilson, 1980.

Wolfson, Susan J. *The Cambridge Companion to Keats.* Cambridge, UK; New York: Cambridge University Press, 2001.

Wynne, Waller. Jr. *The influence of Shakespeare on Keats.* London: Macmillian, 1929.

Yost, George. *Keats's apprenticeship.* New York: P. Lang, 1989.

四、工具类文献：

[法]伏尔泰(Voltaire)：《哲学辞典》(上册)，王燕生译，北京：商务印书馆，1991年。

[英]玛格丽特·德拉布尔(Drabbe, Margaret)编：《牛津英国文学词典》，牛津：牛津大学出版社，1993年。

《大美百科全书》编委会编：《大美百科全书》，北京：外文出版社，1994年。

不列颠百科全书公司编著：《不列颠百科全书》(国际中文版)(共32卷)，北京:中国大百科全书出版社,2007年。

王世德主编:《美学辞典》,北京:知识出版社,1986年。

中国大百科全书出版社编辑部编:《中国大百科全书》(外国文学卷Ⅰ),北京:中国大百科全书出版社,1982年。

中国大百科全书出版社编辑部编:《中国大百科全书》(外国文学卷Ⅱ),北京:中国大百科全书出版社,1982年。

中国大百科全书出版社编辑部编:《中国大百科全书》(中国文学卷Ⅱ),北京:中国大百科全书出版社,1982年。

朱立元:《美学大辞典》,上海:上海辞书出版社,2010年。

朱立元:《艺术美学辞典》,上海:上海辞书出版社,2012年。

Pearsall, J. *The New Oxford Dictionary of English.* Shanghai:Shanghai Foreign Language Education Press, 2001.

五、期刊论文文献:

陈豪:《从生态批评看文学功能的转向》,《探索与争鸣》,2013,(10):90-92.

丁芳,范李敏:《尴尬情绪:回顾与展望》,《苏州教育学院学报》,2014,(2):86-90.

范东兴:《"In Water"还是"On Water"? ——济慈墓志铭考索》,《中国翻译》,1987,(5):40-43.

范劲:《诗学与系统性》,《人文杂志》,2015,(12):64-72.

范劲:《外国文学研究的元方法论——一个系统论视角》,《杭州师范大学学报》(社会科学版),2015,(1):44-54.

范劲:《作为后理论实践的诗学——编选<西方现代诗学选读>引起的思考》,《人文杂志》,2015,(1):52-62.

费致德:《济慈的<普赛克>颂》,《外语研究》,1987,(2):72-74.

冯文坤:《试论约翰济慈的"消极感受力"》,《四川师范学院学报》(哲学社会科学版),1992,(2):131-135.

傅修延:《济慈"三颂"新论》,《江西社会科学》,2007,(2):226-236.

傅修延:《济慈美学思想初探》,《江西师院学报》,1982(4):68-73.

耿宁,徐玉凤:《济慈诗歌生态自然观解读》,《世界文学评论》,2007,(1):42-45.

郭峰:《论济慈诗歌的生态思想》,《浙江师范大学学报》(社会科学版),2010,(5):88-92.

黄晓艳:《谈济慈的"否定能力"》,《国外文学》,1999,(4):47-50.

江晓梅:《济慈诗中睡眠意象分析》,《湖北大学学报》(哲学社会科学版),1996,(4):70-71,99.

李桂荣:《王尔德唯美主义的渊源》,《河南师范大学学报》(哲学社会科学版),2007,(4):122-125.

李淑玲:《济慈诗作在中国的译介、影响与研究》,《社会科学论坛》,2010,(10):159-163.

李小均:《审美 历史 生态——从<秋颂>管窥济慈诗歌研究的范式转型》,《外国语言文学》,2004,(3):54-59.

梁为祥:《本世纪英国最有希望的诗人威尔弗雷德·欧文简评》,《外语学刊》,1995,(4):52-54.

刘茂生,肖惠荣:《英国诗歌传统中的济慈研究——兼评傅修延教授<济慈诗歌与诗论的现代价值>》,《外国文学研究》,2015,(2):170-174.

刘树森:《争议与共识:近两个世纪的济慈研究评析》,《外国文学》,1995,(5):68-77.

刘新民:《济慈诗歌新论二题》,《外国文学评论》,2002,(4):76-83.

刘新民:《济慈书信阅读札记——兼论重新评价其人其诗》,《外语研究》,2003,(1):72-75.

刘治良:《济慈诗歌创作成因探源》,《贵州大学学报》(社会科学版),1989,(4):58-62.

刘治良:《济慈诗中独特的"感觉"形象》,《外国文学评论》,1988,(3):99-102.

刘治良:《漫谈济慈对英国诗歌的影响》,《贵州大学学报》(社会科学版),2001,(3):83-86.

庞玉厚,刘世生:《认知诗学与生态诗学》,《外国语文》,2009,(1):16-22.

王湘云,王颖:《何为"真",和为"美"》,《山东外语教学》,2003,(5):99-105.

王钟陵:《20世纪中国散文理论之变迁》,《学术月刊》,1998(11):68-78.

吴伏生:《论济慈的"消极能力"说》,《外国文学评论》,1987,(2):111-114.

夏玉红:《济慈——美的赞美者》,《外语学刊》,1997,(2):52-54.

徐玉凤,殷国明:《"译传学"刍议:关于一种跨文化视野中的新认识——对谢天振先生译介学的一种补充》,《江南大学学报》(人文社会科学版),2016,(1):99-105.

许德金:《济慈的诗论及其<秋颂>》,《解放军外语学院学报》,1996,(1):53-58.

殷国明:《情学:文学探寻的归根之路》,《华东师范大学学报》(哲学社会科学版)2013,(1):59-66.

张思齐:《济慈诗学三议》,《外国文学评论》,2005,(2):113-121.

章燕:《济慈<致秋>中的审美观和人生观》,《外国文学研究》,2002,(3):33-38.

章燕:《济慈的"客体感受力"说与现代诗歌美学的关系初探》,《北京师范大学学报(社会科学版)》,1998,(4):61-67.

章燕:《审美与政治:关于济慈诗歌批评的思考》,《外国文学评论》,2004,(1):122-129.

章燕:《走向诗歌审美的人文主义》,《外国文学评论》,2002,(4):67-75.

赵凡:《美的寻找与失落——从济慈与王尔德的艺术结构谈起》,《河南师范大学学报(哲学社会科学版)》,1990(4):86-91.

钟峻:《从"朦胧"到"觉醒"——论英国浪漫主义诗人生态意识的哲学意蕴》,《大连海事大学学报(社会科学版)》,2009(5):121-124.

周桂君:《"虚静"理论视域下的"消极能力"说》,《东北师大学报(哲学社会科学版)》,2005,(4):97-103.

周桂君:《济慈之"忘"与道家之"忘"的哲学意绪与审美观照》,《沈阳师范大学学报(社会科学版)》,2008,(4):41-45.

朱炯强:《露珠培育出来的鲜花——谈约翰·济慈和他的抒情诗》,《外国文学研究》,1981,(4):70-73.

Barth, J. Robert: Keats's Way of Salvation. Studies in Romanticism, Summer2006, Vol. 45 Issue 2, p285-297, 13p.

Baskaran, R. :John Keats and Robert Frost - the Romanticists sans Escapism, Language In India, September 2013, Vol. 13:9, pp. 71-77.

Betz, Laura Wells: Keats and the Charm of Words: Making Sense of "The Eve of St. Agnes". Studies in Romanticism, Fall2008, Vol. 47 Issue 3, p299-319, 21p.

Bewell, Alan J. The Political Implication of Keats' Classicist Aesthetics, Studies and Romanticism, 1986, 25.

Brennan, Frank: John Keats and Wilfred Owen - Mortality, mystery, and the pursuit of truth: Lessons for palliative care, Journal of Palliative Care, 2012, Volume 28, Issue 2, pp 116-119.

Corcoran, Brendan: Keats's Death: Towards a Posthumous Poetics. Studies in Romanticism, Summer2009, Vol. 48 Issue 2, p321-348, 28p.

Cox, Jeffrey N. : Keats, Shelley, and the Wealth of the Imagination. Studies in Romanticism, Fall95, Vol. 34, p365-400, 36p.

Dempsey, Sean: "Blank Splendour": Keats, romantic visuality, and wonder,

Studies in Romanticism, 03/2013, Volume 52, Issue 1, pp. 85 – 113.

Dhankhar, Rahul: Sonnets of John Keats: A Critical Overview, International Journal of Management, IT and Engineering, 04/2013, Volume 3, Issue 4, pp. 428 – 432.

Fishman, Ron: John Keats (1795 – 1821): Physician and Surgeon, American Journal of Ophthalmology, 02/2014, Volume 157, Issue 2, p. 463.

Franta, Andrew: Keats and the Review Aesthetic. Studies in Romanticism, Fall 1999, Vol. 38 Issue 3, p343 – 364, 22p.

Garofalo, Daniela: "Give me that voice again… Those looks immortal": Gaze and Voice in Kea... Studies in Romanticism, Fall2010, Vol. 49 Issue 3, p353 – 373, 21p.

Gigante, Denise: Keats's nausea. Studies in Romanticism, Winter2001, Vol. 40 Issue 4, p481 – 510, 30p.

Goldberg, Brian: Black Gates and Fiery Galleries: Eastern Architecture in The Fall of Hyperion. Studies in Romanticism, Summer2000, Vol. 39 Issue 2, p229 – 254, 26p.

Harding, Christine: Derrynaculen Connections: John Keats and Mull in the twentieth century, The Keats – Shelley Review, September 2013, Vol. 27, No. 2, pp. 69 – 75.

Hassan, Ihab: Negative Capability Reclaimed: Literature and Philosophy contra Politics, Real (Berlin, West), 1997, Vol. 13, p49 – p68, 49p.

Herford, Oliver: John Keats by Joseph Severn: On Likeness and Life – writing. The Cambridge Quarterly, Volume 42, Number 4, December 2013, pp. 318 – 341, 24p.

Hofmann, Klaus: Keats's Ode to a Grecian Urn. Studies in Romanticism, Summer2006, Vol. 45 Issue 2, p251 – 284, 34p.

Johnston, Kenneth R.: John Keats. A new life, Wordsworth Circle, Autumn 2013, Vol. 44, Issue 4, pp. 199 – 202.

JONES, MARK: Reading Keats to the Letter: e. Studies in Romanticism, Fall2012, Vol. 51 Issue 3, p343 – 373, 31p.

Keats – Shelley Journal, Vol. 55, 2006, pp. 81 – 110, 30p.

Lau, Beth: Jane Austen and John Keats: Negative Capability, Romance and Reality.

Lau, Beth: Protest, "Nativism," and Impersonation in the Works of Chatterton and Keats. Studies in Romanticism, Winter2003, Vol. 42 Issue 4, p519 – 539, 21p.

Lau, Beth: The Keats Brothers: The Life of John and George, Wordsworth Circle, Autumn 2013, Vol. 44, Issue 4, pp. 197 – 199, 3p.

LODGE, SARA: Contested Bounds: John Clare, John Keats, and the Sonnet. Studies in Romanticism, Winter 2012, Vol. 51 Issue 4, p533 – 554, 22p.

MCGRATH, BRIAN: Keats for Beginners. Studies in Romanticism, Summer2011, Vol. 50 Issue 2, p351 – 372, 22p.

Meritt, Mark: The Politics of Literary Biography in Charles Brown's "Life of John Keats". Studies in Romanticism, Summer2005, Vol. 44 Issue 2, p207 – 238, 32p.

Mulrooney, Jonathan: How Keats falls, Studies in Romanticism, 06/2011, Volume 50, Issue 2, pp. 251 – 273.

Mulrooney, Jonathan: Keats in the Company of Kean. Studies in Romanticism, Summer2003, Vol. 42 Issue 2, p227 – 250, 24p.

O'Rourke, James: Reception and Poetics in Keats. Studies in Romanticism, Summer2000, Vol. 39 Issue 2, p327 – 330, 4p.

OSTAS, MAGDALENA: Keats's Voice. Studies in Romanticism, Summer2011, Vol. 50 Issue 2, p335 – 350, 16p.

Pyle, Forest: Kindling and Ash: Radical Aestheticism in Keats and Shelley. Studies in Romanticism, Winter2003, Vol. 42 Issue 4, p427 – 459, 33p.

RANCIèRE, JACQUES: The Politics of the Spider. Studies in Romanticism, Summer2011, Vol. 50 Issue 2, p239 – 250, 12p.

Rohrbach, Emily and Sun, Emily: Reading Keats, Thinking Politics: an introduction, Studies in Romanticism, 06/2011, Volume 50, Issue 2, pp. 229 – 237.

Ryan, Robert M: The Masks of Keats. Studies in Romanticism, Fall2003, Vol. 42 Issue 3, p412 – 415, 4p.

Savarese, John: Psyche's "Whisp'ring Fan" and Keats's Genealogy of the Secular. Studies in Romanticism, Fall2011, Vol. 50 Issue 3, p389 – 411, 23p.

Scott, Grant F. : Language Strange: A Visual History of Keats's "La Belle Dame sans Merci". Studies in Romanticism, Winter 1999, Vol. 38 Issue 4, p503 – 535, 33p.

Scott, Grant F. : Bright Star. Studies in Romanticism, Fall2010, Vol. 49 Issue 3, p507 – 512, 6p.

Scott, Grant F. : Writing Keats's Last Days: Severn, Sharp, and Romantic Biography. Studies in Romanticism, Spring2003, Vol. 42 Issue 1, p3 – 26, 24p.

Scott, Grant: Keats and History. Studies in Romanticism, Summer 1997, Vol. 36, p277 – 283, 7p.

Sun, Emily: Facing Keats with Winnicott: On a New Therapeutics of Poetry. Studies in Romanticism, Spring2007, Vol. 46 Issue 1, p57 – 75, 19p.

TERADA, REI: Looking at the Stars Forever. Studies in Romanticism, Summer2011, Vol. 50 Issue 2, p275 – 309, 35p.

Turley, Richard Marggraf: "Strange longings": Keats and feet. Studies in Romanticism, Spring2002, Vol. 41 Issue 1, p89 – 106, 18p.

Waldoff, Leon: Keats, Narrative and Audience: The Posthumous Life of Writing. Studies in Romanticism, Winter 1995, Vol. 34, p653 – 656, 4p.

Wang, Orrin N. C.: Coming Attractions: Lamia and Cinematic Sensation. Studies in Romanticism, Winter2003, Vol. 42 Issue 4, p461 – 500, 40p.

Wassil, Gregory: Keats's Orientalism. Studies in Romanticism, Sep2000, Vol. 39 Issue 3, p419 – 447, 29p.

White, R. S.: William S. Pierpoint, John Keats, Henry Stephens & George Wilson Mackereth: The Unparallel Lives of Three Medical Students, Romanticism, 10/2013, Volume 19, Issue 3, pp. 335 – 336, 2p.

Wierda Rowland, Ann: The Keats Brothers: The Life of John and George. Studies in Romanticism, Summer 2013, Vol. 52 Issue 2, p320 – 323, 4p.

六、网络资源及报刊文献：

华东师范大学图书馆电子资源："民国时期期刊全文数据库（1911 – 1949）" http://202.120.82.113:8090/simpleSearch.do（访问时间：2015年10月29日）

Diotima:《西典绎读：哲人的疯狂与审慎——试析柏拉图〈斐德若〉中的"灵魂"思想》http://www.douban.com/group/topic/4109264/? type = rec（访问时间：2016年3月22日）

古诗文网 http://www.gushiwen.org/GuShiWen_18e9ef895a.aspx（访问时间：2015年5月27日）

维青：《济慈离我们并不遥远》，《人民日报》2009年7月26日,08版

屠岸，章燕：《在不朽的诗句中生息留守》，《北京青年报》,2014年4月23日, C04 版

《济慈评传》：让生活恢复应有的诗性, 载"中国网"2009年3月4日 http://

www. china. com. cn/book/txt/2009 - 03/04/content_17374105. htm（访问时间：2015 年 12 月 2 日）

陈子善："中国的济慈"，载《温州晚报》2013 年 10 月 13 日 http://wzwb. 66wz. com/html/2013 - 10/13/content_1528436. htm（访问时间：2016 年 4 月 18 日）

附录一:"Negative Capability"在论文和专著中的中文释义汇总表

文献类别	年份	作者	文章/论文名	文章来源/论文单位	"Negative Capability"的中文释义
期刊文章	2017(3)	刘红霞,李隽译	《夜莺颂》中的"消极感受力"思想及诗歌意象	河北工程大学学报(社会科学版)	消极感受力
期刊文章	2016(12)	史悦	浅析济慈的消极能力说	文学教育	消极能力
期刊文章	2015(6)	黄擎,许诚	约翰·济慈"消极感受力"内涵解析	外国文学研究	消极感受力
期刊文章	2014(8)	任俊伟,刘成	从《秋颂》论济慈对其诗歌创作理论"自我否定力"的遵循与背离	宜春学院学报	自我否定力
期刊文章	2014(4)	江锦年	试说济慈关于"天然接受力"的理论——兼以中国文学为参照的比较研究	湖北第二师范学院学报	天然接受力
硕士论文	2013	陈秀	《希腊古瓮颂》中"消极能力"的智慧光芒	山东大学	消极能力
硕士论文	2013	吴珊	从"自然"与"自我"关系看英国浪漫派自然观	中南大学	消极能力
硕士论文	2013	黄亚超	别样的浪漫主义—约翰·济慈与爱伦·坡的唯美世界	大连海事大学	消极感受力

续表

文献类别	年份	作者	文章/论文名	文章来源/论文单位	"Negative Capability"的中文释义
期刊文章	2013(3)	杨帆	济慈消极感受力分析	延安职业技术学院学报	消极感受力
期刊文章	2013(2)	高改革	解构视域下的"消极能力说"——以《希腊古瓮颂》为例	淄博师专学报	消极能力
期刊文章	2013(1)	刘翔宇	和谐礼赞——《夜莺颂》赏析	淮海工学院学报(人文社会科学版)	消极能力
硕士论文	2012	许诚	论约翰·济慈的"消极感受力"	浙江大学	消极感受力
硕士论文	2012	郭珊	《海披里安》中济慈的人文主义思想	中南大学	消极能力
期刊文章	2012(3)	操磊	浅析济慈及罗斯金对想象力的观照	南阳理工学院学报	消极感受力
期刊文章	2012(3)	陈本益	艾略特"非个人"论的美学意义	东南大学学报(哲学社会科学版)	否定能力
硕士论文	2011	张晶晶	论济慈诗歌中的意境创构与精神价值	辽宁大学	消极感受力
硕士论文	2011	熊丽泓	大地的歌者 不朽的夜莺——济慈诗歌宗教思想研究	兰州大学	消极能力
期刊文章	2011(11)	柏晶	泣血鸣唱的夜莺——济慈悲剧人生与诗歌风格初探	教育教学论坛	消极能力
博士论文	2010	刘朝晖	四尺度:罗伯特·克里利之诗歌标准研究	中山大学	消极能力

续表

文献类别	年份	作者	文章/论文名	文章来源/论文单位	"Negative Capability"的中文释义
硕士论文	2010	王徐卉	悲怆中的崇高美——试论济慈"自我否定力"的审美层次	北京交通大学	自我否定力
硕士论文	2010	孔令超	诗、诗人与拯救——济慈信念体系初探	山东师范大学	消极感受力
期刊文章	2010(11)	刘保安	近十年来国内的济慈研究综述	内江师范学院学报	否定能力
期刊文章	2010(2)	刘朝晖	试比较克里利的诗歌尺度与济慈的"消极能力"	深圳职业技术学院学报	消极能力
期刊文章	2010(2)	杨莉	19世纪英国浪漫主义诗人的美学思想及其影响	江西财经大学学报	消极感受力
硕士论文	2009	高华菊	约翰·济慈"消极能力说"研究	中国海洋大学	消极能力
期刊文章	2009(4)	杜争艳	诗人济慈的"消极感受力"浅析	开封教育学院学报	消极感受力
期刊文章	2009(2)	殷晓芳	毕肖普的"水"诗歌：认知、记忆与"否定的感知力"	国外文学	否定的感知力
硕士论文	2008	唐婉	不和谐音符奏出的美妙乐章——从生平,诗论和诗歌看济慈的美学思想	西南大学	消极能力
硕士论文	2008	李靓	济慈的生死哲学	华中师范大学	消极感受力

续表

文献类别	年份	作者	文章/论文名	文章来源/论文单位	"Negative Capability"的中文释义
硕士论文	2008	翟元英	济慈在中国(1920–1940)	福建师范大学	消极能力
期刊文章	2008(10)	黄春燕	忧而不伤的浪漫主义颂歌——解读济慈的《秋颂》	北京第二外国语学院学报	客观感受力
期刊文章	2008(8)	沈楠	济慈诗学新议	疯狂英语(教师版)	天然接受力
期刊文章	2008(4)	周桂君	济慈之"忘"与道家之"忘"的哲学意绪与审美观照	沈阳师范大学学报(社会科学版)	消极能力
期刊文章	2008(3)	陈莉萍	济慈对闻一多诗学理论的影响	宁波工程学院学报	消极感受力
博士论文	2007	Li Ou	Keats and Negative Capability(注:本篇博士论文于2009年出版同名专著)	The Chinese University of Hong Kong	延疑力
硕士论文	2007	王婉秋	英国浪漫主义诗学中的几个问题	吉林大学	消极能力
硕士论文	2007	柳志英	济慈的宗教与诗	天津师范大学	消极能力
硕士论文	2007	张锦	济慈诗学——消极感受力范畴研究	江西师范大学	消极感受力
期刊文章	2007(5)	李正栓,李会芳	济慈的"消极能力"与庄子的"物化"论	河北师范大学学报(哲学社会科学版)	消极能力
期刊文章	2007(4)	肖飚,黄雯琴	莎士比亚《一报还一报》中的"消极感受力"	西安工程科技学院学报	消极感受力

续表

文献类别	年份	作者	文章/论文名	文章来源/论文单位	"Negative Capability"的中文释义
期刊文章	2007(1)	张锦，李敏刚	济慈"消极感受力"的智性光芒	安徽广播电视大学学报	消极感受力
期刊文章	2006(3)	马玉凤	美即是真，真即是美——济慈诗歌美学述评	辽宁大学学报（哲学社会科学版）	消极能力
期刊文章	2005(10)	屠岸	客体感受力	诗刊	客体感受力
期刊文章	2005(5)	罗益民	完形理论与"消极能力说"	四川外语学院学报	消极能力
期刊文章	2005(4)	朱冬梅	非个人化与作者之死——论西方文论中的主体性问题	沙洋师范高等专科学校学报	消极感受力
期刊文章	2005(4)	王佩中	济慈的诗歌理念及其诗美艺术空间营造	浙江大学学报（人文社会科学版）	反面感受力
期刊文章	2005(4)	周桂君	"虚静"理论视域下的"消极能力"说——中国古代哲学理念与济慈诗论比较研究	东北师大学报（哲学社会科学版）	消极能力
期刊文章	2005(2)	张思齐	济慈诗学三议	外国文学评论	消极认识力
硕士论文	2004	王照岩	John Keats and T. S. Eliot: A Comparative Approach to Their Poetics	浙江大学	消极感受力
硕士论文	2004	李会芳	庄子与济慈："物化"论与"客体感受力"	河北师范大学	客体感受力
期刊文章	2003(3)	杜平	论华兹华斯诗歌的孤独意识	四川外语学院学报	否定性能力

<<< 附录一:"Negative Capability"在论文和专著中的中文释义汇总表

续表

文献类别	年份	作者	文章/论文名	文章来源/论文单位	"Negative Capability"的中文释义
期刊文章	2003(1)	刘新民	济慈书信阅读札记——兼论重新评价济慈其人其诗	外语研究	自我否定力
硕士论文	2002	黄昀	The Pursuit of Beauty - Analysis of Keats's Aesthetic Ideas and Aesthetic Practice	安徽大学	消极感受力
硕士论文	2002	祝春华	主体的泯灭与个性的崩溃——关于"非个性化"理论的知识谱系的解析	山东师范大学	消极能力
期刊文章	2002(5)	张鑫,王清海	"消极的才能"及其完美的注脚——济慈诗歌《希腊古瓮颂》评析	南都学坛(人文社会科学学报)	消极的才能
期刊文章	2002(4)	章燕	走向诗歌审美的人文主义——谈济慈诗歌中的社会政治意识与其诗歌美学的高度结合	外国文学评论	客体感受力
期刊文章	2002(2)	吴瑞裘	庄子与济慈的美学思想比较	龙岩师专学报	消极的能力
期刊文章	1999(8)	谭立坚	美与真的追求——济慈美学思想述评	广州师院学报	消极感受力
期刊文章	1999(5)	张跃军	威廉·卡洛斯·威廉斯的"济慈时代"	中山大学学报(社会科学版)	天然接受力
期刊文章	1999(4)	黄晓艳	谈济慈的"否定能力"	国外文学	否定能力
期刊文章	1999(1)	刘新民	对 Negative Capability 及其汉译的思考	中国翻译	自我否定力
期刊文章	1998(4)	章燕	济慈的"客体感受力"说与现代诗歌美学的关系初探	北京师范大学学报(社会科学版)	客体感受力

续表

文献类别	年份	作者	文章/论文名	文章来源/论文单位	"Negative Capability"的中文释义
期刊文章	1997(3)	刘治良	济慈美学思想浅谈	贵州大学学报	天然接受力
期刊文章	1997(2)	刘新民	济慈诗歌艺术风格散论	外国文学评论	消极才能
期刊文章	1995(5)	刘树森	争议与共识：近两个世纪的济慈研究评析	外国文学	天然接受力
期刊文章	1992(2)	冯文坤	试论约翰·济慈的"消极感受力"	四川师范学院学报（哲学社会科学版）	消极感受力
期刊文章	1991(1)	钱超英	对浪漫主义的超越：约翰·济慈的美学历程	深圳大学学报（人文社会科学版）	消极才能
期刊文章	1987(2)	吴伏生	论济慈的"消极能力"说	外国文学评论	消极能力

专著

年份	作者	书名	出版社	中文释义	页码
2014年	傅修延	《济慈诗歌与诗论的现代价值》	北京：北京大学出版社	消极的能力	第46，47页（另有多处提到）
2013年	陆建德	《击中痛处》	上海：上海书店出版社	消极感受力	第154页
2013年	王守仁,胡宝平等	《英国文学批评史》	南京：南京大学出版社	消极感受力	第133,136,138页
2012年	李维屏,张定铨	《英国文学思想史》	上海：上海外语教育出版社		第319,324,325页

续表

2014 年	傅修延	《济慈诗歌与诗论的现代价值》	北京:北京大学出版社	消极的能力	第46,47页(另有多处提到)
2012 年	谢天振 主编（乔修峰译）	《2011 中国年度翻译文学》"南腔北调"	桂林:漓江出版社	反面感受力	第227,228页
2012 年	张鑫	《英国19世纪出版制度、阅读伦理与浪漫主义诗歌创作关系研究》	上海:复旦大学出版社	延疑力	第125,128页
2012 年	王佐良	《英诗的境界》	北京:生活·读书·新知三联书店	消极感受力	第101页
2012 年	王卫新,隋晓荻等	《英国文学批评史》	上海:上海外语教育出版社	消极感受力	第138,141页
2011 年	常耀信	《英国文学通史》	天津:南开大学出版社	否定能力	第118页
2009 年	（英）邓肯·希思,朱迪·伯瑞汉姆著 李娟译	《视读浪漫主义》	合肥:安徽文艺出版社	消极感受力	第88页
2008 年	傅修延	《济慈评传》	北京:人民文学出版社	消极的能力	第452页
2008 年	高原	《人文蓝典》	兰州:甘肃人民出版社	消极感受力	第107,260页
2007 年	邢春如	《世界艺术史话》（第七卷世界文学艺术）（上）	沈阳:辽海出版社	天然接受力	第85页

189

续表

年份	作者	书名	出版社	译名	页码
2014年	傅修延	《济慈诗歌与诗论的现代价值》	北京:北京大学出版社	消极的能力	第46,47页(另有多处提到)
2006年	刘守兰	《狄金森研究》	上海:上海外语教育出版社	反面感受力	第52页
2002年	马新国	《西方文论史》(修订版)	北京:高等教育出版社	消极能力	第215,216页
2001年	李赋宁等主编	《欧洲文学史》(第二卷)	北京:商务印书馆	消极能力	第77页
1997年	王佐良	《英国诗史》	南京:译林出版社	反面感受力	第314页
1988年	伍蠡甫,蒋孔阳,翁义钦,程芥未	《西方文论选》(下卷)	上海:上海译文出版社	消极能力	第57页
1984年	伍蠡甫	《西方古今文论选》	上海:复旦大学出版社	消极能力	第139页
1982年	中国大百科全书出版社编辑部	《中国大百科全书》(外国文学卷I)	北京:中国大百科全书出版社	天然接受力	第468页

附录二:诗人眼中的诗人

闻一多:艺术的忠臣

闻一多:《闻一多大全集》,北京:新世界出版社,2012 年,第 15 页。

艺术的忠臣

无数的人臣,仿佛真珠,
攒在艺术之王底龙衮上,
一心同赞御容的光采;
其中只有济慈一个人,
是群龙拱抱的一颗火珠,
光芒赛过一切的珠子。
诗人的诗人啊!
满朝的冠盖只算得
些艺术的名臣,
只有你一人是个忠臣。
"美即是真,真即是美。"
我知道你那栋梁之材,
是单给这个真命天子用的;
别的分疆割据,属国偏安,
哪里配得起你哟!
啊!"鞠躬尽瘁,死而后已:"

真个做了艺术的殉身者!
忠烈的亡魂啊!
你的名字没写在水上,
但铸在圣朝底宝鼎上了!
(本诗出自《红烛·青春篇》)

刘治良:哭济慈

刘治良:《诗人中之诗人:济慈》,贵州大学出版社,2002年,第1页。

哭济慈

长歌哭济慈,
未语泪滂沱。
诗人之诗人,
命短苦难多。
幼年丧父母,
贫穷伴病魔。
蓓蕾初绽放,
狂风吹花落。
诗业尚未立,
爱情又无果。
名字写水上,
佳篇留长河。
不朽《书信集》,
千古《夜莺歌》。
刘治良 2001 年 2 月 23 日
写于济慈忌辰

哈代纪念济慈：
"在勒尔沃思海湾　一个世纪前"

[英]哈代(Hardy, T.)：《哈代诗选：英汉对照》，飞白译，北京：外语教学与研究出版社，2014年，第212－215页。

在勒尔沃思海湾
一个世纪前①

假如我生活在一百年以前，
假如我也像今年去的那次，
经沃姆威尔路口走到那个海湾，
在那儿，时间定会对我这样指示：
"你看到那个人吗？"去瞧了一瞧
答道："看到了。那个搭船来的人，
那船顺海峡而来，扰圣阿尔班角。
这么平常的小伙子哪值得我关心。"
"你看到那个人吗？""我说看到了：
很瘦，棕头发，无所事事的城里人；
天色越来越暗了，这时间不早了，
他在抬头望星，——这也平常得很。"
"你看到那个人吗？""你别再烦了！
我经过荒野还有十五里路要赶，
天色越来越暗了，我的腿也酸了：
那个人我看到了！我已说了第三遍！"
"好。那人去罗马，走向死亡和末路；

---

① 本诗写于1920年9月。作者原注：1820年9月，济慈乘船赴罗马，途中曾在多塞特郡海边上岸，停留一日，写成十四行诗"明亮的星！我愿如你坚定不移"。他上岸的地点，据判就是勒尔沃斯海湾。

今天无人关注他,只除了我和你:
但过一百年,全世界会追随他的脚步,
向他骨灰安葬之地鞠躬表示敬意。"

奥斯卡·王尔德纪念济慈:"济慈墓"

[英]王尔德:《王尔德诗选:英汉对照》,汪剑钊译,北京:外语教学与研究出版社,2014年版,第36-37页。

济慈墓

摆脱了尘世的不公和自身的痛苦,
他最终安息在上帝的蓝色帷幕下:
在生命与爱初绽的时刻被夺走生命,
殉难的烈士中最年轻者被安放此地,
俊美如塞巴斯蒂安,也如他一般早夭。
没有柏树,也没有紫衫荫蔽墓茔,
却有温良的紫罗兰噙着清露悲咽,
在他的遗骸上编织盛开不谢的花环。
哦,米蒂利尼之后最甜蜜的嘴唇!
哦,我们英语国家里的诗人 画家!
你的名字写在水上——将屹立不倒:
我辈的泪水将使你的遗芳长绿,
恰似伊莎贝拉浇灌心爱的罗勒树。

威廉·叶芝:"自我即上帝"

傅修延:《济慈评传》,北京:人民文学出版社,2008年,第432-433页。

自我即上帝

那些从常人梦境中醒来的艺术家,
除了耽溺享乐与伤心绝望,
他们在世上能有多少分量?
然而,没人能否认济慈对世界的爱,
记得他那悠然自得的幸福,
他的艺术是快乐的,但谁知道他的内心?
想到他时我便看见一个学童,
他的脸和鼻子贴在糖果店的窗橱。
确实他已经埋入坟墓,
他的感觉和心灵都未满足,
尽管贫病交加无人理睬,
被世上一切奢华拒之门外,
这位吃粗茶淡饭长大的马厩主儿子,
依旧写着奢华的歌曲。

博尔豪斯:"致约翰·济慈"

[阿根廷] 豪·路·博尔豪斯著,王永年,林之木译,博尔豪斯全集(诗歌卷下),杭州:浙江文艺出版社,1999,第19页。

致约翰·济慈(1795 – 1821)

就像人人都有过幸运和灾殃,
从生命的初始直至英年夭亡,
那震撼人心的至善至美
就一直潜伏在你的周遭身旁。
那美伴随着伦敦的晨曦朝霞、

显现在神话辞典的页面字行、
见于平凡的赠品、普通的音容、
出自芳妮·布劳恩芳唇的馨香。
孜孜不倦、激情满怀的济慈啊,
岁月的流逝在淹没你的光辉,
匆匆而去的诗人啊,高贵的夜莺
和希腊的神坛将使你盛名永垂。
你是熊熊烈焰。你是伟大光荣。
你没有变成可怕记忆中的死灰。

康蒂·卡林(Countee Cullen)写济慈

[美]安妮特·T·鲁宾斯坦:《英国文学的伟大传统(中):从彭斯到莱姆》,陈安全等译,上海:上海译文出版社,1998年,第294-295页。

不是用水也不是用雾写成

你的名字是美妙的抒情歌喉;
苍白死神吻过的歌唇
已被火焰烧焦了自己。

多萝西·帕克(Dororthy Parker)写济慈

[美]安妮特·T·鲁宾斯坦:《英国文学的伟大传统(中):从彭斯到莱姆》,陈安全等译,上海:上海译文出版社,1998年,第260页。

拜伦、雪莱和济慈,
共唱抒情曲一支;
雪莱的卷发堆在漂亮的额前,
拜伦散步时带姑娘在身边,

济慈一家人没有显赫的祖先——
这并无损于抒情的诗艺,无论拜伦或雪莱,
拜伦和雪莱,
拜伦、雪莱和济慈。

雪莱:"哀济慈"

[英]雪莱:《雪莱诗选:英汉对照》,江枫译,北京:外语教学与研究出版社,2011年版,第277页。

哀济慈

"这里安息着一个姓名写在水上的人。"
但是不等那能够把它擦去的轻风吹,
死亡已经在为那一次凶杀感到后悔,
死亡——使得一切不死的寒冬,飞越
时间的长河,湍急的川流立刻化为
一幅水晶卷页,一个辉煌的名字闪耀:
阿多尼!

雪莱:"阿童尼"

《外国文学》网络版:http://www.shigeku.org/xlib/ww/xsl/p_1315.html

阿童尼

1821
1
我为阿童尼哭泣——他已经死了!

噢,为他哭泣吧!虽然我们的泪珠
融解不了那冻结他秀额的冰霜!
而你,忧郁的时刻,却被岁月挑出
来承担我们的损失;请向你的同辈
传授你的悲哀吧:你该说:"阿童尼
是和我一同死的;要是'未来'不敢——
遗忘'过去',他的命运和名声必是
一线光明,一种回音,增添到永恒里!

2

伟大的母亲呵,那时你在哪里,
当你的儿子倒下,为暗中飞来的箭
所射穿?呵,当阿童尼逝去的时候,
可怜的乌剌尼亚在哪儿?她正闭眼
坐在天国里,而在回音的缭绕中,
她听到有个回音以轻柔的战栗
重新唤起了一切消逝的乐音;
他正是以此美化死亡底侵袭,
有如坟头的花掩盖下面的尸体。

3

噢,为阿童尼哭泣吧——他已经死了!
醒来,忧伤的母亲,快醒来哀恸!
但又有什么用?还是把你的热泪
在火热的眼窝烘干,让你号啕的心
像他的心一样,默默无怨地安息;
因为他死了,已去到一切美好事物
所去的地方;噢,别以为那贪恋的阴间
还会把他向人生的地界交出;
死亡正饕餮他的静默,讥笑我们的哀哭。

4

最感人的哀悼者呵,再哭一哭吧!
再哀悼一下,乌剌尼亚!——他死了!
他,一节不朽的乐章的创造者,
目盲,衰老,孤独,一任他祖国的荣耀

被教士、奴才和自由底扼杀者
以淫欲和血所奉祀的种种邪恶
践踏和污蔑;他去了,去到死之深渊
无所畏惧;但他那光明的魂魄
仍高悬人间;他是光辉之子的第三个。

5
最感人的哀悼者,再哭一哭吧!
不是每人都敢攀登那光辉的位置;
凡是能在时间底暗夜里自满的人
有福了,因为,虽然太阳已经消逝,
他们的烛光却在燃烧;另有一些
崇高的人,被人或神的嫉妒的愤怒
所击倒,在灿烂的盛年归于寂灭;
更有的还活下去,跋踄着荆棘之途,
任劳任怨,走向美名底恬静的居处。

6
而今,你最年轻、最珍爱的儿子死了——
他是你寡居时的养子,他好像
悲哀的少女所珍爱的苍白的花,
是被真情的泪,而非露水所滋养;
最感人的哀悼者呵,再哭一哭!
你最后的、最可爱的希望已成泡影;
他是一朵鲜花,花瓣还没有张开
便受到寒气,没有结实而丧了命;
百合被摧折了——风暴也归于平静。

7
他已去到高贵的都城,在那儿
庄严的死神正主持他的宫廷
在美与雕残中。他以最纯净的呼吸
换得了一个万古流芳者的墓茔。
快来哭吧,趁他的躯体还美好地
躺在意大利的蔚蓝的天空下面,
静静地,仿佛凝结的露水在安睡,

别唤醒他呵！他定是抛下一切忧烦，
正享受他那一份深沉而静谧的安恬。
8
他不会醒来了,噢,永不再醒了！
在那朦胧的尸房中,迅速地铺下
苍白的死之阴影,而在门口
隐身的"腐烂"正窥伺,等着引导他
最后一步抵达她幽暗的住所：
女魔"饥饿"在坐待,但"怜悯"和"敬畏"
消减了她的欲火;除非无常和黑暗
把死之帷幕拉下,遮住他安睡,
否则,她怎敢把如此美貌的俘房撕毁？
9
噢,为阿童尼哭泣吧！——灿烂的梦,
以热情为羽翼的思想底使者,
这些是他的牧群,在他年轻心灵的
蓬勃的泉水边得到喂养,并获得
爱情,他那心灵的乐音;但如今
已不再在激动的头脑之间漫游;
她们在出生地萎缩,尽围着变冷的心
自叹命苦,因为在甜蜜的诞生之痛后,
她们不再获得力量,永远失去家的温柔。
10
有一个梦还紧抱住他冰冷的头,
并用月光的羽翼不断搧他,叫道：
"我们的爱情、希望、悲伤,并没有死；
看他那黯然无光的眼睛的睫毛
正挑起一滴泪,像睡花瓣上的露珠,
这必是哪个梦在他脑中留下的。"
呵,天堂倾妃了的不幸的天使！
她岂知那正是她自己的泪;她终于
消逝了,像哭干泪雨的云,不留痕迹。

11
另一个梦以一杯晶莹的露水
洗涤他的四肢,像在敷洒香膏;
又一个梦剪下她蓬松的卷发
编织为花环,给他在头上戴好,
花环闪着冻结的泪,而不是真珠;
还有一个梦过分悲伤,立意折断
她的弓和箭,仿佛要以这较轻的
损失,噎住她的哀伤;又为了减缓
那箭上的火,就把箭放在他的冰颊边。

12
有一个辉煌的梦落在他的唇上,
从那嘴里,她往常每吸一吸气?
就会取得力量,从而刺穿了偏见
并且进入听者的激荡的心底
带着音乐和电闪:但阴湿的死亡
已把她在他唇上的吻变为冷冰;
呵,好像在寒夜的凝聚中,月光的
苍白的雾环被陨星突然照明,
她流过他苍白的肢体,接着便消隐。

13
还有些别的幻象……"欲望"和"崇奉",
有翅的"信念"和遮面幕的"宿命",
辉煌和幽暗,还有"希望"和"恐惧"的
闪烁的化身,和朦胧的形影;
还有"忧伤",带着她的一家"叹息",
还有"欢乐",为泪所迷蒙,不是眼睛
而是临死的微笑引导她前来的——
这一切排成了华丽的一列幻影,
有如秋日小溪上的雾,缓缓移行。

14
一切他所爱过的,并化为思想的:
优美的声音,形状,香味,色彩,

都来哀悼阿童尼。"清晨"正走上
她东方的瞭望台,她的头发散开
(那上面缀满尚未落地的露珠),
遮暗了照耀白日的空中的眼;
在远方,沉郁的雷正在呻吟;
暗淡的海洋不能安静地睡眠,
而狂风四处打旋,惊惶地呜咽。
15
凄迷的"回音"坐在无声的山中,
以尚能记起的歌滋养她的悲痛,
她不再回答风,不再回答泉水,
也不回答牧人的角号,日暮的钟,
或是栖于嫩绿枝头的鸟的恋情;
因为她已学不了他的歌了,这歌声
比那美少年的话语更令她珍爱
(是他的轻蔑使她变为一片朦胧),
因此,樵夫若不作歌,便只闻哀哀之吟。
16
年轻的春天悲伤得发狂,她抛开
她灿烂的蓓蕾,好像她成了秋天,
或蓓蕾成了枯叶;因为呵,她既已
失去欢乐,何必唤醒这阴沉的一年?
风信子哪曾这样热爱过阿波罗?
水仙花又何曾爱过自己,像如今
这样爱你?它们暗淡而干枯地
立于它们青春的沮丧的伴侣中,
露珠都变成泪,香味变成了悲悯。
17
你的心灵的姊妹,那孤独的夜莺
不曾如此幽怨地哀悼她的伴侣;
那像你一样能够高凌太空的,
并且在太阳境内以朝气滋育
健壮的幼子的鹰隼,尽管绕着

她的空巢飞翔和嚎叫,也不曾
像阿尔比安这样哀悼你:诅咒吧,
谁竟然刺伤了你纯洁的心胸,
吓走了其中的宾客,你天使的魂灵!

18
呵,我真悲痛! 冬天来了又去了,
但悲哀随着四季的运转而来临;
轻风和流水又唱起欢快的调子;
蚂蚁、蜜蜂和燕子又在人间穿行;
新的花和叶装饰了四季的墓;
热恋的鸟儿在每个枝头上结伴,
并且在田野荆棘中搭气了青巢;
绿色的蚯蚓和金蛇,像是火焰
从昏睡中醒了过来,都向外面奔窜。

19
从大地的心脏,蓬勃的生命之流
川流过树林,河水,田野,山峰和海洋,
有如自宇宙开始,上帝降临到
混沌以后,生命就带着运动和无常
周流过一切;天庭的无数灯盏
没入生命之波里,更轻柔地闪射;
一切卑微之物都充满生底渴望,
它们要散发自己,要在爱情中消磨
那被复活的精力赋予它们的美与欢乐。

20
腐烂的尸体触到这阳春之气?
便散发为花朵,吐出柔和的气氲;
而当日光化为芳香,这些花朵
有似地面的星星,将死亡燃得通明,
并讥笑那土中欢腾蠕动的蛆虫;
一切死而复活。难道唯有人的头脑
要被无形的电闪击毁,像是一柄剑
反而毁于剑鞘之前? 呵,只一闪耀,

热炽的原子就在寒冷的寂灭里融消。

21
唉！我们所爱惜他的一切，要不是
由于我们的悲伤，竟仿佛未曾存在，
而悲伤又怎能永延？哦，多么痛心！
我们从何而来？为何而生？要在这舞台
做什么戏的演员或观众？无论尊卑，
终必把生命借来的一切交还死亡。
只要天空一朝蔚蓝，田野一朝碧绿，
黄昏必引来黑夜，黑夜必督促晨光，
月月黯然更替，一年唤醒另一年的忧伤。

22
他不会醒来了，唉，永不再醒了！
"醒来吧"，"苦难"喊道，"丧子的母亲呵，
从梦中醒来！用眼泪和叹息
舒发你的比他更伤痛的深心。"
一切伴着乌剌尼亚眼睛的幻象，
一切原来为听她们姐姐的歌声
而静默的"回音"，现在都喊道："醒来！"
像思想被记忆之蛇突然刺痛，
失色的"辉煌"从温香的梦中猛然惊醒。

23
她起来了，像是秋夜跃自东方——
呵，阴惨而凄厉的秋夜，接替了
金色的白日，因为白日已经展开
永恒的翅膀，有如灵魂脱离躯壳，
使大地变成了死骸。悲伤和恐惧
如此打击和震撼乌剌尼亚的心，
如此愁惨地包围她，竟象一片？
暴风雨的云雾，只催促她飞奔，
奔向阿童尼所静静安息着的墓茔。

24
她从安静的天国跑了出来，

跑过营帐和钢石竖立的大城,
跑过人的心灵,这心呵,对她的
轻盈的脚步毫不软缩,却刺痛
她无形的、柔嫩的脚掌;她还跑过
多刺的舌头,和更为刺人的思想,
它们阻挡不了她,便把她刺破,
于是像五月的泪,她神圣的血流淌,
把永恒的鲜花铺在卑微的道路上。

25
在那停尸房中,有一刻,死亡
因为看到这神圣的活力而羞愧,
赭红得无地自容;于是阿童尼
又似有了呼吸,生之淡淡的光辉
闪过了他的肢体,呵,这在不久前
她如此疼爱的肢体。乌剌尼亚叫道:
"别离开我吧,别使我悲凄、狂乱,
像电闪所遗下的暗夜!"她的哭嚎
唤醒了死亡,死亡便一笑而起,任她拥抱。

26
"等一等呵!哪怕再对我说一句话;
吻我吧,尽一吻所允许的那么久;
那句话,那个吻,将在我空茫的心
和热炽的脑中,比一切活得更久,
悲哀的记忆将是它们的食粮;
这记忆呵,既然如今你已死了,
就像你的一部分,阿童尼!我情愿
舍弃我的生命和一切,与你同道!
但我却锁联着时流,又怎能从它脱逃!

27
"噢,秀丽的孩子!你如此温和,
为什么过早离开了世人的熟径,
以你博大的心而却无力的手
去挑逗那巢穴中饥饿的妖龙?

你既然无所防护,那么,哪儿是
你的明镜之盾'智慧',和'轻蔑'之矛?
假如你能耐心等待你的心灵
像新月逐渐丰盈,走完它的轨道,
那么,生之荒原上的恶魔必见你而逃。
28
"那一群豺狼只勇于追袭弱者;
那邪恶的乌鸦只对死尸聒噪;
鹰隼只忠心于胜利者的旗帜,
'残败'踏过的地方,它们才敢骚扰,
并从翅膀散下疫疠来;呵,你看,
只要这时代的阿波罗以金弓
微笑地射出一箭,那一伙强盗
就逃之夭夭,不但不敢再逞凶,
而且一齐阿谀那踏住他们的脚踵。
29
"太阳出来时,多少虫豸在孵卵;
等他沉落,那些朝生暮死的昆虫
便成群地沉入死亡,永不复活,
唯有不朽的星群重新苏醒;
在人生的世界里也正是这样:
一个神圣的心灵翱翔时,它的欢欣
使大地灿烂,天空失色;而当它沉落,
那分享或遮暗它的光辉的一群
便死去,留下精神的暗夜再等巨星照明。"
30
她才说完,山中的一些牧童来了,
他们的花圈枯了,仙袍也撕破;
首先是天国的漫游者,他的声名
像天庭一样在他的头上覆落,
呵,一个早年的、但却持久的碑记,——
他来了,他的歌声的异彩被遮没
在哀伤里;爱尔兰从她的乡野

派来她的苦衷底最婉转的歌者,
而"爱情"使"悲伤",像乐音,从他的舌间迸落。

31
在声名较小的来人中,有一个
羸弱得像是幽灵;他独行踽踽,
有如风雨将息时最后的一片云,
雷就是他的丧钟;他似已倦于
像阿克泰翁一般望着自然的美,
而今他迷途了,他疲弱地驰过
世界的荒原,因为在那坎坷之途上
他正追随他自己的思想,像跟着
一群猎犬,他就是它们的父亲和俘虏。

32
是一个文豹般的精灵,美丽,敏捷——
是貌似"绝望"的爱情,——是一种神力,
全身却缀满"脆弱",他简直不能
把压在头上的"时刻"之重负担起;
他是将燃尽的灯,已落下的阵雨,
他是碎裂的浪花,就在说话的此刻
岂不已经碎了?致命的太阳微笑地
晒着憔悴的花;生命尽管用血色
点燃面颊,但其中的心可能已经残破。

33
他头上扎着开过了的三色堇
和凋谢的、蓝白相间的紫罗兰,
他手里拿着木杖,上端是柏枝,
周围缠以幽黑的常春藤的枝蔓,
还不断滴着日午树林的露珠;
木杖颤抖着,因为那跳动的心
在摇动他无力的手;这个悼亡者
是最后来到的,他哀哀独行,
像是离群的鹿,被猎人的箭所射中。

34
所有的人站开了,听到他痛苦的
呻吟,都含泪而笑,因为他们知道,
他之以异邦语言歌唱新的悲哀,
未尝不是借别人的不幸来哀悼
他自己的;乌剌尼亚看到这来客的
丰采,喃喃说:"你是谁?"但他不语,
只用手突然撩开三色堇,露出了
被烙印烫伤的、为血凝固的额际,
看来像该隐或基督——呵,但愿如是!

35
是谁的温和声音在对死者哀悼?
谁以黑斗篷遮上了自己的前额?
是谁的影子对白色的尸床
郁郁地弯下,像墓碑一样静默?
他沉重的心悲怆得发不出声音。
既然他来了,他,最儒雅的智者,
教过、爱过、安慰和赞誉过亡故的人,
我岂能再以唐突的叹息打破
他那心中为死者安排的祭礼的沉默。

36
我们的阿童尼饮下了毒鸩——哦!
哪个耳聋的谋杀者竟狠心
给青春的生命之杯投一剂灾祸?
现在,那无名的蛆虫却要否认
自己的罪恶了,因为连他也感到
那乐音一开始就使嫉恨与邪恶
(除了在一个心胸中还咆哮不休)
都沉寂了,令人只想听优美的歌,
呵,但那弹奏的手已冰冷,金琴已崩破!

37
活下去吧,诽谤变不成你的名声!
活下去!别怕我给你更重的谴责,

你呵,在不朽的名字上无名的黑斑!
但你须自知:是你在散播灾祸!
每临到你的良机,由你任意地
吐出毒汁吧,让那毒牙把人咬遍:
悔恨和自卑将会紧紧追踪你,
羞愧将燃烧在你隐秘的额前,
你会像落水狗似的颤抖——一如今天。

38

我们又何必为我们心爱的人
远离世上这群食腐肉的鸢而悲伤?
他已和永恒的古人同游同睡了,
你又怎能飞临到他所憩息的地方?——
让尘土归于尘土!但纯净的精神
必归于它所来自的光辉的源泉;
作为永恒之一粒,它将超越时续
和无常,永远发光,永远守恒不变,
而你寒冷的尸灰将堆在耻辱的炉边。

39

呵,住口,住口!他没有死,也没有睡,
他不过是从生之迷梦中苏醒;
反而是我们,迷于热狂的幻象,
尽和一些魅影做着无益的纷争,
我们一直迷醉地以精神的利刃
去刺那损伤不了的无物。我们像
灵房中的尸身在腐蚀,天天被
恐惧和悲哀所折磨,冰冷的希望
拥聚在我们的泥身内,像蛆虫一样。

40

他是飞越在我们夜影之上了,
嫉妒和诽谤,憎恨和痛苦,还有
那被人们误称作"欢愉"的不安,
都不能再触及他,令他难受。
他不会再被浊世逐步的腐蚀

所沾染了,也不会再悲叹和哀悼
一颗心的变冷,或马齿的徒增;
更不致,当精神本身已停止燃烧,
把死灰还往无人痛惜的瓮中倾倒。

41
不,他活着,醒着,——死的只是"虚幻",
不要为阿童尼悲恸。年轻的早晨,
让你的露水变为光辉吧,因为
你所哀悼的精神并没有消隐;
岩洞和森林呵,你们不要呻吟!
打住,你昏厥的花和泉水;还有太空,
何必把你的披肩像哀纱一样遮在
失欢的大地上?快让它澄彻无云,
哪怕面对那讪笑大地的欢乐的星星!

42
他与自然合一了:在她的音乐中,
从雷的嘶鸣直到夜莺的清曲,
都可以听到他的声音;他变为
一种存在,在光与暗中,在草石里,
都可以感觉到;在凡是自然力
所移的地方,便有他在扩展
(她已把他的生命纳入自己的生命中),
她以永不怠倦的爱情支配世间,
从底下支持它,又把它的上空点燃。

43
他本是"美"的一部分,而这"美"呵
曾经被他体现得更可爱;他的确
从宇宙精神接受了自己的一份
(这精神扫过沉闷愚蠢的世界,
迫使一切事物继承各自的形态,
尽管不甘心的渣滓阻挠它飞翔,
也终必由混沌化入应有的模式;
最后,它会倾其所有的美和力量

发自人、兽、草木,跃升为天庭的光)。

44
在时间的苍穹上,灿烂的星斗
可能被遮暗,但永远不会消亡;
它们像日月,升到应有的高度,
而死亡只是低迷的雾,能遮上
但却抹不掉那明光。当年轻的心
被崇高的神思提自人欲的底层,
任尘世的爱情和生命为了注定的
命运而斗争,这时呵,死者却高凌
幽暗而狂暴的云层之上,像光在流动。

45
迢遥的,在那无形无体的境域中,
一些半废声誉的继承者,他们从
建立在人世思想以外的宝座上
起立了。查特顿——脸上还没褪尽
那庄严的痛苦;锡德尼,还像他
战斗,负伤,生活与恋爱时的那般
严肃而温和:呵,一个纯洁的精灵,
起立了;还有鲁甘,死使他受到称赞:
他们起来,"寂灭"像受到斥责,退到旁边。

46
还有许多别人(虽然在世间无名,
但只要火花引起的火焰长在,
他们的才华便辗转流传,不致消亡)
闪耀着永恒底光辉,站了起来。
"你正是我们的一伙,"他们喊道:
"是为了你,那无人主宰的星座
久久在黑暗中旋转,没有神主;
看!唯有它在天庭的和乐中静默。
我们的长庚呵,来,登上你飞翔的宝座!"

47
还有谁为阿童尼哭泣?哦,来吧,

要认清他,认清你自己,痴心的人!
你的心灵尽可去拥抱悬空的地球,
并把你精神的光辉,以你为中心
射往九霄,直到使它博大的光芒
充满无垠的太空:然后呢,就退居
到我们世间的日和夜的一点;
旷达一些吧,否则你必陷于绝地,
万一希望燃起希望,引你到悬崖的边际。

48
不然就去到罗马,哦,那墓园
埋葬的不是他,而是我们的欢乐:
我们要去凭吊,并非由于那埋在
自己的荒墟中的时代、宗教和帝国;
因为,像他那样的诗人无须从
世界的蹂躏者借来不朽的荣誉,
他已居于思想领域的帝王之列了,
他们都曾和时代的衰风为敌,
在逝去的事物中,唯有他们不会逝去!

49
去到罗马吧,——那儿既有天国,
又有墓地、城市、林野和荒原,
那儿,古迹像劈裂的群山高耸,
有开花的野草,芳郁的树丛铺满
在荒墟的赤裸裸的骨骼上;
去吧,让那一处的精灵引着
你的脚步走上一条倾斜的绿径,
那儿,像婴儿的微笑,灿烂的花朵
正围绕着草地铺展开,覆盖着死者;

50
四周的灰墙都雕残,沉默的时间
在蚕食着它,像朽木上的微火;
一座金字塔的墓陵庄严地矗立,
像化为大理石的火焰,荫蔽着

一位古人的尸灰,他正是选择了
这一处作为他万古长青的地方;
下面是一片田野,后来者就在那儿,
在晴空下搭起他们的死之营帐,
迎接我们所失去的他,呼吸刚刚断丧。

51
站在这儿吧:这些墓茔还很新,
那把尸骨寄予墓穴中的悲哀
还保留着它的气氛;但假如
这气氛已消失,请别在这儿打开
一颗悲哀心灵的泪泉吧!不然,
回家后,你会发现你自己的心里
也有了苦泪。请在坟墓的幽暗中,
去寻找人世冷风吹不到的荫蔽。
阿童尼已经去了,我们又何必畏惧?

52
"一"永远存在,"多"变迁而流逝,
天庭的光永明,地上的阴影无常;
像铺有彩色玻璃的屋顶,生命
以其色泽玷污了永恒底白光,
直到死亡踏碎它为止。——死吧,
要是你想和你寻求的人一起!
到一切流归的地方!罗马的蓝天,
花草,废墟,石象,音乐,文字,不足以
说明这一切所表达的荣耀底真谛。

53
我的心呵,为什么犹疑,回步,退缩?
你的希望去了;在现世的一切中
再也见不到它;你如今也该跟去!
从四季的循环,从男人和女人心中,
一种光彩已经消逝;那尚足珍视的
只诱人冲突,拒绝了又使人萎靡。
柔和的天空在微笑,轻风在喃喃:

那是阿童尼在招呼!噢,快离去,
"死"既能使人聚合,何必再让"生"给隔离!

54

那光明,它的笑正照彻全宇宙;
那优美,万物都在其中工作,运行;
那福泽,是把人玷污的生之诅咒
所消除不了的;那活命的爱情
竟被人和兽、陆地、海洋和天空,
盲目纠缠在生之网里:它燃烧得
或明或暗,全靠渴求爱之火焰的人
怎样反映了它;而今,它正照临着我,
把寒冷人性的最后阴云也给吞没。

55

我用诗歌所呼唤的宇宙之灵气?
降临到我了;我的精神之舟飘摇,
远远离开海岸,离开胆小的人群——
试问:他们的船怎敢去迎受风暴?
我看见庞大的陆地和天空分裂了!
我在暗黑中,恐惧地,远远漂流;
而这时,阿童尼的灵魂,灿烂地
穿射过天庭的内幕,明如星斗,
正从那不朽之灵的居处向我招手。

(查良铮 译)

附录三:前拉斐尔派以济慈诗歌为题材的画

《洛伦佐和伊莎贝拉》(Lorenzo and Isabella)
约翰·埃弗里特·密莱斯(John Everett Millais,1829 – 1896)于1849年完成

伊莎贝拉与罗勒花盆(Isabella and the Pot of Basil)
威廉姆·霍尔曼·亨特(William Holman Hunt, 1827 – 1910)于 1867 年完成

附录四:济慈大事年表

1795 年:济慈于 10 月 31 日出生于英国伦敦摩盖特(Moorgate, London),同年在圣波托尔夫教堂受洗。

1797 年:弟弟乔治·济慈(George Keats)出生。

1799 年:弟弟汤姆·济慈(Tom Keats)出生。

1801 年:弟弟爱德华·济慈(Edward Keats)出生。

1802 年:弟弟爱德华·济慈(Edward Keats)夭折。

1803 年:妹妹芳妮·济慈(Fanny Keats)出生。

济慈就读于约翰·克拉克(John Clarke)任校长的恩菲尔德(Enfield)学校。

1804 年:父亲托马斯·济慈(Thomas Keats)坠马身亡。两个月后,母亲弗朗西斯(Frances Jennings)改嫁。

1810 年:母亲死于肺病。

1811 年:济慈从恩菲尔德学校毕业,跟随外科医生托马斯·郝梦德(Thomas Hammond)做药剂师学徒。

1814 年:创作第一首诗歌《仿斯宾塞而作》(*Imitation of Spenser*)。

1815 年:济慈药剂师学徒期满,作为医学学生进入伦敦的盖氏医院(Guy's Hospital)学习。

1816 年:济慈的诗歌首次得以发表——他的十四行诗《"哦,孤独"》("*O Solitude*")发表在《观察家》(*The Examiner*)上。署名"J. K."。同年,写出了他的第一首名作《初读查普曼译荷马史诗》(*On First Looking into Chapman's Homer*)。

1817 年:出版第一本书《诗集》(*Poems*)。完成了长诗《恩底弥翁》(*Endymion*)的写作。见到了同时代诗人华兹华斯(William Wordsworth, 1770 – 1850)。

1818 年:《恩底弥翁》出版。济慈开始《伊莎贝拉》(*Isabella*; *or, The Pot of Basil*)的写作。济慈遇到芳妮·布劳恩(Fanny Brawne)并开始来往。开始《海披里安》(*Hyperion*)的写作。同年 12 月,汤姆·济慈去世。

1819 年:这一年是济慈作为诗人创作的巅峰之年。创作了代表性颂诗《秋颂》(*To Autumn*)、《夜莺颂》(*Ode to a Nightingale*)、《忧郁颂》(*Ode on Melancholy*)、《希腊古瓮颂》(*Ode on a Grecian Urn*)等。创作了《圣亚妮节前夜》(*The Eve of St. Agnes*)、《无情的妖女》(*La Belle Dame sans Merci:A Ballad*)、《拉米娅》(*Lamia*)、《明亮的星!我愿如你坚定不移》(*Bright star, would I were stedfast as thou art*)等。

1820 年:与芳妮·布劳恩秘密订婚。出版了最后一本诗集《<拉米娅><伊莎贝拉><圣亚妮节前夜>及其他诗歌》(*Lamia, Isabella, The Eve of St. Agnes, and Other Poems*)。肺病加剧。

1821 年:病情恶化。2 月 23 日济慈离世,葬于罗马新教公墓(Protestant Cemetery in Rome)。墓碑上刻其遗言"此处躺着的是一个名字用水写成的人"(Here lies One whose Name was writ in Water)。①

---

① 对于这个句子的翻译一直存在争议,笔者认为应该译为"用水写成的",因水上写字无法留下任何字迹,而水可以写成晶莹的字,但字无法保留。水写成的字不会停留很长时间便会消失不见,如同济慈短暂的生命,曾经晶莹剔透,却在英年辞世。

后　记

本书是我的博士论文修改而成，凝结着读博士四年的汗水、泪水、欢欣和快乐。本书将博士论文的后记附在此以作后记。

征　程
我出发
背起鼓鼓的希望
阳光下雀跃
我苦闷
阴霾的日子
迷失了方向
生怕——走着却回到了原点
我沮丧
走了很久未遇见久违的阳光
团团转着不知出口会在何方

这是 2015 年 10 月一个难眠之夜的涂鸦，权作后记的开篇语。

拿到每一本博士论文，我最先看的都是后记，虽然是大同小异的感谢与不易之词，但此间字字皆真情。今天，到了自己要写后记的时候，感慨万千，太多想说的话，限于篇幅，聊记如下。

感谢您——我的恩师

每一位教过我的老师、指导和帮助过我的老师，请接收学生最真诚的感谢！

特别感谢我的师爷爷——钱谷融先生。

钱先生虽已近百岁,但思维依然敏锐。拜访钱先生的大部分时间是下棋,谈学术的时候并不多,但先生字字烁金,指明了我论文的方向。

特别感谢我的导师——殷国明老师。

殷老师并不严厉,但严谨的治学态度深深影响着每一个学生。感谢导师四年来在学业上对我的教导、批评、督促、鼓励和帮助!学生受益终生。导师不是个事无巨细的人,但每次我从家里回学校导师都会问我的家里人是否安好,感谢导师!

特别感谢我的任课老师——方克强老师。

听方老师的课有一年多的时间,方老师上课有娓娓道来之时,也有慷慨激昂之时,坐在方老师的课堂里是一种享受——跟着方老师一起享受原本枯燥的理论。方老师的严谨、认真是大家公认的,对我影响至深。无尽感激方老师对我论文认真的指导和关键时候的鼎力之助!

另外特别感谢傅修延老师。我是读着傅老师的书走近济慈的。在论文的写作过程中,傅老师给予了极为有力的指导,很多时候让我茅塞顿开。

特别感谢刘建军老师,多次为论文的书写提出了非常宝贵的意见。

感谢你——我的朋友

读博的这四年,是我人生路上做学生的最后四年,在这四年里同学们的陪伴、鼓励、帮助于我极为珍贵。

感谢读博的日子得到了心灵挚友,她的积极与阳光照亮了我的整个博士生涯;感谢读博的日子结识了真正的"美才女",她的才华和对学问的执着让我更敬重学术;感谢读博的日子遇到的人生好友,关键时刻他们用深沉的友谊助我渡过难关。感谢他们在我最艰难时候的陪伴、支持、鼓励与帮助,唯愿我们的友谊地久天长。

感谢我的师兄师姐、师弟师妹们,和你们在一起的时光很快乐、很难忘!

感谢你——我的家人

没有家人的支持,我无法完成这篇博士论文的写作。

忘不了一个英语单词都不会的爸爸在去美国看我的路上,装满玉米面的暖瓶被当做了新型炸药拿去化验。去机场接爸爸,想接过爸爸的包,使了几次劲居然都没提动。

妈妈得知我要毕业了,憨憨地笑着说:"快回来吧,看你辛苦我都不敢撒娇,一直得做无所不能的女汉子。"感谢有您——六十多岁的女汉子妈妈!

乖巧的女儿还小,却从来不惹我生气。无法忘记那天晚上,6岁的女儿抱着我说:"妈妈,让我为你遮风挡雨。"那晚,泪湿了枕巾。

学校让写妈妈的爱好,女儿稚嫩的笔迹写下的是:"我的妈妈最爱上学。"

感恩——美国之行

读博的四年,能得到国家留学基金委的资助去美国学习很是幸运。感恩在美国的一年,让我遇到了那么多优秀的老师、朋友。

美国之行要感谢的人有很多。特别感谢我的美国合作指导老师杜克大学文学系的 Kenneth Surin 教授,他在生活和学习上给予了我巨大的帮助。

特别感谢杜克大学英语系的 Thomas Pfau 教授,为我提供了很多济慈研究的珍贵资料。

感谢在美国的好朋友:甘哲、黄洁、军鹏、海燕、沈矗、彦钰、Ginger、Dan、Chris、David、Scott 感谢朋友们在异国他乡给我的温暖和帮助!

最后,感谢自己,在压力最大、最难的时候依然是还好的自己。

请允许我再次感谢大家给予我的温暖和帮助,这里没有一一写出大家的名字,但你们的名字都铭刻在我的心底,唯愿你们的人生万事如意,安康幸福!

2016 年 5 月 26 日

于华师大闵行校区·本科生公寓 14 号楼

2016年5月31日,钱谷融先生作为博士论文答辩委员会主席主持了我的论文答辩工作。在我毕业后一年多,2017年9月28日,钱先生去世了。悲恸之情无法用语言形容。遥想起听先生教诲、和先生下棋的日子,美好而永恒。先生处世的洒脱和对待学术的严谨会影响学生终生。

最后,感谢中联华文的张金良主任、范晓虹老师为本书出版给予的大力帮助。